Sara Rivers
Kill my fear - Hingabe

Sara Rivers

KILL MY FEAR

Hingabe

Impressum:
Juni 2016
Copyright Sara Rivers 2016
Covergestaltung – Sabrina Dahlenburg
http://www.bigstockphoto.com
Copyright: Kotin (http://www.bigstockphoto.com/de/image-116737340/stock-foto-young-romantic-couple-hugging-and-kissing)
Copyright: stokkete (http://www.bigstockphoto.com/de/image-93723818/stock-foto-brave-man-with-handgun)
Lektorat: Li-Sa Vo Dieu
© Verlag und Herstellung – BoD Books on Demand – Norderstedt

ISBN: 9783741210112

Die Deutsche Nationalbibliothek verzeichnet diese Publikation in der Deutschen Nationalbibliografie; detaillierte bibliografische Daten sind im Internet über http://dnb.dnb.de abrufbar.

Fünf Sekunden

Mehr brauchte es nicht.
Fünf blitzschnelle, verglühende, brennend heiße Sekunden. Das waren die fünf Sekunden, in denen ich mich in Harveys Augen verliebte.

Always and forever.
Patrick.
In deine Augen verliebte ich mich sofort.

1. Eine Begegnung mit Folgen

Mir wurde heiß. Brennend heiß. Es war dunkel und doch erkannte ich das Funkeln in seinen Augen. Das Feuer, das in ihnen loderte und nur darauf wartete, entfacht zu werden.

Sofia

»Das ist die letzte Runde, Jungs.« Gekonnt balancierte ich die eiskalte Wodkaflasche zum Tresen und schenkte den Kerlen auf der anderen Seite ein. Sie saßen schon seit Schichtbeginn hier und ich fragte mich, wie so viel Alkohol in ein und denselben Körper passte. Ich hätte bereits nach einem Shot unter dem Tresen gelegen – was, wenn wir ehrlich waren, bei meinem Job alles andere als gut gewesen wäre. Schließlich war ich dafür zuständig, dass die Gäste nicht auf dem Trockenen sitzen mussten.

»Ach komm schon, Süße. Bleib doch noch ein bisschen bei uns«, schnurrte der Kahlgeschorene, der mir einen grünen Schein in den Ausschnitt steckte. Als seine schmierigen Fingerkuppen mein Dekolleté berührten, wurde ich wütend.

Es fühlte sich falsch an, von ihm berührt zu werden, und doch wusste ich, dass ich in meinem eigenen Chaos gefangen war. *Rosige Aussichten, Sofia.*

Prompt griff ich nach dem Geldschein und steckte ihn in die Tasche meiner viel zu kurzen Shorts. Ich hasste es, so viel von mir und meinem Körper preiszugeben, aber was blieb mir anderes übrig? Ich brauchte dieses verdammte Trinkgeld der Aasgeier mehr, als mir lieb war. Das Geld, das ich tagsüber in der Boutique verdiente, reichte hinten und vorne nicht aus, wenn ich mir die Miete leisten wollte. Ich konnte meinen Mitbewohnern schließlich nicht jeden Monat auf der Tasche liegen.

»Ja, Sofia. Setz dich zu uns!«, stimmte Brian ein und ich warf ihm einen warnenden Blick zu. Er war der Einzige, den ich in nüchternem Zustand ertragen konnte und bei dem ich nicht das Bedürfnis verspürte, ihm ins Gesicht zu spucken. Insgeheim tat er mir sogar leid. Seine Frau hatte ihn mit seinem eigenen Bruder betrogen und ihm die Schuld daran gegeben. Er hätte sie dazu getrieben, seinem Bruder das Hirn aus dem Kopf zu vögeln. Geht's noch? Wenn ich dieser Frau einmal unter die Augen treten sollte, würde ich für nichts mehr garantieren können. Ein loses Mundwerk ließ sich nun mal nicht verschließen.

»Ich habe heute noch etwas vor, tut mir leid. Ihr müsst ohne mich weitermachen.« Dass meine einzige Verabredung die mit meinem weichen Bett war, musste ja niemand wissen. Gab es eine schönere Beziehung als die mit einem flauschigen Kopfkissen und einer warmen Decke?

Gewiss nicht. Schnell schraubte ich die Flasche zu, stellte sie zurück in den Kühler und wusch mir die Hände. Ich hasste es, wenn der Alkohol an meinen Fingern klebte und mich abends im Bett daran erinnerte, dass ich am Arsch war.

»Schade. Beim nächsten Mal vielleicht?«

Auch wenn ich sie nicht sehen konnte, wusste ich, dass jeder Kerl an der Bar hemmungslos auf meinen Hintern gaffte und sich vorstellte, wie ich wohl ohne Pants aussah. Nicht, weil ich von mir eingenommen war, sondern weil ich diese Schleimbeutel besser kannte, als ich wollte. Schließlich bekam ich einige davon jeden Abend zu Gesicht. Ich arbeitete nicht freiwillig hier und ich verabscheute es, einer Arbeit nachzugehen, die mich ankotzte. Verdammt – machte mich mein Leben überhaupt noch glücklich? Wohl kaum. Hier in der Lower East Side würde ich nie meine Erfüllung finden, dessen war ich mir mehr als bewusst.

Als ich kleiner war, hatte ich nur einen Wunsch, und der war, aus dem Muster auszubrechen, das mir meine Eltern jahrelang vorlebten. Trotz meiner Kindheit hatte ich es geschafft, meine Finger von den Drogen zu lassen, und somit war ich schon jetzt willensstärker als meine eigene Mutter.

Wenn ich an die letzten Jahre dachte, die ich daheim verbracht hatte, schwebte nur ein Bild vor meinen Augen. Meine Mutter, die mit einer Spritze im Arm am Boden lag, während jegliches Leben aus ihr herausfloss.

In diesem Moment hatte ihre Sucht auch den Rest des Lebens aus mir gesaugt.

Ich trocknete meine Hände ab, drehte mich hastig um und hielt nach Belle Ausschau. Sie saß an dem Außenseitertisch in der hinteren Ecke. Niemand saß gern dort – schließlich bekam man von diesem Platz aus nie mit, wenn eine blutige Prügelei anstand. Und davon hatte ich gewiss schon genug gesehen. Man sollte meinen, es reiche für mein ganzes Leben.

Gebrochene Nasen, blutige Unterlippen, blaue Augen. Ein Kerl hatte sich sogar die Rippen gebrochen. War es zu fassen, dass ich mich noch immer an jedes einzelne Gesicht erinnern konnte? Es war ätzend. Alles hier drin war ätzend. Der Geruch nach kaltem Rauch, gemischt mit dem Duft der verschiedenen Alkoholsorten. Es war eine Qual, jeden Abend aufs Neue in diesen Schuppen zu kommen und hinter dem Tresen eine gute Figur zu machen.

»Auf die heißeste Barkeeperin in New York City!« Mit diesen Worten erhoben die Kerle ihre Shots und ließen den kühlen Wodka ihre Kehle hinabrinnen, um zu verdrängen, wie scheiße ihr Leben eigentlich war.

Als ich einen hastigen Blick zurückwarf und sah, dass der Bullige von ihnen ein Tütchen mit weißem Pulver zückte, ging ich auf ihn zu, nahm ihm das Päckchen aus der Hand und funkelte ihn wutentbrannt an.

»Drogen sind hier tabu, Schätzchen.« Seine Augen weiteten sich und in Anbetracht seines breiten Nackens hätte ich mir vermutlich meine Predigt sparen sollen, aber sobald ich mit diesem Thema konfrontiert wurde, schaltete ich völlig auf Autopilot. Der Typ sah mich unverhohlen an, entriss mir sein Pulver und steckte es zurück in seine Jackentasche.

»Aber nur, weil du es bist, Mäuschen. Hast du morgen Schicht? Du könntest mich therapieren. Ich wüsste auch genau, wie.«

Er gab mir einen Klaps auf den Hintern und ich knirschte mit dem Kiefer, wohl darauf bedacht, meine Beherrschung zu wahren. Am liebsten hätte ich mich umgedreht und diesem Perversen eins auf die Zwölf verpasst. Sein entsetzliches Lachen entblößte eine Reihe schiefer, vergilbter Zähne.

»Kein Bedarf, *Mäuschen*«, konterte ich und verschwand in die Ecke, in der Belle saß und das Treiben in der Bar gelangweilt beobachtete.

»Na, Feierabend?« Sie zwinkerte mir zu und gönnte sich einen Schluck ihres Rums.

Ich setzte mich neben sie, vergrub mein Gesicht in den Händen und atmete einmal tief durch. Dabei stieg mir der Rauch in die Lungen und ich hüstelte.

»Ich hasse diesen Schuppen. Bitte sag mir, dass ich nicht mein ganzes Leben hier vergeuden werde«, murrte ich und Belle lehnte ihre Stirn an meine Schulter.

Ich liebte die Abende, an denen sie hier war. Immerhin war sie meine beste Freundin, meine Seelenverwandte, meine ... Ja, man konnte sagen, ein Leben ohne sie war für mich vollkommen unvorstellbar.

»Kommst du mit heim?«, fragte ich sie und deutete auf ihren inzwischen leeren Drink. Sie schüttelte frustriert den Kopf und machte es sich auf der schäbigen, mit altem Leder überzogenen Bank bequem. So bequem, wie es eben ging. Das Mobiliar in diesem Schuppen hatte definitiv schon bessere Tage hinter sich und ich fragte mich, wie sich dieser Laden überhaupt halten konnte.

»Ich denke, ich bleibe noch.«

»Aber wartet Lenny nicht zu Hause auf dich? Ich dachte wir könnten uns noch einen schönen Abend zu dritt machen?«

Enttäuscht ließ ich die Schultern hängen und es jagte eine Gänsehaut über meinen Körper, nur daran zu denken, allein nach Hause gehen zu müssen. Dieses Viertel New Yorks war definitiv nicht das sicherste. Ich wohnte nunmehr seit zwei Jahren bei Belle und Lenny und ich bereute es in keiner Sekunde, damals ihr Angebot angenommen zu haben.

»Lenny hat heute einen Gig in irgendeinem schäbigen Keller. Also nein. Ich warte lieber hier und sehe mir die ganzen heißen Kerle an«, blockte sie mich ab und ich runzelte die Stirn.

Ich warf einen Blick auf die Ausbeute in der Bar und kam zu dem Entschluss, dass niemand im Umkreis von gefühlten fünf Meilen heiß war. Lauwarm vielleicht. Wenn überhaupt.

Die meisten sahen aus, als wäre ihr Leben eine Toastbrotscheibe, die mit der Butterseite auf dem dreckigen Boden gefallen war. Ins Blews kamen nur Leute, die mit ihrem Leben unzufrieden waren und nicht wussten, wie sie ihre Abende sonst verbringen sollten.

Könnte ich aus diesem Trott eigenhändig entkommen, wüsste ich jedenfalls, wie ich meine Abende verbringen würde.

»Lenny hat einen Gig und du bist nicht bei ihm? Was ist los?« Ich legte meine Hand auf ihren Arm und strich sachte darüber. Belles kurzes pinkes Haar war zerzaust und ihre Mascara war verwischt. Dass es ihr nicht gutging, sah man sofort.

Sie war immer so fröhlich, dass ihre gute Laune beinahe ätzend ansteckend war, doch nun blickte sie so mürrisch drein, dass ich mir ernsthafte Sorgen um meine Freundin machte.

»Ehekrise. Aber mach dir mal keinen Kopf, Fia. Wir kriegen das schon wieder hin. Kriegen wir immer, oder? Und jetzt schwing deinen verflucht heißen Hintern aus diesem Schuppen und geh ins Bett! Deine Augenringe machen schon einem Pandabärchen Konkurrenz!«

Ich boxte ihr freundschaftlich gegen den Oberarm und sah sie gespielt grimmig an.

»Musst du gerade sagen. Hab ich dir eigentlich schon mal gesagt, wie lieb ich dich habe?« Ich zog sie in eine kurze Umarmung und sie erwiderte sie liebevoll.

»Ich hab dich auch lieb. Und jetzt lass mich allein. Ich muss in meinem neu erworbenen Selbstmitleid baden. Falls Lenny nach Hause kommt und du noch wach bist, schreib mir `ne Nachricht, okay?«

»Mach ich. Aber willst du wirklich nicht darüber reden? Was ist denn passiert?«

Belle presste mir ihre Hand auf den Mund und verengte ihre stechend grünen Augen.

»Hör auf! Ich sagte, du sollst deinen Arsch hier rausschwingen. Also, verpiss dich«, witzelte sie und ich stand auf, gab ihr zum Abschied einen Kuss auf die Wange und zog mir meine dünne Strickjacke über. Es war Sommeranfang, aber nachts war es immer noch frisch.

»Bye, Belle«, rief ich ihr noch einmal zu, bevor ich die Tür aufstieß und es genoss, wie die frische Luft in meine Lunge strömte.

Ich konnte es gar nicht erwarten, endlich wie erschossen ins Bett zu fallen und diesen schrecklichen Abend hinter mir zu lassen. Sobald ich mein Handy aus meiner Tasche befreit hatte, tippte ich schnell eine Nachricht.

Sofia an Lenny:
Hey, Lenny. Was ist los? Belle sitzt im Blews und knallt sich die Birne weg. Bieg das wieder gerade!

Lächelnd schloss ich unseren Chat und stopfte mein Handy wieder zurück in meine Handtasche. Lenny war mein bester Freund, und ich wusste, dass er meine Nachricht verstehen und sich zu Herzen nehmen würde. Ich hatte keine Ahnung, was zwischen Belle und ihm vorgefallen war, aber ich wusste, wie anstrengend Lenny sein konnte.

Meine Schuhe drückten fürchterlich, weshalb ich sie auf die Schnelle auszog, um den Schmerz abklingen zu lassen. Es war bereits zwei Uhr mitten in der Nacht und ich war froh, dass heute eher weniger Betrieb auf den Straßen herrschte.

Sonst tummelte sich stets das ganze Gesocks der Gegend hier. Irgendetwas war heute anders und ich mochte dieses anders.

Es war befreiend, nicht an jeder Ecke einem Betrunkenen zu begegnen, der einem an die Wäsche wollte. Unsere Wohnung war nur zehn Minuten vom Blews entfernt, und doch erschauderte ich jedes Mal, wenn ich den Nachhauseweg allein antreten musste. Damals hatte Jake mich noch von der Arbeit abgeholt und mich begleitet, aber seit ich Single war, war mir dieser Luxus nicht mehr vergönnt.

Der kühle Nachtwind wehte mein Haar auf und ich schloss einen Moment die Augen, bevor ich meine Schuhe wieder anzog und heimging.

Mein Handy spielte meinen Lieblingsklingelton und ich ließ die Person am anderen Ende der Leitung einen Moment zappeln, um die Melodie zu genießen.

»Hey, Lenny«, begrüßte ich meinen besten Freund schließlich und ich konnte mein Schmunzeln nicht verstecken. Ich kannte ihn gut genug, um zu wissen, dass ihn meine Nachricht mächtig durcheinanderbrachte.

»Hat sie etwas gesagt?« Im Hintergrund drang der laute Lärm seiner Party zu mir durch. Gitarren wurden ein letztes Mal gespielt, bevor kreischende Mädchenstimmen alles überlagerten, und ich das Handy einen Moment von meinem Ohr nehmen musste, wenn ich nicht wollte, dass ich einen Tinnitus bekam. Ich hasste Groupies mindestens genauso sehr wie die Lower East Side, und das musste man erst einmal toppen.

Umso glücklicher machte es mich, dass Lenny bis jetzt noch kein Einziges dieser Spezies mit in die WG gebracht hatte. Denn auch wenn Belle und Lenny sich liebten, konnte man ihre Beziehung als äußerst speziell betrachten.

»Es ist ziemlich laut bei dir, was? Seid ihr durch mit dem Gig?«, wollte ich wissen und schlenderte an all den abgenutzten Clubs und Läden vorbei, die die Straße säumten.

»Moment, ich geh mal Backstage. Besser jetzt?« Der Lärm verklang und endlich verstand ich ihn klar und deutlich.

»Besser.«

»Und was hat sie nun gesagt?« Man hörte ihm an, wie stark ihm der Streit zusetzte, und am liebsten wollte ich ihn in den Arm nehmen und versichern, dass alles wieder gut werden würde. Aber das konnte ich nicht, immerhin wusste ich nicht einmal, was ihr Problem war.

»Dass ihr eine Ehekrise habt. Mehr nicht. Und hey, ich weiß nicht, was ihr für einen Streit habt, aber du kennst Belle. Sie will, dass du die Initiative ergreifst. Also warte nicht zu lang, versprochen?«

»Sie blockt mich total ab, Fia. Du weißt, dass ich mich nicht absichtlich mit ihr streite.« Verzweiflung mischte sich in seine Stimme und ich atmete die Luft tief ein, bevor ich weitersprach.

»Weiß ich doch. Aber Belle ist eben Belle. Und sie ist wunderbar so, wie sie ist. Auch wenn sie anstrengend sein kann. Wann bist du mit deinem Gig fertig? Sie sagte, ich solle ihr Bescheid geben, wenn du zu Hause bist. Das ist doch ein gutes Zeichen, nicht wahr?«

Lenny war mindestens genauso verrückt wie Belle, mit seinem zur Hälfte abgeschorenen Haar, dem

Kajalstrich und den zahlreichen Piercings, die sein Gesicht zierten.

Wenn man uns drei nebeneinander sah, kam man niemals auf die Idee, dass wir beste Freunde waren. Aber ich hatte schon immer keinen Wert auf die Meinung anderer gelegt. Ich fühlte mich wohl in ihrer Nähe, und das war doch das Wichtigste, oder nicht?

»Wir sind schon fertig. Ich bin in einer Stunde da.«

»Dann werde ich ihr schreiben. Und überleg dir schon mal die passenden Worte, Black!« Mit diesem Satz beendete ich das Gespräch, und gerade als ich in die schmale Gasse abbiegen wollte, die mir stets als Abkürzung diente, hielt ich inne.

Ich hörte etwas.

Ich hörte jemanden.

Ein Schauer überkam mich und verursachte mir eine Gänsehaut, als ich die Worte verstand, die zu mir durchdrangen.

»Was wollen Sie von mir?« Eine Männerstimme erklang, und die Art und Weise, wie er sprach, ließ mein Herz ruckartig zusammenzucken. »Lassen Sie mich los!«

Ich blieb abrupt stehen, stellte mich in den Schatten des dunklen Backsteingebäudes und hielt instinktiv die Luft an. Ich war schon in die ein oder andere Schlägerei geplatzt und ich wusste, wie unpassend mein Auftauchen immer gewesen war.

»Einen Scheiß werde ich tun, du Wichser! Weißt du, was das Witzige an dieser Situation ist? Dass du keinen blassen Schimmer davon hast, wer ich bin. Aber ich weiß, wer du bist. Zu gut. Und jetzt ...« Der zweite Mann hatte eine verdammt autoritäre Stimme. Eine, die mich anzog wie ein Magnet. Er betonte jede Silbe, als würde das Leben seines Gegenübers davon abhängen. Zu gern wollte ich wissen, worüber sie sprachen.

Meine Neugier wurde geweckt und der Nervenkitzel machte sich in meiner Blutbahn breit, sandte das Adrenalin durch meine Venen. Beinahe hätte ich mein Versteck verlassen und wäre einfach meinem Instinkt gefolgt. Und mein Instinkt sehnte sich nur nach einem: dieser Stimme. Sie klang wie Musik in meinen Ohren, auch wenn ich wusste, wie gefährlich ihr Klang für mich war.

»Wer zur Hölle sind Sie?« Das Schluchzen des eingeschüchterten Mannes wurde lauter, je länger ich hier stand und sie belauschte, obwohl es mich wirklich nichts anging, was für ein Päckchen sie zu tragen hatten.

Jeder von uns hatte das, oder nicht? Der eine nahm Drogen, der andere betrog seine Frau und verließ sie und die Kinder für eine Jüngere ... Jeder Mensch auf dieser Welt hatte Probleme. Wieso interessierten mich die der beiden Männer in der Gasse so sehr?

Ich warf einen Blick zur gegenüberliegenden Wand, und dank der Laternen konnte ich ihre Schatten sehen.

Einer von ihnen war deutlich größer, überragte den Schatten des anderen bei Weitem.

»Du wirst nie erfahren, wer ich bin. Aber eines kann ich dir versichern.« Da war sie wieder. Diese bedrohliche dunkle Stimme, die mir durch Mark und Bein floss und alles in mir zum Erzittern brachte. Sie hatte etwas an sich, das ich nur schwer in Worte fassen konnte. Sie bewirkte etwas in mir und ich konnte einfach nicht definieren, was es war. Was mich so *faszinierte*.

»Was?«

»Du wirst jetzt schön dabei zusehen, wie ich den Abzug drücke. Und niemand wird dir helfen können, Arschloch.«

»Nein, nein, bitte nicht. Ich habe Geld. Bitte sagen Sie mir, was ich tun muss, aber lassen Sie mich am Leben.« Sein Betteln entlockte dem anderen ein raues Lachen, das mich erneut erbeben ließ. Ich stand stocksteif da, war nicht in der Lage, mich zu rühren.

»Ich will dein Scheißgeld nicht. Wie ist es, hilflos zu sein? Zusehen zu müssen? Ach, weißt du was? Es ist mir scheißegal, wie es für dich ist. Und jetzt - schlaf gut, Schätzchen.« Mein Atem stockte, als ich erneut einen Blick auf die Backsteinmauer warf und sah, dass der Mann eine Knarre zückte. Und dann – dann ging alles viel zu schnell. In derselben Sekunde stand die Welt um mich herum still. Alles drehte sich, und im selben Moment gab es kein Zurück mehr.

Ich konnte den gedämpften Schuss auf meiner Zunge schmecken und anhand des Schattens, der langsam in sich zusammenfiel, wusste ich, was soeben passiert war. Mein erstickter Schrei hallte in den Gassen nach und ich spürte, wie jede meiner Nervenzellen explodierte und letztendlich unter Schmerzen verpuffte. Es hinterließ nichts als Asche in mir.

Ich schlug mir die Hand vor den Mund und ließ versehentlich meine Handtasche auf den Boden fallen. Fluchend hockte ich mich hin, sammelte meine Sachen wieder ein und wollte gerade in die entgegengesetzte Richtung stürmen und vergessen, was ich eben gesehen hatte. Gehört hatte. Gespürt hatte. Es war, als hätte ich selbst gefühlt, welche Schmerzen die Kugel in der Brust des Mannes hinterlassen hatte. Gerade als ich die Flucht ergreifen wollte, stand jemand vor mir.

Breite Schultern, ein stark definierter Körper, stählerne Augen, die mich erdolchten. Mein Mund wurde trocken, und als ich den Mann ansah und mein Blick zu der Waffe in seiner Hand wanderte, schnappte ich panisch nach Luft.

Seine Haltung war beängstigend und sein markanter Kiefer mahlte. *Jetzt wäre der perfekte Zeitpunkt, um dein Leben zu rennen, Sofia! Wieso tust du es nicht?* Mein Herz sollte mir aus der Brust springen, stattdessen beruhigte sich mein Puls und ich bekam wieder Luft. Irgendetwas lief ganz und gar falsch. Etwas war anders.

»Das kann nicht dein Ernst sein«, zischte er und packte mich am Arm. Meine Augen hatten Dinge gesehen, die sie niemals hatten sehen wollen. Meine Ohren hatten Dinge gehört, die niemand hatte hören wollen.

Und jetzt stand dieser Mann vor mir und riss an mir. Ich spürte bereits jetzt die ersten blauen Flecke, die sich an meinen Armen bilden würden, weil er mich mit voller Wucht packte. Sein Haar war zerzaust, sein Blick war so eiskalt, dass er den kühlen Wind der Nacht weiter verstärkte.

Doch mir wurde nicht kalt, nein. Mir wurde heiß. Brennend heiß. Es war dunkel und doch erkannte ich das Funkeln in seinen Augen. Das Feuer, das in ihnen loderte und nur darauf wartete, entfacht zu werden. *Was für ein Scheiß, Sofia! Der Typ kann dich im Handumdrehen zu Kleinholz verarbeiten!*

»Lassen Sie mich los«, brüllte ich ihn an, als ich endlich begriff, was ich hier eigentlich tat. Doch er ließ sich von mir nicht beirren, sondern zog mich in die beängstigende Gasse hinein, in der es passiert war.

Meine Aufmerksamkeit landete automatisch auf dem leblosen Körper des Mannes, der vor wenigen Sekunden sein Leben, sein letztes Licht, verloren hatte. Weil es ihm auf brutale Weise entrissen wurde. Von dem Kerl, der jetzt seine Fingernägel in meinen Oberarm bohrte.

Blut floss aus den Mundwinkeln der Leiche und ich versank in dem Anblick seiner toten, halb geschlossenen Augen. Auch wenn ich in der Dunkelheit nicht viel erkennen konnte, so reichte mir das Bild, das sich mir bot.

Natürlich wusste ich, dass in diesem Viertel Schreckliches passierte, dass täglich Menschen ermordet, vergewaltigt, missbraucht wurden. Aber es mit eigenen Augen zu sehen, ließ es wahr werden. Real werden. Der Mann zog mich tiefer in die Nacht hinein und ich wehrte mich, versuchte ihn zur Seite zu schubsen, merkte jedoch schnell, dass ich zu schwach war. Die Lederjacke, die er trug, spannte sich an seinen Oberarmen, und ich lachte bitter, als ich verstand, in welcher Zwickmühle ich mich eigentlich befand.

»Sie sollen mich loslassen!« Woher ich den Mut nahm, einen Kerl anzuschreien, der eine tödliche Waffe in der Hand hielt und mich jederzeit ausschalten konnte, wusste ich nicht.

Aber so war es. Ich hatte keine Angst, keine Panik, nichts. Wieso, um Himmels willen, verspürte ich keine Angst?

Wieso war es mir egal, dass er mich berührte? Wieso fühlte ich mich in dieser Sekunde so lebendig? Der Kerl, der mich berührte, war ein Mörder. Ich hatte es mit eigenen Augen sehen können.

Dass mein Überlebenswille so schwach ausgeprägt war, nahm ich nur im Hintergrund wahr.

»Sei verflucht noch mal leise!« Er drängte mich weiter durch die Enge der Gasse, und bevor ich mich wehren konnte, hatten wir eine kleine Treppe erreicht, die nach unten in die Dunkelheit führte. Sie verschlang mich, während er mich nach unten schubste, eine schäbige Tür öffnete und sie letztendlich wieder hinter uns ins Schloss fallen ließ. Es war stockdunkel. Und alles, was ich noch spürte, war die Nähe seines Körpers an meinem Rücken. Und sie beflügelte mich. Auf eine Art und Weise, wie sie es nicht tun sollte.

2. Ein Mord mit Folgen

»Wer bist du?« Nun war sie es, die diese Frage stellte und meine Mundwinkel zuckten belustigt angesichts ihrer Frage. Diese Frau liebte diesen Nervenkitzel, den ich ihr beschaffte, und ich genoss es.
»Ich bin der Böse.«

Harvey

»Scheiße!« Die Tür fiel ins Schloss und ich rammte meine Faust mit voller Wucht gegen die Betonwand. Ich brauchte diesen Schmerz. Alles in mir stand in Flammen. Das Adrenalin schoss in rekordverdächtiger Geschwindigkeit durch meinen Körper, und ich schloss einen Moment die Augen, um einen klaren Gedanken zu fassen. Doch das ging nicht. Denn da war *sie*. Diese Frau. Sie stand einfach da, während ich einen verfluchten Menschen getötet hatte. Fuck! Sie hatte etwas gesehen, das niemand sehen sollte.

Und jetzt stand ich hier in der Dunkelheit und spürte ihre Anwesenheit in jeder verfluchten Pore meines Körpers.

»Lassen Sie mich gehen«, bat sie mich leise, aber bestimmend. Ihre Stimme schwankte nicht, sondern blieb fest, und ich fragte mich, wieso sie sich so sicher in meiner Gegenwart fühlte. Sie sollte in Panik ausbrechen, sollte weinen, schreien. Irgendetwas musste sie doch fühlen, oder nicht? Angst, Wut, Hass, Verzweiflung.

Wir Menschen wurden von diesen beschissenen Gefühlen angetrieben, doch diese Frau schien nichts dergleichen zu empfinden. Wenn ich ehrlich war, schreckte mich diese Tatsache ab.

Ich tigerte in dem dunklen Keller hin und her, bis ich mich endlich dazu entschied, das Licht anzuschalten. Der Raum wurde erleuchtet und ich sah sie das erste Mal richtig. Shit. Diese Frau sah verboten gut aus. Ihr volles Haar fiel elegant auf ihre schmalen Schultern und ihre perfekten Lippen standen millimeterweit offen. Sie stand noch immer am anderen Ende des Raumes, ihre Arme vor der Brust verschränkt und sah mich ungehemmt an. Sie gaffte mich einfach nur an. Wieso tat sie das, verdammt? Ich ließ meinen Blick an ihr hinabwandern, blieb einen Augenblick zu lange an ihrem Dekolleté hängen, und als ich den Rest ihres Körpers musterte, schnalzte ich abschätzend mit der Zunge.

»Was ist?« Langsam bekam ihre sichere Art erste Risse und sie sah an sich hinab, folgte meinem prüfenden Blick.

»Eine Frau sollte nicht so leicht bekleidet durch dieses Viertel laufen.«

Sie beobachtete mich genauestens, während sie sich dem Tisch in der rechten Ecke näherte und sich auf ihn setzte. Dabei pflanzte der Anblick ihrer verflucht genialen Beine Bilder in meinen Kopf, die ich nicht gebrauchen konnte. Nicht jetzt. Nicht hier. Nicht mit ihr.

»Ach? Und das hat ein Mörder zu entscheiden?«, fragte sie bissig und ich zog die Luft tief ein, um nicht meine Beherrschung zu verlieren.

»Der Kerl hatte es verdient, zu sterben.« Beim Gedanken daran, dass sein Körper noch immer da draußen in der Gasse lag, wurde mir schlecht. An diesem Abend donnerte ich alles gegen die Wand. Wenn Samuel erfuhr, was ich hier tat, war ich ausgeliefert, und das, obwohl ich noch lange nicht fertig war.

»Niemand hat es verdient, zu sterben«, antwortete sie leise und ich lachte lediglich zynisch auf.

»Du bist ziemlich naiv, Süße. Und du hast Dinge gesehen, die du nicht hättest sehen sollen.« Mit diesen Worten ging ich auf sie zu, stellte mich vor sie und ich spürte, dass ich eine Wirkung auf sie ausübte, der sie nicht entkam. Ihre Atmung flachte ab, ihre Lider flatterten und ich sah an ihren Unterarmen, dass sie eine Gänsehaut überzog. Ich wusste immer, was in den Menschen vorging, und ich hasste es, mehr über meine Mitmenschen zu wissen als sie selbst. Aber diese Kleine hier war anders, als alle Frauen, die ich je getroffen hatte.

»Und was willst du jetzt mit mir machen?« Sie sah zu mir auf und endlich konnte ich die Farbe ihrer Augen erkennen.

Sie waren braun, beinahe schwarz, passend zu ihrem dunklen Haar. Wieso erweckte diese Frau den Wunsch in mir, sie zu berühren? Ich hatte gerade jemanden umgebracht, verdammt! Ich sollte an nichts anderes denken.

Auch wenn es nicht das erste Mal war. So viel Blut klebte an meinen Händen, und mittlerweile war ich in einem Stadium angekommen, in dem es mir einfach egal war, was meine Hände alles getan hatten. Was meine Lippen gesagt hatten. Was ich angerichtet hatte.

»Hast du gar keine Angst?«, wollte ich wissen und ging noch einen Schritt auf sie zu. Je näher ich ihr kam, desto stärker loderten ihre Augen.

»Wovor denn? Vor dir?« Ihre unschuldige, unwissende Art turnte mich an, und ich stellte mir vor, wie es wohl wäre, an diesem Abend ein ganz normaler Kerl zu sein. Jemand, der sich nahm, was er wollte. Wenn es nur so einfach sein könnte – dann würde ich sie auf der Stelle an mich ziehen. Aber ich konnte nicht. Es war zu riskant, jemanden in mein Leben zu lassen. Sei es auch nur für eine Nacht.

Sie schlug ihre Beine übereinander, und von meiner Position aus konnte ich noch tiefer in ihren auffordernden Ausschnitt blicken.

»Zum Beispiel?« Ich deutete mit einem sachten Nicken auf den Revolver, den ich noch immer wie versteinert in der Hand hielt. Auch heute war es mir nicht leichtgefallen, den Abzug zu drücken. Mit jedem

Leben, das ich nahm, fühlte es sich an, als würde ich auch mir etwas rauben.

Die Frau, deren Namen ich noch nicht kannte, griff nach meiner Hand, und alles in mir verkrampfte sich, als sie mit ihren grazilen Fingern die Pistole umschloss und mir abnahm. *Jacobsen, was tust du hier?*

»Du hättest mich längst erschießen können. Hast du aber nicht. Also um deine Frage zu beantworten: Nein, ich habe keine Angst vor dir.« Ihre Stimme klang so ruhig, so leise, dass ich mich fragte, wer zum Teufel diese Frau erschaffen hatte.

»Das solltest du aber. Du hast Wissen, das du nicht haben solltest. Also schätze ich …« Jetzt war ich es, der ihre Hand umschloss, und sobald ich ihre Haut berührte, spürte ich das Zucken ihres Körpers.

»Was?«, hauchte sie atemlos.

»Ich schätze, du bist lebensmüde«, zischte ich und entriss ihr mit festem Griff die Knarre und steckte sie zurück in die Halterung an meiner Jeans. Diese Frau war eindeutig nicht bei klarem Verstand, und ich fühlte mich nicht wohl bei dem Gedanken, dass sie das Ding in der Hand hielt.

»Ich bin nicht lebensmüde, ich bin gelangweilt. Das ist ein Unterschied.« Mit diesen Worten sprang sie vom Tisch, ging um mich herum und steuerte ein kleines Fenster an, das von einer Gardine verdeckt wurde. Sie schob den staubigen Stoff sachte beiseite und sah hinaus.

»Wer bist du?«, fragte ich sie verblüfft und beobachtete diese völlig kuriose Erscheinung, die sie darbot.

»Im Moment bin ich nur eines: Augenzeugin eines Mordes.« Alles in mir flammte erneut unter ihren Worten auf, und als eine laute Sirene mich aus meinen Gedanken riss, erstarrte ich.

»Scheiße, zieh die Vorhänge zu!«, befahl ich ihr und zu meinem Erstaunen tat sie, was ich von ihr verlangte, ohne mit der Wimper zu zucken. Schnellen Schrittes kam sie zu mir zurück, und ich schaltete das Licht aus. Es war wieder stockfinster und vor allem war es still. Alles, was ich hören konnte, war der Atem dieser Frau. Ihr Duft raubte mir jeglichen Sinn für Realität. Wer zur Hölle war sie? Wieso hatte sie keine Angst vor mir?

Draußen begann es in Strömen zu regnen und ich hörte, wie Autotüren zuschlugen. Polizisten stürmten in die Gasse und entdeckten seine Leiche. Ich stellte mir vor, wie der Regen auch den Rest seines sinnlosen Lebens aus ihm herausspülte.

Bald würde niemand mehr einen Gedanken an ihn verschwenden. An diesen Kerl, der es verdient hätte, viel mehr zu leiden. Viel mehr Schmerzen zu spüren. Die Schmerzen, die er vorher *ihr* zugefügt hatte. Er hätte viel stärker bluten müssen, um das zu empfinden, was sie einst empfunden hatte. Meine Brust spannte sich schlagartig an und meine Lunge füllte sich mit dem Staub dieses verdreckten Kerkers. Die Frau, die jetzt mit dem Rücken zu mir dastand, schwieg, und ich wusste nicht, was ich mit ihrer Nähe anfangen sollte. Jedes Molekül in der Luft war zum Zerreißen angespannt. Die Cops schrien etwas, das ich nicht verstand, und als ihre Stimmen lauter wurden und sich dem Keller näherten, zog ich die Unbekannte an mich heran und legte ihr einen Finger auf die Lippen. Ihre verflucht weichen Lippen. Ich wollte, dass sie keinen Ton von sich gab. Aber war das wirklich der wahre Grund?

Sie öffnete ihren Mund einen Spaltbreit, sagte aber nichts. Ihren Rücken an meiner Brust zu spüren, sorgte dafür, dass die Bilder in meinem Kopf verstärkt wurden. Ich konnte keinen sinnvollen Gedanken verfassen, und in dieser Sekunde war es mir sogar egal, wenn sie mich entdecken würden. Alles war bedeutungslos. Es war einfach egal geworden.

Unter der dünnen Jacke zitterten ihre Schultern, also zog ich mir meine aus, um sie über ihren Rücken zu legen. Sie griff nach dem Stoff und schlang ihn enger um ihren ausgekühlten Körper. Ob sie wirklich zitterte, weil ihr kalt war, oder ob das Adrenalin schuld war, wusste ich nicht.

»Sind sie weg?«, flüsterte sie, als es eine Weile lang still blieb. Ich war nicht in der Lage, mich zu bewegen, also verharrte ich in meiner Position.

»Schätze ja.«

»Wer bist du?« Nun war sie es, die diese Frage stellte, und meine Mundwinkel zuckten belustigt angesichts ihrer Frage. Diese Frau liebte diesen Nervenkitzel, den ich ihr beschaffte, und ich genoss es.

»Ich bin der Böse.« Mehr sagte ich nicht. Stattdessen lehnte ich meinen Kopf an ihren und schloss flüchtig die Augen. Das, was ich jetzt tun würde, würde ich den Rest meines Lebens bereuen, aber es ging nicht anders. Es dauerte sicher nicht lange, bis Samuel hier auftauchen und sie sehen würde. Dann könnte ich für nichts mehr garantieren. Sie wäre in Gefahr, und auch wenn ich sie nicht kannte und sie mir egal sein sollte, so war sie es nicht. Aus irgendeinem verkorksten Grund, den ich mir beim besten Willen nicht erklären konnte, wollte ich sie in Sicherheit wissen. »Es tut mir leid«, murmelte ich in ihr Haar und ich bemerkte die Veränderungen an ihrem Körper hautnah. Das Zittern ließ augenblicklich nach und sie sah zu mir auf.

»Was tut dir leid?« Es war gerade hell genug, dass ich ihre Umrisse erahnen konnte, und dann zückte ich das mit Chloroform versetzte Tuch aus meiner Hosentasche und hielt es ihr vor den Mund. Sie wehrte sich gegen mich, schlug um sich, und dann fiel sie in meinen Armen wie ein instabiles Kartenhaus zusammen. »Das hier. Das tut mir leid. Schlaf gut, Süße.«

3. Liebst du die Gefahr?

»Er war gefährlich. Und damit meinte ich nicht, dass er ein Herzensbrecher war, nein. Er war die Gefahr pur. Und genau das war es, was mich an ihm faszinierte.«

Sofia

Panisch schlug ich die Augen auf, und die grelle Sonne, die gerade den Tag willkommen hieß, verschlimmerte den pochenden Schmerz in meiner Schläfe. Was war passiert? Als ich die letzten Erinnerungen Revue passieren ließ, erstarrte ich in meiner Bewegung und setzte mich auf. Hatte ich das alles nur geträumt? Meine Schicht im Blews, das Telefonat mit Lenny, die Gasse, die Waffe, der Schuss, der Schrei. Dieser Mann. Der Keller. Alles rauschte in meinen Gedanken an mir vorbei, und ich wusste nicht mehr, was real war und was nur Traum.

Sobald ich mich in meinem Zimmer umsah und erleichtert feststellte, dass ich wirklich in meinem Bett lag und allein war, atmete ich erleichtert auf. Doch dann landete mein Blick in meinem Spiegel.

Und dort saß ich – auf meinem Bett. Und ich trug verdammt noch mal diese schwarze Lederjacke, die mir bewies, dass all das real war.

Ich sah an mir hinab, nahm das Leder der Jacke zwischen die Fingerspitzen und rieb sanft daran. Ich sog den Duft ein und augenblicklich spürte ich eine Woge der Entspannung, die mich überrollte. *Bist du völlig durchgedreht, Sofia?* Dieser Kerl war ein Mörder. Er hatte diesen Mann erschossen – vor meinen Augen. Wie konnte ich mich sicher fühlen, wenn ich an ihn dachte?

Ich war eine verdammt gute Menschenkennerin und vor allem war ich eines: impulsiv. Und die vergangene Nacht war das Impulsivste, was ich je hatte erleben können. Seine Nähe hatte mir das gegeben, wonach ich so lange gesucht hatte.

Kopfschüttelnd blickte ich noch einmal in den Spiegel und strich mir das zerzauste Haar glatt, bevor ich mich mühsam aufrappelte, mir die Lederjacke auszog und in meinen Schrank feuerte. Ich durfte sie nicht mehr sehen, nicht mehr fühlen, nicht mehr riechen.

Das Letzte, woran ich mich erinnerte, waren vier Worte. Vier Worte aus seinem Mund in dieser beflügelnden Stimme, die mir alle Sinne raubten. Ich kannte diesen Kerl nicht und dennoch hatte er es geschafft, mich innerhalb einiger Minuten in seinen Bann zu ziehen. Mich zog das Böse schon immer an, aber damit musste nun Schluss sein.

Es tut mir leid.

Danach prangte ein Loch in meinem Gedächtnis, das ich, so sehr ich es auch wollte, nicht mit Erinnerungen füllen konnte. Noch jetzt konnte ich seinen Körper an meinem spüren. Etwas von ihm hatte er auf mir hinterlassen. Ich fühlte mich gebrandmarkt.

Als ich gerade die Tür öffnen und den Flur betreten wollte, spürte ich einen stechenden Schmerz in meinem rechten Arm. Ich warf einen Blick auf meine Armbeuge und erkannte die ersten blauen Male, die über Nacht auf meiner Haut entstanden waren. Sie waren ein weiterer Beweis dafür, dass alles, was ich noch wusste, real war. Es gab diesen Mann, es gab diesen Mord und vor allem gab es diese seltsame Anziehung zwischen uns.

Damit ich nicht weiter in meine absurden Gedanken abdriften konnte, warf ich mir schnell eine Jacke über und verließ dann mein Zimmer. Auf dem Flur schlug mir der Duft von frischem Kaffee in die Nase, und wie paralysiert folgte ich ihm in die Küche.

Ich wollte mich gerade auf den Weg zur Kaffeemaschine machen, als ich mit einer Frau zusammenstieß. Und – bei Gott – diese Frau war gewiss nicht Belle. Erst als ich wieder bei klarem Verstand war, realisierte ich, dass die Frau, mit der ich soeben kollidierte, nackt war. Splitterfasernackt stand sie vor mir und ich hatte Stellen an ihrem Körper berührt, die ich nicht berühren wollte. Unter keinen Umständen.

»Entschuldige, Süße«, säuselte sie und bei ihrem Spitznamen für mich erschauderte ich. Sofort drang sich das Bild des unbekannten Mannes in meine Gedanken.

»Belle!«, schrie ich und Sekunden später tippelte meine beste Freundin, ebenfalls spärlich bekleidet, in die Küche.

»Guten Morgen, Schätzchen«, summte sie und ich schenkte ihr einen vernichtenden Blick.

»Was wird das hier? Eine Orgie?«, blaffte ich sie an und sie riss erschrocken ihre Augen auf. Ich war von Anfang an darauf eingestellt, dass Belle kuriose sexuelle Vorlieben hegte und verdammt, ich hatte immer alles toleriert, aber das hier ging zu weit. Ob ich generell oder wegen der gestrigen Nacht so gereizt war, konnte ich nicht deuten.

»Komm mal wieder runter, Fia. Alles gut, okay? Lenny weiß davon. Er hatte definitiv seinen Spaß mit uns. Mach dich mal locker!« Das Radio spielte ein Lied von den Spice Girls und trieb damit meine schlechte Laune auf ein ganz neues Level.

»Belle, was du in deinem Bett machst ist mir wirklich egal, glaub mir. Aber ich möchte keine Körperteile von fremden Menschen an mir spüren, weil hier deine nackten Betthäschen rumrennen und es nicht für nötig halten, sich was überzuziehen«, ließ ich meiner Wut freien Lauf und sah die Frau vor mir abschätzend an. Sie senkte ihren Blick nicht, sondern lächelte mir gehässig entgegen.

»Gott, ist die spießig«, schnalzte sie und ich ballte meine Hände zu Fäusten.

Heute war kein guter Tag, um mich auf die Palme zu bringen. Belle drängte sich an mir vorbei, gab der Frau vor mir einen feuchten Zungenkuss und flüsterte ihr etwas ins Ohr, was ich um keinen Preis hören wollte.

Daraufhin verließ das Betthäschen die Küche und Belle bat mich, Platz zu nehmen. Währenddessen goss sie mir einen Becher dampfenden Kaffee ein und ich lockerte meine angespannten Schultern ein wenig.

»Was ist denn los, Fia? Das stört dich doch sonst auch nicht?«

Sie stellte den Becher vor meiner Nase ab und ich schloss kurz die Augen und überlegte, was ich ihr sagen konnte und was nicht. Letztendlich beschloss ich, meinen Mund zu halten und zu lügen.

Was sollte ich auch sonst tun? Sagen, dass ich gestern einen Mord mit eigenen Augen gesehen hatte? Und dass ich mich, so verrückt es auch klang, zu diesem Drecksskerl auch noch hingezogen fühlte?

Ich hatte nie an diese enorme körperliche Anziehungskraft zweier Menschen geglaubt, aber mittlerweile wusste ich, dass es sie gab.

Belle nahm gegenüber von mir Platz und nahm einen Schluck ihres Tees.

Sie hasste Kaffee wie die Pest und umso dankbarer war ich ihr, dass sie mich jeden Morgen mit einer frischen Portion Koffein versorgte.

»Du siehst ziemlich müde aus. Hast du nicht gut geschlafen? Waren wir zu laut?«

Bei ihrer letzten Frage färbten sich ihre Wangen rot, und es war das erste Mal, dass Belle überhaupt vor meinen Augen errötete. Sie machte sich nie etwas aus ihrer kuriosen Sexualität, aber letzte Nacht schien sich etwas geändert zu haben.

»Wart ihr nicht, keine Sorge. Ich hatte nur einen seltsamen Traum. Aber nun zu dir. Du, Lenny und diese Frau? Soll das die neue Art von Versöhnung sein?«, fragte ich sie baff und daraufhin schenkte sie mir ein allzu deutliches Lächeln. War sie etwa in diese Schnalle verknallt? Ich verstand die Welt nicht mehr.

»Ach, das hat sich so ergeben. Du kennst mich doch – ich brauche ab und zu etwas Abwechslung. Und es tut mir leid, dass sie hier nackt herumtänzelt. Wird nicht wieder vorkommen. Versprochen!«

Sie hielt ihre Finger demonstrativ in die Höhe und ich nickte zufrieden, während ich den köstlichen Duft der Kaffeebohnen genoss. »Wann beginnt heut meine Schicht?«, warf ich plötzlich in den Raum und lehnte mich auf meinem Stuhl zurück. Belle riss ihre Augen auf und runzelte ihre Stirn.

»Bist du dir sicher, dass es dir gut geht? Sofia Bourton weiß nicht, wann ihre Schicht beginnt? Du planst doch sonst alles durch!«

Sie veralberte mich, und so sehr ich auch versuchte, mir meinen Schichtplan zurück ins Gedächtnis zu rufen, so kam er nicht wieder. Sie hatte recht – ich konnte nicht mehr verleugnen, dass ich mächtig durcheinander war. Andere Frauen wären an meiner Stelle verstört, traumatisiert. Ich nicht. Und diese Tatsache machte mir mehr Angst, als ich zugeben wollte.

»Der Traum macht mich einfach fertig. Nun sag schon!«

Belle blickte kurz zur Uhr und nahm dann unseren Plan in die Hände, der am Kühlschrank befestigt war.

»Du fängst um zwei an. Aber jetzt erzähl schon, was war das für ein Traum? War er versaut? Sah der Typ gut aus?«, stocherte sie in meiner offenen Wunde umher und abermals setzte mein Herzschlag aus. Meine Mundwinkel zuckten, ohne dass ich es verhindern konnte.

»Kann man so sagen.« Belle griff über dem Tisch nach meiner Hand und durchbohrte mich mit ihren katzengrünen Augen.

»Schätzchen, du bist sexuell so was von unausgelastet. Das solltest du schleunigst in den Griff kriegen, sonst haben wir ein riesiges Problem. Ich will nicht, dass du eine frustrierte Katzenmama wirst, die ihren flauschigen Babys Penisnamen gibt.«

»Penisnamen?«, sprudelte es aus mir heraus und ich hätte beinahe den ganzen Inhalt der Tasse auf dem Tisch verteilt.

»Ja, du weißt schon – Katzenmamas hatten schon lange nichts mehr zwischen ihren Beinen. Irgendwie müssen sie das ja ausgleichen. Und glaub mir: Puschelchen ist kein schöner Name für das männliche Geschlecht. Du kannst mir vertrauen: ich weiß es aus eigener Erfahrung.« Freudestrahlend stand sie auf, hauchte mir einen Kuss auf die Stirn und verschwand mit schwingenden Hüften aus der Küche. Ich stützte meine Arme auf dem Tisch ab, bettete meinen Kopf in meine Hände und schüttelte energisch den Kopf. Konnte es eigentlich noch schlimmer werden?

***

Am Nachmittag begann meine Schicht in der kleinen Boutique, in der ich seit mittlerweile zwei Jahren tagsüber arbeitete. Es war ein toller Ausgleich zu dem ätzenden Job, dem ich abends nachgehen musste. Und obwohl ich alles daran setzte, meine Arbeit gut zu machen, so war ich an diesem Tag zu nichts zu gebrauchen. Wie sollte ich auch vergessen, was in der Nacht passiert war?

Natürlich wusste ich, dass ich zur Polizei gehen musste, wenn ich richtig handeln wollte. Doch dann rief ich mir in Erinnerung, dass es mir egal war, ob ich das Richtige tat oder nicht.

Niemand kümmerte sich ernsthaft darum, immer die richtigen Entscheidungen zu treffen, und selbst wenn, waren diese Menschen dann wirklich glücklich? Wir mussten Fehler machen, um daraus zu lernen, oder?

Keiner würde mir diese Frage auf der Stelle beantworten können, das wusste ich. Aber es tat gut, mich selbst an diese Worte zu klammern.

Das Moda Creativa war ein kleiner, bescheidener Laden in der Lower East Side. Der Umsatz ließ zwar zu wünschen übrig, aber immerhin hatten unsere Klamotten noch so etwas wie Stil, was viele andere Schuppen nicht von sich behaupten konnten.

Wir waren im Viertel wirklich angesehen, auch wenn der große Durchbruch auf sich warten ließ. Belle hatte ich in der Boutique kennengelernt, als ich mich hier zur Aushilfe beworben hatte. Weil ich keine richtige Bleibe hatte und wir uns auf Anhieb super verstanden hatten, bot sie mir an, bei sich zu wohnen, und seitdem konnte ich mir ein Leben außerhalb der WG nicht mehr vorstellen.

»Heute in Gedanken, was?« Diana war die Chefin des Ladens und sie nähte jedes Stück in diesem Laden selbst.

Es waren also alles Unikate, und ich beneidete sie für die brennende Leidenschaft, mit der sie diesen Job machte. Sie liebte es. Gab es auch etwas, das ich von ganzem Herzen liebte? In diesem Augenblick fiel mir zu meinem Entsetzen nicht eine Sache ein.

»Heute ist einfach nicht mein Tag. Tut mir leid«, murmelte ich, während ich einige Pullis, die neu in die Kollektion kamen, faltete und in den Regalen platzierte.

»Kein Problem. Jeder hat mal einen schlechten Tag.«

»Jeder? Dich habe ich noch nie schlecht gelaunt erlebt«, widersprach ich ihr und sie grinste mich kokett an.

»Ich bin vielleicht ein Ausnahmefall. Wenn du mich brauchst, ruf einfach. Ich fülle hinten die Kammer auf.« Und mit diesen Worten verschwand Diana aus meinem Sichtfeld und ließ mich allein.

Im selben Moment öffnete sich die Tür unseres Ladens und ich musste zweimal hinsehen, um mich zu vergewissern, dass ich richtiglag. Das zerzauste dunkle Haar. Die breiten Schultern, die beträchtliche Größe, die markanten Gesichtszüge.

Was zur Hölle? Träumte ich immer noch? Verdammt, ich wünschte, jemand könnte mich kneifen. Ich wollte die Flucht ergreifen und Diana bitten, den Gast zu übernehmen, aber er stand schon direkt vor mir. Da war er also.

Und er war definitiv keine Fata Morgana. Auch wenn ich mir wünschte, alles nur geträumt zu haben.

»Hallo«, sagte er, seine Augen funkelten und sein Mund verzog sich zu einem selbstgefälligen Lächeln. Einem verdammt umwerfenden Lächeln. Diese Augen, die mich schon in der Nacht zuvor so argwöhnisch gemustert hatten, blickten nun wieder auf mich hinab.

»Hallo«, sagte ich stockend und räusperte mich leise, um wieder zu meiner gewohnten Selbstsicherheit zurückzufinden.

»So sprachlos heute?« Sein spitzbübisches Lachen sorgte dafür, dass mein Herz Saltos machte, und ich prüfte, ob wir auch wirklich allein im Laden waren. Ich zog ihn an seinem Pullover in die hintere Ecke des Vorraumes und sah ihn schließlich beschuldigend an.

»Was willst du hier?«, knurrte ich und schaute immer wieder an ihm vorbei, um mich zu vergewissern, dass Diana uns nicht sehen konnte.

»Die Freude ist ganz meinerseits.« Noch immer ließ sein Schmunzeln nicht nach, und ich versuchte zu verdrängen, welche Wirkung es auf mich hatte. Mein Unterleib zuckte leicht zusammen und ich riss kurz die Augen auf. *Ehrlich, Sofia? Da kommt ein Typ um die Ecke, grinst dich einmal nett an, und du kriegst gleich Schmetterlinge im Bauch? Wie ätzend!*

»Antworte mir, verdammt!« Langsam ließ sein Lachen nach und er sah mich ernst an.

»Ich wollte mich entschuldigen - für das, was ich tun musste.« Wut keimte in mir auf, die ihren Weg durch meinen Körper fand und mit aller Wucht befreit werden wollte.

»Du hast mich betäubt!«, klagte ich ihn an und er fesselte mich derweil mit seinen Augen.

Diese gefährlichen Augen.

Das gefährliche Lachen.

Die gefährliche Stimme.

Dieser Mann verkörperte die Gefahr, und ich verlor mich immer tiefer in dem Drang, dieses Gefühl in mir aufzusaugen.

»Ich sagte doch, es tut mir leid.«

»Ach, und jetzt glaubst du, dass alles in Ordnung ist? Warum sollte ich nicht sofort zur Polizei gehen? Es tut dir also leid ja? Damit ist es noch nicht getan ...!«

»Kommt da noch was?« Schon wieder entstand dieses Grübchen auf seiner Wange, das ihm ein wenig Härte aus dem Gesicht nahm.

»Ich wollte dich beim Namen nennen, bis mir aufgefallen ist, dass ich den nicht mal kenne!«, donnerte ich und verschränkte die Arme vor der Brust.

»Harvey. Harvey Jacobsen. Stets zu deinen Diensten«, stellte er sich vor und lehnte sich mit seiner Schulter gegen den Spiegelschrank.

»Und welche Dienste sollen das sein?«, fragte ich ihn genervt und verdrängte den Instinkt, zu lächeln.

»Wenn dich jemand nervt, kann ich ihn beseitigen«, sagte er in vollem Ernst und ich sah ihn erschrocken an. Harvey also.

Ich musterte ihn genauestens und versuchte, mir so viele Merkmale wie möglich von ihm einzuprägen. Doch es gab einfach zu vieles, das ihn von den anderen Kerlen der Gegend abhob.

»Das ist nicht witzig«, murrte ich und senkte den Blick. Er legte seine Hand unter mein Kinn und hob es sachte an, bis ich ihm wieder in die Augen sah.

»Das war auch kein Spaß, Sofia.«

»Woher zum Teufel kennst du meinen Namen?« Völlig überrumpelt schüttelte ich den Kopf und wollte am liebsten auf etwas einschlagen, um meine ganzen hochkochenden Gefühle zu verarbeiten.

»Das werde ich dir nicht verraten.«

Genervt von seiner Geheimniskrämerei drängte ich mich an ihm vorbei und machte mich auf den Weg zur Kasse. Wenn ich etwas brauchte, dann war es Abstand. Am besten mehrere Meilen und einige Binnengewässer zwischen uns. Ganz ehrlich, hätte er seine dreckigen Geschäfte nicht in einem anderen Viertel verrichten können?

»Wo willst du hin?« Er heftete sich an meine Fersen und ich seufzte laut auf. Als ich mich abrupt umdrehte, prallte er gegen meine Brust, meine Hände lagen auf seiner, und obwohl ich sie auf der Stelle wegziehen wollte, ging es nicht.

Es fühlte sich an, als wären wir magnetisch voneinander angezogen. Ich hasste und liebte dieses Gefühl gleichermaßen.

»Die Frage ist doch eher, was du hier willst, Harvey?« Ich hörte mich an wie die letzte Oberzicke und genau das wollte ich auch – er sollte von selbst die Flucht ergreifen und aus meinem Leben verschwinden. Auch wenn ich zugeben musste, dass die gestrige Nacht ihre Spuren in mir hinterlassen hatte.

»Wieso ich hier bin? Ich bin hier, weil ich Klamotten brauche«, antwortete er mir selbstverständlich und ich sah ihn ungläubig an.

»Du brauchst Klamotten?«

»Ja, ist das so ungewöhnlich? Das hier ist doch ein Bekleidungsgeschäft, oder?«

»Ja, aber woher wusstest du, dass ich hier bin?«, wollte ich schroff wissen und verschränkte erneut die Arme vor der Brust. Seine Nähe raubte mir den Verstand - im negativsten Sinne.

»Ich wusste es nicht. Und jetzt gib mir einfach ein paar Klamotten.«

»Kannst du dich auch präziser ausdrücken? Hosen, Pullis, Shirts, Hemden, Socken, Unterhosen?« Harveys Augen blitzten hämisch auf, und ich verlor mich ein weiteres Mal in dem intensiven Grün seiner Iris.

»Klar, ich stand heute Morgen auf und dachte mir: Heute ist ein wunderbarer Tag, um Socken zu kaufen!«, veräppelte er mich, und ich legte meinen Kopf leicht schief, während ich mit gerunzelter Stirn zu ihm aufsah.

»Witzig. Wirklich, Harvey. Ich glaube, du hast den falschen Beruf gewählt. Du hättest Comedy machen sollen.«

Sobald ich meine Worte freigelassen hatte, schlug seine gute Laune um, und ich biss mir schmerzhaft auf die Zunge. Vermutlich wollte ich wieder einmal witziger sein, als es mir vergönnt war.

»Entschuldige. Also, wie kann ich dir helfen?«

»Ich brauche Pullis. Also – was habt ihr zu bieten?« Man hörte ihm an, dass er sich auf den Schlips getreten fühlte, und ich führte ihn schnell zu unserer Herrenabteilung.

Einige Exemplare nahm ich aus dem Regal und präsentierte sie ihm. Doch anstatt etwas zu sagen, nickte er bloß und blieb stumm.

»Ja oder nein?«, hakte ich unsicher nach, und endlich entstand wieder das Lächeln auf seinem Gesicht. War es seltsam, dass ich über ihn dachte, als kannte ich ihn bereits seit Ewigkeiten? Natürlich war es das. Alles an dieser Situation war seltsam.

»Ich nehme sie alle.« Ich sah ihn fragend an, während ich auf die Kleidungsstücke deutete.

»Willst du sie nicht mal anprobieren? Um zu gucken, ob sie dir stehen?«

Er winkte mit der Hand ab und bedeutete mir, zur Kasse zu gehen.

»Du kannst mir heute Abend sagen, ob sie mir stehen. Das fachkundige Auge einer Frau kann eh niemand toppen.«

Seine Augen funkelten wie bereits in der Nacht zuvor, und ich brauchte eine Weile, bis ich seine Worte verinnerlicht und verstanden hatte.

»Heute Abend? Was ist da?«, wollte ich wissen, während ich die Pullis scannte und die Rechnung erstellte.

»Ich würde mich gern bei dir entschuldigen. So ganz offiziell. Bei einem Dinner?« Meine Kinnlade klappte herunter, als ich realisierte, was er da gerade Absurdes von sich gab.

»Du willst mich daten?« Ich klang wie ein aufgescheuchtes Huhn und musste mich mächtig zusammenreißen, nicht laut zu lachen. Was bildete sich dieser Mann eigentlich ein? Nur, weil er attraktiv war?

»Vielleicht? Und was sagst du?« Er stützte sich auf dem Tresen der Kasse ab, und ich spürte, wie meine Finger zu zittern begannen, als ich die Zahlen in die Tastatur tippte.

»Dass du attraktiv bist, ändert nichts an der Tatsache, dass du ein Mörder bist, Harvey.«

Ich achtete besonders darauf, leise zu sprechen, damit Diana mich nicht hören konnte. Harveys Kiefer mahlten, und ich sah ihm an, dass er wütend wurde.

»Das soll dann wohl ein Nein sein?«, schlussfolgerte er nun wieder fröhlich und griff nach der Tüte mit den

Klamotten, die ich ihm über den Tresen reichte. Ich nannte ihm den Preis und er schob mir das Geld herüber.

»Ich muss heute Abend eh arbeiten. Also nein, tut mir leid. Ich hoffe, dass dir die Sachen passen werden.« Harvey suchte den Blickkontakt zu mir, den ich unter allen Umständen vermeiden wollte. Ich durfte ihn nicht ansehen. Nicht, wenn ich mehr dabei empfand, als ich sollte. Er war gefährlich. Und damit meinte ich nicht, dass er ein Herzensbrecher war, nein. Er war die Gefahr pur. Und genau das war es, was mich an ihm faszinierte.

»Dann schätze ich, war es das? Danke, für die sachkundige Beratung.« Damit war Harvey Jacobsen aus meinem Blickfeld verschwunden. Er ließ mich zitternd und mit verfluchten Schmetterlingen in meinem Bauch allein zurück.

4. Warum?

»Wenn du wüsstest, was ich für schmutzige Dinge mit dir vorhabe, würdest du vorwärts aus dieser Bar rennen und nie wieder zurückkommen, glaub mir«, flüsterte er mir ins Ohr, und als der Duft seines herben Aftershaves in meine Nase stieg, erbebte alles in mir.

Sofia

»Du siehst glücklich aus«, stellte Brian am Abend erstaunt fest, und ich warf einen Blick in die verglaste Vitrine, in der die Gläser aufbewahrt wurden. Und er hatte recht – ich trug dieses seltsame Lächeln auf den Lippen, das ich so lange aus meinem Leben verbannt hatte. Am liebsten hätte ich ihm ein Stück meiner Euphorie abgegeben, damit er sich seine grässliche Exfrau endlich aus dem Kopf schlug.

»Ist das ein Problem?« Ich wandte mich zu Brian, während ich die Gläser nacheinander abwusch und schließlich abtrocknete, um sie wieder in den Schrank zu stellen. Es war noch recht früh am Abend und die Stammgäste würden erst in ein oder zwei Stunden im Blews auftauchen und sich gegenseitig mit ihren schmierigen Sprüchen nerven.

»Doch, es freut mich, dich lächeln zu sehen. Das tust du viel zu selten, Sofia. Hast du jemanden kennengelernt?«

Erschrocken über seine Direktheit sah ich Brian an. Er war gut gebaut, hatte ein stattliches Kreuz und blondes, wirres Haar. Wie alt er war, hatte er mir nie verraten und das, obwohl er fast jeden Abend vor den anderen auftauchte, um mit mir zu quatschen.

»Nein. Ich habe kein Date.« Hatte ich wirklich nicht. Schließlich hatte ich Harvey auf ganzer Linie abblitzen lassen und ich war froh, so standhaft gewesen zu sein.

Ich war immer ein sprunghaftes Mädchen und ich konnte nicht behaupten, dass ich gänzlich unschuldig war. Dennoch war mein Männerverschleiß bei Weitem geringer als Belles.

»Schade, ich hätte es dir gewünscht.« Ich goss ihm eine Wodka-Energy-Mischung ein und stellte die Flasche zurück an ihren Platz.

»Und bei dir? Jemanden in Aussicht?« Ich hasste es, über mich zu reden, weshalb ich schnell von mir ablenkte und den Fokus des Gesprächs auf ihn richtete. Da ich meine Schicht schon früher begonnen hatte, war mein Feierabend endlich in Sicht. Susan übernahm gern die Nachtschichten und ich war ihr unheimlich dankbar dafür.

»Ach, die können mich alle mal. Manchmal habe ich das Gefühl, es gibt gar keine vernünftigen Frauen mehr«, seufzte er.

Ich legte ihm meine Hand auf seinen Arm und bat ihn, mich anzusehen.

»Die Richtige läuft da draußen noch rum, verstanden? Gib die Hoffnung nicht auf. Ich glaube, du musst einfach nur aus diesem Trott raus, in dem du gefangen bist.«

Seine Augen waren unfassbar treu, und es brachte mein Herz zum Bluten, dass man ihm so wehgetan hatte.

»Meinst du, es gibt für jeden von uns den richtigen Partner?« Hoffnung blitzte in seinen vom Alkohol glasigen Augen auf und ich nickte versichernd.

»Gibt es. Ich schwöre es dir.« Vermutlich hatte ich sogar recht, aber ich war die einzige Frau auf der Welt, bei der ich mir sicher war, dass es das perfekte Gegenstück nicht gab.

Wir alle waren Münzen und ich, ich war die seltene Einzelprägung, die nirgendwo richtig dazu passte. Aber hey, das war in Ordnung. Wirklich.

»Was würde ich nur ohne dich machen?«, flüsterte er grinsend und ich zuckte die Schultern. Manchmal fragte ich mich echt, ob ich den Job verfehlt hatte. Vermutlich hätte ich Psychologin werden sollen.

»Du würdest auch ohne mich überleben, Brian. Und jetzt hör auf, mir zu schmeicheln.« Überschwänglich machte ich mich wieder an die Arbeit und kehrte ihm den Rücken zu.

»Wer schmeichelt hier wem?«

Nein.

Das konnte nicht wahr sein. Was war das? Diese Stimme ... gehörte ganz sicher nicht Brian. Das Zittern, das sie bereits am Vorabend in mir hervorrief, war wieder da. Diese Aura, die plötzlich die ganze Bar erfüllte.

Hastig drehte ich mich um und erschrak, als ich in zwei glühend grüne Augen sah, die mich schelmisch musterten. Was machte er hier? Brian sah ihn verwundert an und zog seine Augenbrauen in die Höhe.

»Harvey?« *Du dumme Nuss, natürlich war es Harvey, wer auch sonst?* Innerlich klammerte ich mich an den Wunsch, dass ich nur halluzinierte und er nicht in Wirklichkeit vor mir stand. Doch das tat er. Und er sah mehr als verboten gut dabei aus. Er trug den Pulli, den ich ihm heute in der Boutique als Erstes angedreht hatte. Der V-Ausschnitt ließ nur erahnen, wie muskulös seine Brust darunter wirklich war. Zu gern wollte ich mich selbst davon überzeugen und ihn einfach an mich ziehen ...

»Sofia.« Lachend setzte er sich an die Bar, direkt neben Brian. Dieser deutete meinen hilfesuchenden Blick falsch und verschwand, ohne ein weiteres Wort zu verlieren.

Super, wir waren allein und ich hatte einen verdammten Stock im Arsch. Warum gab es eigentlich nicht diese legendären Luken im Boden, die einen darin versinken ließen? Hallo? Die bräuchte ich mal ganz dringend.

»Du siehst panisch aus. Alles gut?« Noch immer war das Lächeln auf seinen Lippen so präsent, dass ich seinen Mund eine Sekunde zu lange anstierte.

»Verfolgst du mich?«, fragte ich ihn bitter, als ich meine Sprache wiedergefunden hatte. Zu meinem Glück hatte ich mich heute etwas bedeckter gekleidet, sodass Harvey es schaffte, mir in die Augen und nicht auf die Titten zu starren.

»Ich wollte wissen, ob mir die Klamotten stehen, die du mir angedreht hast.«

Er zwinkerte mir verführerisch zu. In diesem Moment blendete ich alles aus, außer dem Ziehen meines Unterleibes.

Ich musterte ihn argwöhnisch und musste mich leise räuspern, um bei Verstand zu bleiben. Meine Schicht endete in einer halben Stunde und ich sollte mich wirklich zusammenreißen.

»Der Pulli steht dir. Zufrieden? War es das?« Das Funkeln seiner Augen verstärkte sich unter meiner mehr als bissigen Frage. Wieso schreckte es ihn nicht ab, dass ich so kalt zu ihm war? Ich hatte das Gefühl, dass ich ihn damit noch mehr anlockte.

»Nein. Ich will dich kennenlernen«, sagte er, ohne mit den Wimpern zu zucken. Hatte ich mich gerade verhört? Musste ich einfach, oder?

»Warum?« Ich stützte mich auf dem Tresen ab, und plötzlich waren wir uns für meinen Geschmack viel zu nah. Von hier aus konnte ich jedes noch so kleine Detail seines unfassbar interessanten Gesichtes sehen. Er war so anders als alles, was sich bisher in dieser Bar herumgetrieben hatte. Er spielte definitiv in einer anderen Liga als all die Kerle, die mir sonst das Ohr abkauten, und es war eine angenehme Abwechslung.

»Weil du eine Gefahr für mich darstellst, Sofia. Ich muss die Gefahr abschätzen«, antwortete er mir schulterzuckend und bestellte daraufhin einen Kurzen bei mir.

»Ich werde niemandem etwas verraten, okay?«, flüsterte ich ihm zu, während ich die klare Flüssigkeit in sein kleines Glas füllte und zu ihm schob. Derweil goss ich auch mir einen ein – den brauchte ich einfach, wenn er so dicht vor mir saß.

»Und wieso nicht? Wieso deckst du mich? Ich bin ein Fremder für dich, du bist mir keinen Gefallen schuldig.« Ich sah ihm an, dass er nach einer ehrlichen Antwort in meinen Augen suchte, aber ich wusste nicht, ob ich ihm sie überhaupt geben wollte.

Als Susan die Bar betrat und es sich hinter dem Tresen bequem machte, griff ich mir die Flasche, das Glas und zog Harvey mit mir in die hinterste Ecke des Blews.

»Setz dich«, befahl ich ihm und er ließ sich auf der Couch nieder und sah mich gefällig grinsend an.

»Was ist?«, wollte ich genervt wissen.

»Deine herrische Art ist ziemlich interessant«, stellte er trocken fest und bat mich, neben ihm Platz zu nehmen.

»Also, wieso tust du das? Wieso schützt du mich?«

Man hörte ihm an, dass es ihn beschäftigte, und ich schmunzelte in mich hinein, weil ich das Gefühl hatte, ihn damit in der Hand zu haben. Was ich mit dieser neu gewonnenen Erkenntnis anstellen sollte, wusste ich zwar noch nicht, aber es gefiel mir.

»Weil es mir egal ist, was du tust. Ich habe mich noch nie in fremde Angelegenheiten eingemischt. Und das sollte sich auch nicht ändern, also sei einfach froh darüber, und wir vergessen das, okay?«

Er begab sich in eine lässige Pose und deutete auf das kleine Glas in meiner Hand.

»Du bist seltsam«, murmelte er und erhob seinen Kurzen, um ihn in einem Schluck zu leeren. Ich tat es ihm gleich und bereute es sofort, weil meine Kehle Feuer fing und ich diesen Geschmack wirklich absurd fand. Wie konnte man sich dieses Zeug jeden Abend hinter die Binde kippen?

»Seltsam trifft es ganz gut. Und was zeichnet dich aus?« Wieso fragte ich das denn jetzt? War ich völlig neben der Spur? Ich wollte ihn nicht näher kennenlernen, wollte nicht wissen, wie er drauf war und was ihn ausmachte, aber ich konnte mein Mundwerk noch nie stoppen.

»Ich bin vor allem eines: ein wahnsinnig guter Menschenkenner«, antwortete er matt und ich legte die Stirn in Falten. Gemächlich stellte ich das Glas zurück auf den Tisch, winkelte mein Bein an und drehte mich in seine Richtung.

»Ach ja? Das musst du mir erst einmal beweisen«, forderte ich ihn heraus und ich sah, dass er Blut geleckt hatte. Die Neugier stand ihm förmlich ins Gesicht geschrieben.

»Und wie soll ich das anstellen?«

»Mit einem Spiel.«

»Erklär mir die Regeln.«

Im Radio spielte Bon Jovi eine rockige Ballade und ich verdrängte den Wunsch, mich einfach an seine Schulter zu lehnen und die Augen zu schließen. Was dachte ich da? Mir war eindeutig nicht mehr zu helfen.

»Das Spiel heißt *Warum*?«, begann ich und füllte unsere beiden Gläser erneut mit der klaren Flüssigkeit.

»Und weiter?«

»Jeder stellt dem Gegenüber eine Frage, die mit *Warum* beginnt. Der andere muss sie beantworten. Und wenn man der Meinung ist, dass die Antwort gelogen ist, muss man trinken.«

Harvey schüttelte lachend den Kopf und lehnte sich zurück, während er an die Decke starrte.

»Das klingt total dämlich, weißt du das? Aber okay, ich bin dabei« Er nahm dieselbe Pose ein, wie ich, und sah mich mit glühenden Augen an.

Der Alkohol machte mich schon jetzt stärker und ich konnte seinem Blick ohne Probleme standhalten.

»Also, schieß los. Frag mich etwas!«, drängte ich, und er suchte nach der passenden Frage.

Wenn ich ehrlich war, gab es dieses Spiel gar nicht und ich hatte es mir eben selbst ausgedacht. Aber hey, man musste halt improvisieren können. Und das konnte ich wie ein Profi.

»Warum arbeitest du hier?« Seine erste Frage war wirklich lahm. Ich sah ihn ungläubig an, antwortete ihm aber dennoch, während er sich in der abgewrackten Location umsah. Ich musste es ja selbst zugeben, es war wirklich schrecklich, ein Teil dieses Gesindels zu sein.

»Weil mein Geld, das ich in der Boutique verdiene, nicht ausreicht, um meine Miete zu zahlen. Außerdem ist das Trinkgeld nicht schlecht«, sagte ich schulterzuckend und ich wartete darauf, dass er das Glas an seine Lippen setzte und trank.

Aber das tat er nicht. Anstatt eine Frage zu stellen, fokussierte ich seine vollen Lippen. Selten hatte ich so schöne Lippen an einem Mann gesehen. Ich fragte mich, wie es wohl wäre, ihn zu küssen. »Kein Wunder, die Kerle hier würden dich am liebsten jeden Abend flachlegen«, stellte er nüchtern fest und ich schlug ihm lachend gegen die Brust.

»Das ist nicht sehr nett von dir, weißt du? Es klingt als wäre ich eine Nutte«, sagte ich bestürzt und ließ meinen Blick automatisch wieder an seinem Körper hinabwandern. Was ich sah, gefiel mir besser, als alles, was ich bisher gesehen hatte. Und meine Augen hatten schon einiges sehen dürfen.

»So meinte ich das nicht. Aber wenn ein Kerl dich sieht und nicht sofort diese Gedanken bekommt, ist er schwul.« Ich war froh, dass ich nicht gerade einen Kurzen getrunken hatte, denn sonst wäre der in hohem Bogen auf seinem Schoß gelandet. Sein Blick glitt ebenfalls prüfend über meinen Körper, wenn auch unauffällig. Für mich war alles, was dieser Kerl machte, auffällig.

»Ach wirklich? Und du? Hattest du auch solche Gedanken?« Ich wollte es aus seinem Mund hören. Obwohl ich damit meine eigenen Regeln außer Kraft setzte und mich in diese Gefahr stürzte. Ich wusste, dass es niemals gut enden könnte, mich mit Harvey Jacobsen einzulassen. Nicht einmal, wenn es sich um eine einmalige Sache handeln sollte.

»Ob ich sie hatte? Ich *habe* sie, Sofia, glaub mir. In jeder Sekunde.«

Mein Herz polterte in meiner Brust, die Härchen an meinen Armen stellten sich auf und eine Gänsehaut überzog mich.

»Auch jetzt? Hier?«

Meine Stimme wurde leise, melodiös, verrucht ... und ich sah ihm dabei zu, wie er zischend einatmete. Meine Hand legte sich auf sein Knie, und als ich ihn berührte, verkrampfte er seinen Körper schlagartig.

»Wenn du wüsstest, was ich für schmutzige Dinge mit dir vorhabe, würdest du vorwärts aus dieser Bar rennen und nie wieder zurückkommen, glaub mir«, flüsterte er mir ins Ohr, und als der Duft seines herben Aftershaves in meine Nase stieg, erbebte alles in mir. Das Ziehen meines Unterleibes wurde stärker, drängender, fordernder. Ohne jeden Zweifel: Ich stand auf diesen Kerl. Und er machte mich mehr an, als ich zulassen sollte.

Obwohl ich ihn nicht einmal kannte. Als ich darüber nachdachte, wo wir stehengeblieben waren, schob ich ihn widerwillig von mir weg und fuhr fort.

»Lenk mich nicht ab! Ich bin dran. Also: Warum kamst du heute in den Laden?« Diese Frage brannte mir schon seit unserem Zusammentreffen im Moda Creativa auf der Zunge und ich brauchte eine ehrliche Antwort darauf.

»Weil ich Klamotten brauchte, das habe ich dir doch schon gesagt.«

Sein Mundwinkel verzog sich zu einem schiefen Lächeln und das Grübchen zierte seine Wange. Der Drei-Tage-Bart verlieh seinem Gesicht etwas Wildes, etwas, das ich nicht beschreiben konnte, auch wenn ich es wollte.

Dieser Mann war alles andere als gut für mich. Weil mich seine Antwort ganz und gar nicht zufriedenstellte, setzte ich den nächsten Shot an meine

Lippen und trank ihn aus, während ich ihm dabei direkt in die Augen sah.

»Du glaubst, ich lüge?«, fragte er mich erschüttert und fasste sich theatralisch ans Herz.

»Ich denke, da ist noch mehr. Aber gut, das werde ich vermutlich nie erfahren, habe ich recht? Du bist dran!«

Es dauerte einen Moment, bis er die Flasche nahm und mir erneut einschenkte.

»Warum hast du mein Angebot abgelehnt?« Seine Frage traf mich wie ein Blitz, und ich wusste nicht, ob ich ehrlich sein oder lügen sollte.

»Weil ich arbeiten musste.«

Harvey griff prompt nach seinem Glas und exte es, ohne den Blickkontakt, der uns miteinander verband, zu unterbrechen.

»Langsam macht mir das Spiel Spaß«, kommentierte er lachend. Als ich mich aufrecht hinsetzte, spürte ich bereits die Wirkung des Alkohols in meinem Körper. Ich trank nicht oft und vor allem nicht in diesem Laden, und das machte sich jetzt mit aller Kraft bemerkbar. Meine Haut kribbelte, mich beschlich ein warmes Gefühl, das sich von meinem Magen aus ausbreitete, und ich nahm alles nur noch verschwommen wahr.

Er machte mich stark, machte mich mutig. Und dann entfloh mir eine Frage, die ich am liebsten nicht gestellt hätte.

»Warum tötest du?« Sie schoss aus mir heraus, ohne dass ich mir vorher auf die Zunge hätte beißen können. Ich traute mich kaum, ihn anzusehen, weil ich wusste, wie persönlich diese Frage war. Doch dann sprach wieder der Alkohol aus mir und ich wusste, dass er es mir schuldig war, mir zu antworten. Schließlich deckte ich ihn, auch wenn ich *den* Beweis in der Hand hatte, um ihn bei den Bullen zu verpfeifen.

»Willst du das wirklich wissen?« Seine Stimme wurde dunkler, bedrohlicher, und da entstand wieder dieses prickelnde Ziehen in meiner Brust. Dieselbe Stimmfarbe, die mich am Vorabend dazu trieb, nicht einfach kehrt zu machen und einen anderen Weg zu nehmen. Ich konnte es nicht. Zu sehr zog er mich damit in seinen Bann.

»Ja«, wisperte ich und mittlerweile waren wir uns wieder so nah, dass ich ihn ohne große Umstände hätte küssen können. Sein Atem roch nach einer Mischung aus Alkohol und Minze. Genau die Mischung, die mich bei einem Mann seines Kalibers um die letzten Nervenzellen brachte.

»Ich töte ... weil ich nichts anderes kann.« Ich fühlte mich vor den Kopf gestoßen, konnte kaum glauben, dass er seine Antwort wirklich ernst meinte.

Also griff ich nach meinem Glas und Sekunden später spülte der Alkohol den Kloß in meinem Hals herunter, der seinetwegen entstanden war.

»Wieso glaube ich dir das nicht?« Er atmete tief ein und aus, seine Hand wanderte meinen Arm hinauf, und ich wusste nicht mehr, wo ich mich befand. Ob er mich wirklich berührte, oder ob ich es mir nur einbildete, weil mein körperliches Verlangen stetig anwuchs. Ich wollte ihn berühren, seine Lippen gefangen nehmen. Ich wollte ihn.

»Weil du naiv bist, Sofia.« Wieder einmal klang seine Stimme so gefährlich, dass jede normale Frau einfach die Flucht ergriffen hätte, bevor es zu spät war. Aber ich war nicht normal. Noch nie. Und ich wollte auch niemals normal sein.

»Warum musste er sterben?«, hauchte ich und bemerkte, dass meine Gefühle Achterbahn fuhren und sich Tränen in meinen Augen sammelten.

»Das waren schon zwei Fragen«, zischte er, und meine Lider flatterten, als mich sein Atem erneut traf.

»Sag es mir«, bat ich ihn flüsternd, und er schloss einen Moment die Augen. Sein Gesicht war eines von der Sorte, die man nie wieder vergessen konnte. Es war zu markant, zu besonders, zu schön. Einzigartig.

»Er hatte es verdient, Sofia. Er hatte ein Mädchen vergewaltigt.« Seine Kiefer waren angespannt, und als ich verstand, was er sagte, setzte mein Herzschlag aus.

Ich wollte etwas sagen, wollte nicht länger vom Alkohol beherrscht werden, aber es war bereits zu spät. Ich war maßlos hinüber.

»Ich bringe dich jetzt nach Hause«, sagte er schließlich, stand auf und hielt mir seine Hand hin.

»Nein, nein. Es tut mir leid, die Fragen waren blöd, lass uns weiterspielen«, erwiderte ich hastig, aber ich hatte die Stimmung gegen die Wand geschmettert, denn er hörte mich nicht einmal an.

»Du solltest nicht mehr trinken, Sofia. Ich bringe dich nach Hause. Und jetzt komm. Das ist keine Bitte, das ist ein Befehl.«

Widerwillig rappelte ich mich auf. Als meine Pudding-Beine unter mir nachgaben, krallte ich mich an seinem Arm fest, um nicht aus den beschissenen High Heels zu kippen.

»Ich finde auch allein nach Hause«, protestierte ich, nachdem ich Susan ein ‚Bye' zuwarf und aus dem Blews torkelte.

»Das sehe ich. So, wie du aussiehst, hast du die achthundert Meter bis morgen immer noch nicht geschafft.«

Immerhin klarte der kühle Wind, der uns entgegenschlug, meine wirren Gedankennebel ein wenig auf.

»Woher wusstest du eigentlich, wo ich wohne?« Die frische Luft sorgte dafür, dass die Wirkung des Alkohols abklang und ich wieder in menschlicher Geschwindigkeit denken und sprechen konnte. Auch mein Körper fühlte sich schnell wieder an, als gehörte er zu mir.

Harvey stützte mich dennoch, und ich wollte diese körperliche Nähe nicht unterbrechen, weshalb ich ihn gewähren ließ.

»Ich wusste es einfach.« Auf einmal war er wieder viel zu kühl, viel zu stählern, und ich befürchtete, dass er mir absichtlich aus dem Weg ging.

Den Blick stur auf die Straße gerichtet, zog er mich in die kleine Gasse. Dass es nicht *diese* Gasse war, spürte ich auf Anhieb, auch wenn mein Orientierungssinn hinüber war.

Als ich mich an diesen schlaffen Körper in der Blutlache erinnerte, stieg mir die Galle in die Speiseröhre. Also verbannte ich die Erinnerungsfetzen daran schnell aus meinem Kopf.

»Tja, dann würde ich sagen, war es das?«, fragte ich ihn schließlich, als wir vor meiner WG ankamen und ich einen Blick nach oben zu unserem Küchenfenster warf.

Zu meinem Glück war alles dunkel, und ich glaubte mich zu erinnern, dass Belle und Lenny ausgegangen waren. Die Wohnung war also leer. Ich hatte sie für mich allein und dieser Freifahrtschein säte Gedanken in mir, die falsch waren.

»Ich danke dir für deine reizende Gesellschaft«, sagte er zum Abschied und gab mich mit einem Kuss auf die Wange frei. Ich wusste, dass es falsch war. Dass ich alles noch viel schlimmer machte, wenn ich das tat. Aber ich konnte nicht anders. Ich wollte nicht anders.

Diese Anziehung wurde zu stark, und dann warf ich alles über Bord und legte meine Lippen auf seine. Ja, ich küsste ihn, und es war die erste Nacht seit Langem, in der sich etwas echt anfühlte.

5. Kontrollverlust

Ihr Keuchen wurde lauter, echter, willenloser. Und genau das wollte ich: Sie sollte ihren Willen ablegen und sich mir hingeben. Sie sollte mich wollen, wie sie noch nie zuvor jemanden wollte.

Harvey

Was tat sie da? Ich wusste nicht, ob ich sie wegstoßen oder dichter an mich ziehen sollte, aber als ich ihre verflucht weichen Lippen auf meinen spürte, war mir alles andere egal. Den ganzen Abend über habe ich mich gefragt, wie es wohl wäre, sie zu ficken, bis ihr alle Sinne vergehen.

»Das hättest du nicht tun sollen«, knurrte ich, unterbrach unseren Kuss jedoch in keiner Sekunde. Ihre zierlichen Arme schlangen sich um meinen Nacken, ich griff unter ihren Hintern und hob sie hoch, sodass sie sich mit ihren göttlichen Beinen an mich klammern konnte. Schnell hatte ich die letzte Distanz zur Eingangstür überwunden, und nachdem Sofia mir unbeholfen ihren Schlüssel in die Hand drückte und ich die Tür öffnete, schmiss ich den Schlüssel zu Boden und knallte sie hinter uns zu.

»Wieso?« Sie löste sich von mir, und in der Dunkelheit konnte ich kaum etwas von ihrem begnadeten Körper sehen. Es war eine Verschwendung, nichts sehen zu können. Raunend presste ich sie enger an mich und führte sie ohne Umschweife in ihr Zimmer. Ich wusste bereits, wo es sich befand, schließlich war ich nicht das erste Mal in dieser Wohnung.

Sofia seufzte, als ich begann, ihren Hals zu liebkosen, während ich sie gegen die Wand presste und mit meinen Fingern sanfte Spuren auf ihren Armen hinterließ. Ihr Zittern sorgte dafür, dass sich das ganze Blut zwischen meinen Lenden sammelte und ich es kaum aushielt.

»Weil ich gefährlich bin, schon vergessen?« Keuchend löste sie sich von mir und sah mich aus ihren großen Augen heraus an. Sie griff nach dem Kragen meines Pullovers und biss sich auf die Unterlippe.

»Das turnt mich an«, raunte sie mir ins Ohr, und dabei ihren Atem auf mir zu spüren, raubte mir die letzte Selbstbeherrschung.

Mit einem Schwung hatte ich sie abgesetzt, ihr das Top ausgezogen, und als ich am Bund ihrer Pants ankam, hinterließ ich unzählige Küsse auf ihrem flachen Bauch.

Sie lehnte sich gegen die Wand, beugte mir ihre Hüften willig entgegen, während ich sie aus diesen Shorts befreite und sie, lediglich im Slip, vor mir stand. Mein Schwanz war hart, und ich wusste nicht, wie lange ich dieses Vorspiel noch durchziehen konnte. Selten hatte mich eine Frau so geil gemacht wie sie.

Ich nahm den Slip zwischen meine Zähne, und als ich ihn langsam herunterzog, stöhnte sie heiser auf. Ihre Finger krallten sich in meinem Haar fest und ich versenkte meinen Mund auf ihrem pulsierenden Venushügel.

Mit meiner Hand umgriff ich ihren prallen Arsch, während ich meine Zunge zwischen ihre pochende Scham schob und an ihrer Perle leckte. Ihr Körper verkrampfte sich wellenartig, als ich meine linke Hand zur Hilfe nahm und mit meinem Daumen in sie eindrang.

Ihr Keuchen wurde lauter, echter, willenloser. Und genau das wollte ich: Sie sollte ihren Willen ablegen und sich mir hingeben. Sie sollte mich wollen, wie sie noch nie zuvor jemanden wollte.

»Harvey«, seufzte sie, ich hielt inne, entfernte mich aus ihr und sah zu ihr auf.

»Was, Sofia, was? Was willst du mir sagen?« Ich liebte es, wenn eine Frau sagen konnte, was sie wollte. Wenn sie sich nicht scheute, es laut auszusprechen. Meine Finger glitten über die Rundung ihres Hinterns, und ich spürte, dass ich immer härter wurde. Ich wollte sie ausfüllen, sie berühren, sie ficken. Ich wollte diese Frau.

»Ich will, dass du mit mir schläfst«, wisperte sie. Anstatt ihr auf der Stelle den Wunsch zu erfüllen, stand ich auf, zog mir den Pullover aus, schmiss ihn zu Boden und nahm ihr Gesicht zwischen meine Hände.

Derweil zeichnete sie die Konturen meiner Brust nach, und ich schloss einen Moment die Augen, um die Bilder festzuhalten, die dabei vor meinem geistigen Auge entstanden.

Ich hatte viel zu lange keinen Sex mehr und jetzt von dieser Wahnsinnsfrau berührt zu werden, war die pure Folter. Ich hatte damals etliche One-Night-Stands und es sollte verdammt nochmal nichts Besonderes für mich sein, sie zu vögeln. Aber mich beschlich die Befürchtung, dass es mit ihr anders war und ich mich Hals über Kopf in eine Sache stürzte, für die es in meinem Leben keinen Platz gab.

»Willst du, dass ich mit dir schlafe, oder willst du, dass ich dich ficke? Denn glaub mir, ich würde ausnahmsweise beides auf der Stelle tun«, knurrte ich heiser und öffnete langsam den Verschluss ihres BHs, der zu Boden fiel und mir eine blendende Aussicht auf ihre genialen Brüste bescherte.

Ich nahm eine ihrer Brustwarzen, die mittlerweile steif war, zwischen meine Fingerspitzen und zog sanft daran, bis ihr ein leiser Schrei entfloh.

»Sag schon, Sofia. Was willst du? Die sanfte oder die harte Tour?« Es war eine Qual, dass sie mich zappeln ließ und nicht endlich sagte, was sie von mir wollte. Ich war schon immer ein Kerl, dem man sagen musste, was man von ihm verlangte. Meine Lippen hauchten Küsse auf die Stelle unterhalb ihres Ohrläppchens und als ich ihr so nah war, konnte ich ihr Herz rasen hören. Sanft biss ich in ihren Hals und entlockte ihr ein weiteres Keuchen.

»Sofia, sag es!«, befahl ich ihr, und als sie mich dichter an ihren nackten Körper presste und ich mit meinem verdammten Ständer in der Jeans gegen ihren Bauch stieß, war mir alles andere egal.

Mit festem Griff hatte ich Sofia umgedreht, sodass sie mit dem Rücken zu mir dastand. Im Mondlicht konnte ich ihre Rundungen sehen, also fuhr ich heiße Linien auf ihrem durchgedrückten Rücken nach, wanderte tiefer hinab zum Ansatz ihres Pos und griff entschlossen an ihre nasse Klit.

»Wenn du mir nicht sagst, was du willst, werde ich dir das geben, was *ich* will.«

Mit schnellen Griffen hatte ich meinen Gürtel geöffnet und mich entkleidet. Mein Schwanz sehnte sich danach, in sie einzudringen, und als ich mir das Kondom, das ich im Portemonnaie aufbewahrte, überstrich, musste ich mich zusammenreißen, nicht einfach dieses Scheißteil wegzulassen und sie so zu nehmen. Sie wirklich an mir zu spüren. Ich drückte ihren Rücken durch und sie streckte mir ihren Arsch entgegen.

Mit einem Schwung holte ich aus. Erschrocken wich sie zurück, aber ich zog sie wieder an mich, und erneut landete meine flache Hand auf ihrem Arsch.

Mit meiner freien Hand umgriff ich ihren Nacken, packte sie und dann drang ich stöhnend in sie ein. Sie zuckte innerlich, als ich mich das erste Mal in ihr versenkte.

Schnell fand ich meinen Rhythmus und vögelte sie, wie ich es mir den ganzen Abend über ausgemalt hatte. Sie stützte sich mit den flachen Handflächen an der Wand ab, öffnete ihre Beine für mich, sodass ich noch tiefer eindringen konnte.

Mein Schwanz pochte fordernd, als ich in sie stieß und meine Augen schloss, um dieses abnormal geile Gefühl zu verinnerlichen. Sie stand vor mir, splitterfasernackt, und ich rammte mich der Länge nach in sie.

Mit der rechten Hand umgriff ich ihre Hüfte, während ich mit der anderen ihre Brust umschloss. Je härter ich sie fickte, desto lauter wurde ihr Stöhnen, und ich wusste wirklich nicht, wie lange ich es noch aushielt, diesen Anblick zu genießen, ohne sofort in ihr zu kommen.

Weil ich Abwechslung liebte, entriss ich mich ihr, drehte sie um und schubste sie auf das Bett herauf.

Sie biss sich erneut auf die Unterlippe und sah mich lasziv an, während sie ihre Beine für mich spreizte und mir den perfekten Blick auf ihre Klit verschaffte. Mit der rechten Hand fuhr sie sich selbst über den Bauch, umgriff ihre Brust und streichelte sich herausfordernd. Das Bild, das sich ergab, war eines der geilsten, die ich je hatte sehen dürfen. Weil ich das Gefühl ihrer Nässe vermisste, zog ich sie dichter an den Rand des Bettes heran, riss ihre Beine hoch und drang erneut in sie ein. So hart, dass sie kurz aufschrie.

»Und, was willst du jetzt, Sofia? Immer noch die harte Tour oder die softe?« Ich verweilte in ihr, ließ sie zappeln und ich spürte, dass sie mir ihre Hüften noch dichter entgegenpresste. Sie wollte, dass ich sie ausfüllte, in jedem Winkel ihres göttlichen Körpers.

»Die harte Tour«, seufzte sie, schloss flatternd ihre Lider, und ich fand endlich meine Bewegungen wieder. Langsam glitt ich aus ihrer feuchten Spalte heraus, nahm meinen Schaft in die Hand und führte meine Kuppe an ihre Scham.

Ich versenkte ihn abermals zwischen ihren feuchten Lippen, nur um ihn ihr schlussendlich wieder zu entziehen.

»Du musst es wollen, Sofia«, neckte ich sie und ließ sie in ihrer eigenen Geilheit sehnsüchtig auf dem Bett zurück. Sie sollte mir nicht nur sagen, dass sie es wollte, ich wollte es selbst fühlen.

»Ich will, dass du mich fickst, Harvey. So, wie du noch nie zuvor eine Frau genommen hast. Reicht dir das?« Ihre Augen brannten sich in meine hinein, und weil ich mich selbst erlösen wollte, glitt ich der Länge nach in sie hinein. Erst zaghaft, dann immer stürmischer. Sie schlang ihre Beine um mich, während ich mich mit den Knien auf dem Bett abstützte und diese Frau unter mir zum Höhepunkt brachte.

»Nicht aufhören«, bettelte sie stöhnend, und ich beugte mich vor, um ihre steifen Nippel zwischen meine Zähne zu nehmen. Mit der Rechten umgriff ich ihre Taille, während ich mich langsam auf sie rollte und sie an verflucht noch mal jeder Stelle ihres Körpers berührte. Je schneller ich sie vögelte, desto stärker wurde die Ekstase, in die ich uns beide beförderte. Mein Schwanz war mittlerweile so nass, dass ich auch meine letzten Gedanken einfach auf Standby stellte.

Sie krallte sich in meiner nackten Brust fest, hinterließ dunkelrote Striemen auf mir, während ich das letzte Mal in sie stieß und mich raunend ins Kondom ergoss. Ihre Klit zuckte, als ich mich ihr langsam entzog, mich von ihr abrollte und mich neben sie legte.

Mein Herz schlug in rasender Geschwindigkeit, als Sofia sich an mich schmiegte und meinen Körper mit ihren warmen Schenkeln umschloss.

»Warum haben wir das getan?«, wollte sie leise wissen, während sie mit ihren Fingerspitzen über meine Haut glitt und verloren durch das Dachfenster in den Himmel starrte.

»Ich habe absolut keinen Schimmer«, gestand ich, und als ihre Bewegungen verklangen und ich ihrem gleichmäßigen Atem lauschte, glaubte ich wirklich, dass mein abgewracktes Leben einen Wendepunkt erlebt hatte. Das glaubte ich wirklich. Auch wenn ich wusste, dass es gelogen war. Ich hasste es, mich selbst anzulügen ...

6. Der Morgen danach

Gott, konnte mir mal jemand den Kopf waschen und den Mist, der sich darin tummelte, entfernen und durch Gehirn ersetzen? Harvey musste mir meine Hirnmasse geraubt haben.

Sofia

»Guten Morgen«, murmelte ich in mein Kopfkissen und zu meinem Erstaunen erinnerte ich mich trotz der zahlreichen Drinks an jedes einzelne Detail der letzten Nacht. Und was mich noch viel mehr verwunderte: Es war mir egal, was geschehen war. Ich bereute es nicht. Wieso zum Teufel bereute ich es nicht? Stattdessen genoss ich das Gefühl, das Harvey auf meinem Körper hinterlassen hatte. Es beflügelte mich, machte mich schwach.

Doch als ich nach einer gefühlten Ewigkeit keine Antwort bekam, drehte ich mich um und stellte erschrocken fest, dass ich allein war. Er lag nicht neben mir, stattdessen war da nur diese Leere.

Seufzend rappelte ich mich auf, rieb mir den Schlaf aus den Augen, und als ich zu der Wand blickte, an der er mich genommen hatte, zog ein warmes Kribbeln durch meinen Körper. Fühlte es sich so an, zu leben? Ich hatte keine Ahnung, was es war, das uns verband. Aber eines wusste ich mit Sicherheit - es gab diese Verbindung.

Völlig zerzaust stieg ich aus dem Bett, streckte meine müden Glieder und machte mich auf den Weg aus meinem Zimmer. Vielleicht war er bereits aufgestanden und wollte mich nicht wecken. Ich war in meinem Delirium gefangen, und erst als ich bemerkte, dass ich nicht allein wohnte, riss ich die Augen auf.

Fuck.

Belle.

Wenn sie ihn gesehen hatte, quetschte sie ihn sicherlich aus wie eine Saftpresse, bis nichts mehr von ihm übrigblieb. Mist. Und wenn sie das nicht tat, dann würde *ich* später ins Kreuzfeuer geraten. Die Alternative sah also auch nicht sonderlich rosig für mich aus.

Leise fluchend ging ich in die Küche und entdeckte Lenny und Belle kuschelnd am Fenster. Ich räusperte mich auffällig, als er begann, den Ansatz ihrer Brüste zu küssen. Das wollte ich auf keinen Fall schon wieder live erleben. Des Öfteren hatten sie im Wohnzimmer eine kleine Privatorgie veranstaltet und ich war ahnungslos hereingeplatzt. Meine Augen hatten Dinge gesehen, die sich für immer in mein Gedächtnis geätzt hatten und mit keinem Mittel der Welt entfernt werden konnten.

»Oh, Fia. Guten Morgen«, säuselte Belle und boxte Lenny gegen den Arm, damit er sich von ihrem Busen löste.

»Hey, Fia«, begrüßte er mich murmelnd und lehnte seine Stirn an ihre. Seine Hände lagen auf ihrem Hintern und sie quiekte laut auf, als er hineinkniff. Ich hielt mir eine Hand vor die Augen, um mir diese Show zu ersparen.

»Ähm«, stammelte ich und wusste nicht recht, was ich sagen sollte. Ich konnte ja kaum fragen, ob hier ein gutaussehender Killer nackt durch unsere Wohnung schlenderte. Oder? Vermutlich würden sie mich zum nächsten Therapeuten schicken.

»Ähm, was? Hast du deine Sprache verloren?« Belle gab Lenny einen Kuss auf den Mund und kam auf mich zu. Als sie vor mir stehenblieb, sah sie mich prüfend an und dank ihres allwissenden Blickes wurde mir übel. Sie hatte schon immer ein Radar dafür und wusste sofort, was ich nachts getrieben hatte.

»Du Luder!«, beschimpfte sie mich und stemmte ihre Hände in die Taille.

»Wie bitte?« Perplex lehnte ich mich gegen den Türrahmen und warf Lenny einen panischen Blick zu.

»Sorry, Fia. Was soll ich sagen? Belle ist spitze darin. Ich kann dich nicht retten.« Schulterzuckend goss er sich einen Kaffee ein und reichte mir ebenfalls einen. Sobald der erste Schluck den schrecklichen Geschmack des Alkohols wegspülte, fühlte ich mich weniger gerädert.

»Du hattest Sex!«

»Na, und wenn schon«, murmelte ich und drängte mich an ihr vorbei. Doch sie ließ mich kaum zwei Schritte gehen, bis sie mich an den Schultern zurückhielt, mich zum Stuhl führte und nach unten drückte. Dann stellte sie sich vor mich und strich mein Haar aus dem Gesicht, hob mein Kinn an und checkte mich ab.

»Was wird das, Belle? Es war nur Sex.« Ehrlich gesagt wusste ich nicht, ob es nur das oder mehr war, aber das musste ich meiner neurotischen besten Freundin nicht unter die gepuderte Nase reiben. Es gab auch Dinge, die ich gern für mich behalten hätte, aber mir war klar, dass ich bei Belle an der falschen Adresse war.

»Nein, Schätzchen. Das war nicht einfach nur Sex. Du hattest heißen Sex! Richtig heißen, hab ich recht?« Sie verengte ihre Augen und deutete mit dem Finger beschuldigend auf mich.

»Hey, Schatz. Sieh dir das an! Sofia hatte Sex!«, verkündete sie feierlich, und ich umgriff ihr Handgelenk, um ihren drohenden Finger von meinem Gesicht zu entfernen. Sie führte sich auf, als wäre das hier die Verkündung des neuen Präsidenten. Ich konnte nur von Glück sprechen, dass sie in der Boutique und nicht im Fernsehen arbeitete. Ich konnte mir bestens ausmalen, wie die heutige Schlagzeile ausgesehen hätte.

»Und woher willst du wissen, dass er heiß war?« Mich machten ihre Prognosen nie neugierig, aber wenn es um mein Liebesleben ging, war es irgendwie doch spannend zu wissen, was sie dachte. Sie hockte sich hin und ließ ihre Finger langsam meinen Oberschenkel hinaufwandern. Ständig machte sie bisexuelle Bemerkungen und Anspielungen, weshalb ich bereits darauf eingestellt war und es mir nichts mehr ausmachte.

»Deine Lippen sind immer noch geschwollen! Er war ein guter Küsser, oder?«, mutmaßte sie und ich konnte nicht verhindern, dass ich sehnsüchtig nickte. Gott, konnte mir mal jemand den Kopf waschen und den Mist, der sich darin tummelte, entfernen und durch Gehirn ersetzen? Harvey musste mir meine Hirnmasse geraubt haben.

»Und war der Rest auch gut?« Ihre Hand war gefährlich nah an meiner Intimzone, also stoppte ich ihre Bewegungen und entlockte ihr ein lasziges Lächeln.

»Ach, komm schon, Schätzchen. Wenn du es mal mit Lenny und mir probieren würdest, wüsstest du, was gut ist«, sagte sie bockig. Sofort fiel Lenny ihr ins Wort.

»Spinnst du? Hey, nichts gegen dich, Fia. Du weißt, ich hab dich schrecklich lieb, aber die Vorstellung ist abartig! Sie ist meine beste Freundin!«

Wir drei begannen im Chor zu lachen, und als ich einen Blick zur Uhr wandern ließ, widmete ich meine Gedanken endlich wieder den wirklich wichtigen Dingen.

»Habt ihr ihn denn … gesehen?«, fragte ich fiepsig und Belle schüttelte hastig den Kopf.

»Hätte ich deinen Loverboy erwischt, hättest du das mitbekommen, Schätzchen. Hat er sich etwa rausgeschlichen?«

Es war mir unangenehm, ihr sagen zu müssen, dass ich absolut keinen Plan davon hatte, was nach unserem Sex passiert war.

»Sieht so aus?«, sagte ich mit fragendem Unterton, lehnte meinen Kopf gegen die Wand und seufzte laut auf.

»Hat er dir wenigstens ´ne Nachricht hinterlassen?« Kopfschüttelnd sah ich sie an, und eine tiefe Furche entstand auf ihrer Stirn.

»Hast du seine Nummer?«

»Nein.«

»Wow, das ist scheiße. Wer ist der Kerl überhaupt?«, wollte sie im Anschluss wissen, aber ich stand auf, ließ beide in der Küche zurück und ging wütend auf mein Zimmer. Worauf war ich eigentlich wütend? Auf Harvey? Aber hatte ich überhaupt das Recht dazu?

Gewiss nicht. Schließlich war er mir keine Rechenschaft schuldig und ich ihm ebenso wenig. Dennoch fühlte ich mich benutzt.

Ich verkroch mich in meinem Zimmer und schmiss mich auf das Bett. Als mein Handy klingelte und ich viel zu euphorisch ranging, wurde ich schnell wieder zurück in die Realität geschleudert.

»Ja?« Hoffnung lag in meiner Stimme, und ich wäre am liebsten kopfüber aus dem Fenster und mitten in die Dornenhecke gesprungen. Vor allem, als ich erfuhr, wer wirklich am anderen Ende der Leitung wartete.

»Sofia? Geht es dir gut?« Diana. Meine Chefin rief mich an, und ich klang wie ein sabbernder, pubertärer Teenager. Klasse Leistung, Sofia.

»Oh Diana, entschuldige. Mir geht es gut, was gibt es denn?«, versuchte ich schnell von meinem Wohlbefinden abzulenken und zog mir das Kissen über den Kopf.

»Es gibt einen Notfall im Laden. Meine Kleine ist krank und muss aus der Kita abgeholt werden. Belle hat heute Nachmittag zwar Schicht, aber wir müssen die neuen Bestände einlagern. Würdest du heute für mich einspringen? Ich weiß, es ist dein freier Tag, aber dafür kann ich dich am Wochenende vertreten, und du kannst dir einen schönen Samstag machen. Na, wie klingt das?« Ich entfernte das Kissen aus meinem Gesicht und atmete erleichtert aus.

»Klar, kein Problem.« Immerhin war Arbeit die beste Art und Weise, sich abzulenken. Auf jeden Fall besser, als in diesem Zimmer zu liegen. Auf diesem

Bett. Das Bett, auf dem Harvey mich ... ach vergiss es, Sofia!

***

»Echt nett von dir, dass du deinen freien Nachmittag opferst, um mir zu helfen«, summte Belle, während wir die neuen Stoffbarren ins Lager trugen und in den entsprechenden Regalen verstauten.

»Ich brauche Ablenkung.« Mürrisch wie ich war, ging mir an diesem Tag alles gegen den Strich, und am liebsten hätte ich den Stoff eigenhändig zerrissen. Hallo Hulk 2.0.

»Er wird sich schon melden. Wer auch immer dein Mr. Mysterious ist.« Sie zwinkerte mir zu und ich sah sie lediglich genervt an.

»Ist ja auch egal. Er hätte mir doch etwas hinterlassen, oder nicht? Vermutlich sehe ich den Kerl eh nie wieder. War sowieso ´n Arsch«, machte ich meinem Frust alle Ehre und trat mit meinem Fuß mit voller Wucht gegen den Stoffbarren.

»Fuck!«, donnerte ich, weil ich nicht bedacht hatte, wie störrisch solch ein Teil sein konnte. Ich bückte mich, um meinen schmerzenden Fuß unter die Lupe zu nehmen.

»Ähm, Sofia? Was hast du letzte Nacht wirklich gemacht?«, fragte Belle zweifelnd. Mit Fragezeichen in den Augen blickte ich zu ihr auf.

Währenddessen massierte ich mir den Knöchel und hoffte, mir somit Linderung zu verschaffen.

»Was soll ich getan haben?« Sie tippte mir auf die Schulter und deutete auf meinen Rücken.

»Na ja ... du hast da hinten ein Arschgeweih«, stellte sie angewidert fest und ich rollte die Augen.

»Wirklich witzig, Belle. Kümmere dich lieber um den Stoff, anstatt mich zu nerven.« Sie zog mich hoch, schliff mich zu einem großen Spiegel im Pausenraum und drehte mich um, damit ich meinen Rücken betrachten konnte. Große schwarze Zahlen zierten die Stelle oberhalb meines Pos. Belle kniete sich hin, schob mein Shirt hoch und betrachtete das Kunstwerk auf meinem Rücken kritisch, bis sie in schallendes Lachen ausbrach.

»Das ist nicht witzig. Was ist das?«, jammerte ich und verrenkte mir beinahe den Kopf, als ich die Zahlen entziffern wollte.

»Eines muss man deinem Kerl lassen, Fia. Er hat echt Humor.«

Sie hielt sich den Bauch vor Lachen, und es dauerte eine Ewigkeit, bis es auch bei mir Klick machte. »Moment, ist es das, was ich denke?«

»Jap. Dein Loverboy hat seine Telefonnummer als Arschgeweih hinterlassen. Der Kerl hat Klasse«, applaudierte sie und musste sich die Hand vor den Mund halten, um ihre Lautstärke zu drosseln.

Meine Mundwinkel verselbstständigten sich nach oben, und ich wusste nicht, ob ich wütend oder glücklich sein sollte. War das wirklich sein Ernst?

»Ich fass es einfach nicht!«

Belle stand auf, strich mir das Haar zur Seite und flüsterte mir etwas ins Ohr.

»Weißt du, ich habe ja schon vieles erlebt, aber das hier«, sie deutete auf die Nummer auf meinem Rücken, »habe ich echt noch nie gesehen.«

»Sag mir die Nummer an, Belle!« Weil mich die Ungeduld packte, boxte ich ihr gegen den Arm und sah sie abwartend an.

»Nun mach schon!« Ich zückte mein Handy, und als Belle die Zahlen laut vorlas, tippte ich sie in Windeseile in meine Kontaktliste ein.

»So ungeduldig?«, ärgerte sie mich und machte sich letztendlich wieder daran, die verschiedenen Stoffe zu sortieren und zu verstauen.

War meine Laune bis eben noch im Keller, so schoss sie nun einige Etagen in die Höhe.

Auch wenn ich es albern fand, dass er mitten in der Nacht das Weite gesucht hatte. Waren wir im Kindergarten?

Bevor ich mich weiter mit meiner Arbeit beschäftigen konnte, verkroch ich mich noch eine Weile im Pausenraum und ergriff endlich die Initiative.

Sofia an Harvey:
Lass uns ein Spiel spielen.
***Warum** hast du dich wie ein Verbrecher aus meinem Bett geschlichen?*

Während ich auf seine Antwort wartete, rief Belle nach mir, aber ich konnte und wollte einfach noch nicht weitermachen. Ich war total blockiert. Bei meinem Glück hätte ich mir im Endeffekt noch die Barren gegen den Kopf geschleudert. Das Vibrieren meines Handys erlöste mich schneller, als erwartet.

Harvey an Sofia:
Weil ich ein Verbrecher bin, schon vergessen? Und weil ich einen Termin hatte.

Sofia an Harvey:
Wenn ich einen Shot hätte, würde ich jetzt trinken.

Harvey an Sofia:
Zum Glück hast du keinen. Schließlich verträgst du nicht sonderlich viel. Ach, und übrigens: Das Arschgeweih steht dir. Lass es dran.

Sofia an Harvey:
Danke. Ich schätze, ich lasse es mir tätowieren.

Harvey an Sofia:
Ich glaube, jetzt brauche ich einen Drink.

7. Geister der Vergangenheit

Sie hatte etwas an sich, dem ich nicht widerstehen konnte. Und irgendwie beschlich mich etwas, wenn ich an sie dachte. Hoffnung.
Ich schnappte mir meine Lederjacke und stürmte raus aus dieser Bruchbude, hinaus in den Regen. Und ich hatte nur ein Ziel: Sofia.

Harvey

»Hey, Baby«, schnurrte die Brünette, von der ich nach mittlerweile drei Jahren immer noch nicht wusste, wie sie hieß. Sie sah aus ihren nuttig geschminkten Augen zu mir auf und legte ihre flache Hand mit den viel zu langen Nägeln auf meine Brust.

Mit festem Griff umschloss ich ihre Hand und schob sie von mir weg, noch bevor sie ihren versauten Fantasien freien Lauf lassen und mich weiter begrabschen konnte.

»Was soll das? Du tust mir weh!«, jammerte sie, warf sich trotzig das Haar hinter die Schulter und schob ihre Unterlippe schmollend vor.

»Kein Interesse. Ich will zum Boss«, sagte ich barsch, warf einen Blick hinter sie, und der Qualm des Clubs schlug mir bereits im Eingangsbereich entgegen. Allein beim Gedanken an diese schäbigen Partys wurde mir kotzübel.

»Der Boss ist gerade beschäftigt. Soll ich ihm etwas ausrichten, Baby?« Wieso zum Teufel nannte sie mich so? Tat sie das schon immer? Manchmal hasste ich es echt, so unaufmerksam zu sein. Ich schob sie beiseite und steuerte das Innere des Clubs an. Sie umgriff meinen Arm und zwang mich, sie wieder anzusehen. Ich ließ meinen Blick an ihr hinabwandern und ich sah ihre Titten, die aus ihrem Top herausquollen und sie noch billiger wirken ließen.

»Hast du mir nicht zugehört? Er ist beschäftigt.« Sie verengte ihre Augen, und ich schüttelte sie ein weiteres Mal von mir ab. Okay, ich hatte mal was mit ihr, aber das war eine einmalige und vor allem überflüssige Sache, die ich augenblicklich bereut hatte. Glaubte sie wirklich, dass ich etwas für sie empfand? Denn das tat ich nicht. Hatte ich nie und würde ich definitiv nie. Für keine Frau.

»Ich gehe jetzt in sein beschissenes Büro. Was willst du dagegen tun, hm?« Mit diesem Satz ließ ich sie luftschnappend zurück und betrat die Nebelhöhle, in der die ersten Tanzwütigen, die sich schon etliche Pillen eingeworfen hatten, unter den bunten Laserstrahlen zuckten.

Es dauerte eine Weile, bis ich mich bis zum Kern des Clubs durchgeboxt hatte, und als ich einen Blick zur Bühne warf, sah ich Sams Nutten, die an den Stangen ihre spargeldünnen Körper räkelten und allen Kerlen hier drinnen eine Wichsvorlage für die Nacht boten. Augenrollend kämpfte ich mich weiter durch die Nebelschwaden und erreichte endlich den hinteren Teil dieses Schuppens, der mir jedes Mal einen Würgereiz bescherte. Zu meinem Erstaunen standen keine Wachhunde vor dem Raum, die sein Büro sicherten und ungewollte Gäste fernhalten sollten.

Entschlossen riss ich die dunkelbraune Holztür auf und bereute es sofort, nicht auf die Schnepfe am Empfang gehört zu haben.

Ich stand in der Tür und sah dabei zu, wie eine kleine Blondine meinem Boss den Schwanz lutschte. *Na geil, Jacobsen.* Diese Bilder würde ich nie wieder vergessen können. Sam zuckte kurz auf, und als er mich entdeckte, klopfte er seiner Hure auf die Schulter, die sich prompt von seinem besten Stück löste und sich lasziv über die Lippen leckte. Umgehend hatte er seinen Schwanz wieder verstaut und sie von sich gestoßen.

»Hau ab«, knurrte er, und ohne zu zögern stand das Weib auf, richtete den einzigen Stofffetzen, den sie noch trug, und kam auf mich zu.

Ihre viel zu großen Titten wippten beim Gehen hin und her, und ich hatte echt mit mir zu kämpfen, einen blöden Spruch zu unterdrücken.

Ihr Lippenstift war verschmiert und demonstrierte mir nur allzu deutlich, wie stark sie sich ins Zeug gelegt haben musste, um dem Penner zu gefallen.

Ob ich ihr sagen sollte, dass es keinen Zweck hatte? Er ließ sich jeden Tag von einer anderen einen runterholen. Sie war nur eine von vielen.

Ich räusperte mich unauffällig, als sie an mir vorbeistolzierte und die Tür hinter uns ins Schloss fallen ließ. Mittlerweile war Sam wieder angezogen, und ich konnte mich endlich ein wenig entspannen. So gut es hier drin eben ging.

»Du hast meinen Blowjob versaut, Jacobsen. Ich hoffe wirklich, dass es dafür einen guten Grund gibt.« Samuel war mein Boss und wie in jedem normalen Unternehmen hassten wir uns wie die Pest. Ganz ehrlich – wer mochte schon seinen Vorgesetzten?

»Für mich schon.« Ich ging zu seinem Tisch, stützte mich darauf ab und sah ihm in die hässliche Visage. Manche Frauen mochten auf seine Ausstrahlung stehen. Sein britischer Akzent, der Lockenschopf und die etwas verschobene Nase. Ich fand ihn einfach nur abschreckend hässlich. Genauso abstoßend wie seine Seele.

»Also, schieß los.«

Derweil wurde die Tür ein weiteres Mal geöffnet, seine Wachhunde platzten herein und positionierten sich an der Tür.

Einer von ihnen griff in sein Jackett, zückte ein Tütchen, und Sekunden später war das weiße Pulver in seiner Nase verschwunden.

»Jacobsen? Hier spielt die Musik. Du bist mir einen Blowjob schuldig. Und wehe du findest keine Schnecke, die den Job mindestens genauso gut macht. Hast du ihre riesigen Titten gesehen?«, fragte er mich und lachte siegessicher auf. Am liebsten hätte ich meine Faust erhoben und ihm die schiefe Nase wieder geradegerückt. Aber das konnte ich nicht. Noch nicht. Immerhin war er meine Lebensversicherung.

»Victor ist tot. Ich brauche den Nächsten. Jetzt.« Ich fragte mich echt, wieso ich es so eilig hatte. Dass es an einer gewissen Frau liegen konnte, die ich kennengelernt hatte, wollte ich mir selbst nicht eingestehen. Sie durfte nicht nach einem Mal Sex solche Macht über mich haben.

»So viel Zorn in deinem Blick, Harvey. Das gefällt mir«, sagte er breit grinsend und ging in ruhigem Schritt zu seinem großen Schrank, in dem er alle wichtigen Akten aufbewahrte. Wenn die Bullen einmal dieses Zimmer entdeckten, würden sie ihn lebenslang hinter Gittern setzen und seine ganze Sippschaft gleich mit. Dass ich ebenfalls dazugehörte, ignorierte ich geflissentlich.

»Ich will den Scheiß einfach schnell hinter mir haben«, kommentierte ich möglichst gelangweilt, auch wenn es nicht stimmte. Was sollte ich mit mir anfangen, wenn das hier vorbei war? Wo würde es mich hin verschlagen? Hatte mein verkorkstes Leben dann überhaupt noch einen Sinn?

Kopfschüttelnd verbannte ich diese Scheißgedanken und wartete darauf, dass mein Boss sich wieder zu mir gesellte. Er warf einen Stapel Akten auf den Tisch vor uns und öffnete die oberste.

Lachend schob er sie zu mir herüber, und als ich das Bild eines mir allzu bekannten Mannes sah, kroch eine unheimliche Wut in mir hoch. In diesem Moment war ich zu allem fähig und ich konnte für nichts mehr garantieren.

»Sein Name?« Meine Stimme klang schroff und ich wusste, dass es ihm gefiel, wenn ich so viel Zorn in mir trug. Ich spielte ihm damit direkt in die Karten und tat damit genau das, was ich nie wieder tun wollte.

»Liam Chanson. Du erkennst ihn, habe ich recht?« Er grinste diabolisch, und auch wenn ich mich vor drei Jahren noch davor gefürchtet hatte, so machte es mir nichts mehr aus. Ich wusste, dass er mir körperlich unterlegen war, und wenn ich zur richtigen Zeit am richtigen Ort war, würde er es eigenhändig spüren.

Aber erst einmal musste ich das hier zu Ende bringen. Ich stand so kurz vorm Ziel und es machte mir Angst, nicht zu wissen, wie es danach mit mir weitergehen würde.

»Er hat sich kaum verändert«, stellte ich nüchtern fest und blickte diesem Pisser direkt ins Gesicht. Das Bild war verpixelt, aber ich konnte die markanten Merkmale seiner Visage sofort identifizieren und dem richtigen Penner zuordnen.

»Wann soll es passieren? Was brauchst du von mir?« Samuel nahm in seinem Stuhl Platz und tippte auf die geöffnete Akte.

»So schnell wie möglich. Ich muss wissen, wo er sich aufhält, ob er allein unterwegs ist oder ob er von seinen Bodyguards umgeben ist. Außerdem möchte ich wissen, welchen Rang er in seiner Scheißordnung einnimmt.« Samuel verschränkte die Arme vor der Brust und prüfte mein Gesicht.

»Wieso ist dir das eigentlich immer so wichtig, Jacobsen?«

»Ich muss entscheiden, wie stark sie leiden müssen«, konterte ich trocken und erntete daraufhin einen beeindruckten Blick von ihm.

»Bist du dir sicher, dass du danach nicht bleiben willst? Du bist der Beste für diesen Job«, lobte er mich, und ich musste mir auf die Zunge beißen, um nicht zu sagen, dass ich auf seine Worte keinen Wert legte.

»Können wir zum Wesentlichen kommen? Bis wann bekomme ich die Informationen?«, hakte ich genervt nach. Daraufhin schlug Samuel die Akte zu und schob sie zur Seite. Er griff in seine Schublade, nahm sich eine Zigarre heraus und zündete diese an. Der stickige Qualm schlug mir ins Gesicht, und ich hätte ihm das Teil gern entrissen und auf seiner schmierigen Haut ausgedrückt. »In zwei Tagen. Länger sollte es nicht dauern, oder Rex?« Er sah zu einem seiner Wachhunde, der sich die Koksreste von der Nase wischte und energisch nickte. Diese Kerle konnten mit ihren Armen ganze Berge stemmen, aber wenn Samuel den Mund aufmachte, mutierten sie zu mutterlosen Weicheiern. Es war erbärmlich zu sehen, wie viel Macht er über diese Aasgeier ausstrahlte. Umso glücklicher war ich, da ich wusste, wie begrenzt meine Zeit hier war. Das

Leben der Typen hinter mir war gebrandmarkt, bis an ihr Lebensende vorbestimmt. Sie würden in diesem dreckigen Schuppen ihr Leben lassen, dessen war ich mir sicher.

»Klar, Boss«, antwortete er salutierend, und ich musste mir auf die Zunge beißen. So stark, dass ich Sekunden später den metallischen Geschmack meines eigenen Blutes schmeckte. Sofort schleuderte es mich zurück in eine Zeit, die ich am liebsten aus meinem Gedächtnis radiert hätte. Aber so sehr ich es auch versuchte, ich war machtlos gegen sie. Ich hatte es auf sämtliche Weisen probiert. Mit Sex, mit Drogen, mit Alkohol. Aber der einzige Schritt in die richtige Richtung war dieser Kerl vor mir.

»Gut. Dann sind wir hier fertig?«, fragte ich hoffnungsvoll und gerade, als ich mich umdrehen und gehen wollte, stoß mich einer der Wachhunde in Samuels Richtung.

»Alter, lass mich los«, giftete ich und schubste ihn zurück. Dass er einen Kopf größer als ich war, interessierte mich nicht.

»Jacobsen?« Nun war es wieder Samuel, der meine Aufmerksamkeit auf sich zog. Genervt drehte ich mich um und blickte in sein hässliches Lachen.

»Wer ist diese Kleine?« Seine Frage traf mich so unverhofft wie eine beschissene Kugel eines Colts. Insgeheim wusste ich natürlich, worauf er hinauswollte, aber ich hatte keinen Bock, darüber zu sprechen. Und erst recht nicht mit ihm.

»Von wem sprichst du?« Ich tat so ahnungslos, wie es eben ging, aber scheiterte bereits am falschen Ansatz. Diesem Dreckskerl konnte man nichts vormachen.

»Die Schnecke, mit der du dich nach deinem letzten Job im Keller versteckt hast«, fuhr er fort und sah mich herausfordernd an. Meine Brust verkrampfte sich schlagartig, und ich hätte am liebsten etwas genommen und gegen seinen Schädel gedonnert. Ich wusste, dass es so kommen musste.

»Sie ist bedeutungslos«, sagte ich und hätte mir selbst gern eine Kugel verpasst. Natürlich war sie von Bedeutung für mich. Irgendwie. Sonst hätte ich mich nicht wie ein räudiger Köter an ihre Fersen geheftet. Sie stellte meine ohnehin elendig verkorkste Welt auf den Kopf, und jetzt wusste er von ihr, verdammt. Das, was auf keinen Fall passieren durfte, war in diesem Moment eingetreten.

»Wieso hast du sie dann nicht abgeknallt, als sie dich erwischt hat? Was hatte ich dir immer wieder gepredigt, Jacobsen?« Er stand auf, kam um den Tisch herum und stellte sich vor mich. Dass er kleiner war als ich juckte ihn nicht.

Er sah dennoch von oben auf mich herab.

»Was, Jacobsen, was?« Seine Stimme wurde dunkel, rau, und ich widerstand dem Drang, seine Lippe blutig zu schlagen. Es war falsch, dass er über sie nachdachte, über sie sprach und mich auslöcherte. Mein Gott, ich kannte diese Frau doch selbst kaum!

»Man soll sich nicht erwischen lassen«, zischte ich und er sah mich teuflisch grinsend an. Beinahe rissen seine Mundwinkel an beiden Seiten der Länge nach auf.

»Richtig! Mann, du hast ja doch zugehört. Wie kann es dann sein, dass diese Schlampe dich erwischt hat, hm?«

Dass er sie so nannte, steigerte meine Wut ins Unermessliche, und ich schloss einen Moment die Augen, um mich zu sammeln.

Ich durfte mich nicht in noch größere Schwierigkeiten bringen, nur, weil ich das Bedürfnis verspürte, diese Frau zu verteidigen. Sie sollte mir egal sein, aber das war sie nicht.

Ihre Art hatte mich seit der ersten Sekunde berauscht, und als ich sie vögelte, war da etwas.

Etwas, das ich bei keiner anderen bisher verspürte. Und bei Gott, ich hatte schon viele Weiber in meinem Bett. Eine Tatsache, auf die ich jetzt nicht mehr sonderlich stolz sein konnte.

»Das war nicht geplant.« Mehr sagte ich nicht, als ich mich endlich gefangen hatte.

»Dann bin ich ja beruhigt, Harvey, echt!« Er klopfte mir auf die Schulter und rüttelte an mir. In seiner Nähe fühlte man sich wie Abschaum, und wenn ich etwas an diesem Job hasste, war es das Gefühl, unterlegen zu sein.

»Aber jetzt mal Klartext. Wenn diese Schlampe nur einmal ihren Mund aufmacht, wird sie dafür bezahlen müssen. Und nicht nur sie, mein Hübscher. Du kannst dich gleich in die Schlange hinter ihr einordnen.«

Ich wich einen Schritt zurück und dann konnte ich mich einfach nicht mehr halten, so sehr ich es auch wollte.

»Fass sie auch nur einmal an«, fauchte ich, und daraufhin kamen die beiden Muskelpakete auf mich zu und packten mich von hinten.

»Was dann, Jacobsen? Willst du mir wirklich drohen? Schreib es dir hinter deine Ohren, Arschloch. Wenn sie ihren Mund nicht hält, nähe ich ihn ihr persönlich zu. Und jetzt schafft ihn aus meinem Blickfeld, Rex. Immerhin wartet noch ein Blowjob auf mich«, verkündete er feierlich, klatschte in die Hände, und noch bevor ich etwas sagen konnte, schliffen mich seine Köter aus dem Büro und rein in den nebelverätzten Schuppen.

»Lasst mich los«, knurrte ich, entriss mich ihrem Griff und kämpfte mich zurück durch den Laden Richtung Ausgang.

Mittlerweile war die drogenverseuchte Partymeute auf einem neuen Level. Außer nuttigen Frauen und halbnackten Kerlen, die ihre Frauen begierig anstierten, gab es nichts mehr zu sehen.

Als ich es endlich geschafft hatte, aus dem Tumult zu entfliehen, stieß ich wieder gegen diese dümmliche Brünette.

»Meine Freundin hatte dem Chef gerade einen geblasen. Du hast ihr die Chance ihres Lebens versaut«, murrte sie und sah mich anklagend an. Meinte diese Tussi das wirklich ernst? Ich nahm ihre viel zu dürren Handgelenke in den Griff und sah sie zornig an.

»Wenn ihr denkt, dass ihr euch hochschlafen könnt, seid ihr noch dümmer, als ich vermutet hätte. Und jetzt, lass mich verdammt noch mal durch«, schrie ich sie an, stieß sie dieses Mal etwas fester zur Seite und stürmte aus dieser Hölle raus. Ich verabscheue mein Leben. Ich verabscheute diese Tussis und vor allem verabscheute ich eines: dass ich nicht wusste, ob das hier schon der Tiefpunkt meines Lebens war oder ob es noch viel tiefer ging …

***

»Du machst mich so geil, Kleines.« Seine Stimme sorgte dafür, dass ich zu zittern begann. Es war so dunkel hier, und ich hatte keine Ahnung, was ich tun sollte. Ich musste ihr doch helfen, oder nicht?

Musste ich einfach, schließlich war ich es, der sie beschützen sollte. Aber wie? Durch den kleinen Schlitz der Tür konnte ich lediglich seine Knarre erkennen, die er zückte und ihr an die Kehle hielt. Ich sah, dass sie nackt war, und ich biss mir so stark auf die Lippe, dass mein Blut über mein Kinn rann. Ihr leises Wimmern wurde lauter, unerträglicher. Der Schmerz in meinem Kopf wurde mit jeder weiteren Sekunde schlimmer für mich, und alles, was ich dachte, war: Du musst ihr helfen. Ohne dich würde sie zerbrechen und nie wieder der Mensch sein, der sie vor dieser Schandtat war.

Die ersten Tränen stiegen in meine Augenwinkel, und ich konnte nicht verhindern, dass sie sich befreiten und ich zu heulen begann. Ich hielt mir die Hand vor den Mund, damit ich nicht zu laut war. Wenn er mich entdeckte, ließ ich auch den Rest im Stich. Und das konnte ich nicht zulassen, oder?

Ich wollte nicht hinsehen, wollte nicht wissen, welches Leid er ihr bescherte. Aber ich war wie gezwungen. Ich konnte sehen, wie er seine Jeans öffnete, bis er nackt vor ihr stand.

»Fass mich nicht an«, wimmerte sie haltlos, und dann schloss ich die Augen.

Mein Vater hatte immer gesagt, ich müsse bis drei zählen, dann würde meine Angst von selbst versiegen.

»Eins«, flüsterte ich leise.

»Zwei.« Mein Zittern nahm ab.

»Drei.« Und mit dieser Zahl löste sich ein Schuss, der alles in unserem Haus durchbrach. Die Stille, die Qual, alles. Ich hatte bis drei gezählt, und dann, dann war alles in sich zusammengefallen wie ein Kartenhaus. Seit diesem Tag zählte ich nie wieder bis drei …

***

Panisch schreckte ich hoch und spürte, dass ich am ganzen Körper zitterte. Ich hatte den Club verlassen und war sofort in diese Bruchbude gefahren. Sie war immerhin meine Bleibe, mein einziger Rückzugsort.

Der Schweiß rann über meine Stirn, meine nackte Brust war ebenfalls von ihm bedeckt. Ich zitterte, wie ich auch an diesem Tag gezittert hatte. Nur war das Gefühl, das jetzt damit einherging, ein anderes. Damals zitterte ich aus Angst, jetzt vor Wut.

Ich schlug die Decke zurück und setzte mich an den Rand des instabilen Bettes. Ein Blick nach draußen verriet mir, dass es mitten in der Nacht war. Meine nackten Fußsohlen trafen den Boden und mich durchzog ein stromschlagartiger Impuls.

Wie von selbst entstanden Bilder vor meinem geistigen Auge, die ich nicht zulassen durfte. Erst war da nichts, nur Leere. Doch dann entstand aus dieser Leere etwas. Anfangs waren es nur diese dunklen, treuen Augen. Je länger ich hier saß und ins Nichts starrte, desto mehr klarte das Bild von ihr auf. Ihre Gesichtszüge, ihr Profil, ihr Körper, einfach alles.

Ich warf einen Blick in den Spiegel und erkannte nur schwache Umrisse meiner selbst. Seufzend bettete ich mein Gesicht in die Hände und atmete tief ein und aus, in der Hoffnung, mein Vorhaben auf die Schnelle wieder abbrechen zu wollen, aber so war es nicht. Ich wollte das und ich wusste, wenn ich etwas wollte, nahm ich es mir. Auch wenn es bei Weitem die dümmste Entscheidung war.

Er wusste von ihr, er wusste, was ich wusste. Sie hatte zu viel gesehen, zu viel erlebt. Sie konnte mich bei den Bullen verpfeifen und damit Samuels Imperium zerstören. Aber was interessierte mich dieser Lappen eigentlich? Er war mir egal, er war lediglich ein Mittel zum Zweck. Ein Mittel zu meinem Zweck. Und ich diente ihm, wie er es von mir verlangte. Es war eine Beziehung, die auf beiderseitigem Ausnutzen beruhte.

»Was machst du nur, Jacobsen?«, knurrte ich, als ich aufstand, zu meinem Schrank ging und mir das erstbeste Shirt schnappte und überzog.

Meine eigenen Prinzipien waren mir plötzlich egal geworden, obwohl ich sonst alles dafür tat, sie einzuhalten. Mich nicht in etwas zu stürzen, das *mich* stürzen könnte.

Aber es war zu spät.

Sie hatte etwas an sich, dem ich nicht widerstehen konnte. Und irgendwie beschlich mich etwas, wenn ich an sie dachte. Hoffnung.

Ich schnappte mir meine Lederjacke und stürmte raus aus dieser Bruchbude, hinaus in den Regen. Und ich hatte nur ein Ziel: Sofia.

8. Lass mich ausbrechen

»Du wirst kein Teil hiervon werden, Sofia. Das werde ich nicht zulassen.« Und bevor ich zum Protest ansetzen konnte und die Augen aufschlug, war Harvey verschwunden.

Sofia

Es musste mitten in der Nacht sein, als mich ein lautes Hämmern aus meinen Träumen riss. Ich schlug meinen Arm über die Augen und versuchte, dieses unerträgliche Geräusch zu ignorieren. Ich wollte wieder träumen – von ihm.

Belle und Lenny waren wieder einmal gemeinsam auf einem Gig, und ich hasste es, dass sie nie daran dachten, einen Schlüssel einzustecken, bevor sie die Wohnung verließen. Es gab schließlich auch noch Menschen, die nachts um drei Uhr schliefen und nicht in einem Keller feierten. Und von verdammt heißen Träumen verfolgt wurden.

Auch wenn ich das Klopfen an der Eingangstür ignorieren wollte, schaffte ich es nicht länger. Fluchend stand ich auf, ließ die Decke achtlos auf den Boden fallen und schlich in den Flur. An einigen Tagen hasste ich es, nicht allein zu wohnen. Doch dann dachte ich wieder an all die schönen Momente, die wir in dieser Wohnung erlebt hatten, und meine mürrischen Gedanken klarten ein Stückweit auf.

»Belle, wie oft muss ich dir das noch sagen? Nehmt verdammt noch mal einen Schlüssel mit!«

Murrend öffnete ich die Tür, und alles, was ich sah, war die schwarze Silhouette eines Mannes. Ich wollte gerade die Tür wieder zuschmeißen, als der Umriss sich bewegte und mein Vorhaben zunichtemachte. Erst als ein mir bekannter Duft in meine Nase stieg, verspannte ich mich und riss die Augen auf. Moment mal – träumte ich etwa immer noch? Denn genau dieser Duft raubte mir auch mit geschlossenen Augen den letzten Nerv.

»Harvey?« Meine Stimme klang brüchig und dünn, als ich nach dem Lichtschalter griff. Doch bevor ich den Flur erhellen und Harvey sehen konnte, hatte er auch dieses Vorhaben unterbrochen, mich an sich gezogen und mir somit meine Luft zum Atmen genommen.

»Küss mich«, raunte er leise und nahm mein Gesicht in seine starken, warmen Hände. Sein Haar war nass und tropfte auf mein Gesicht, als er seine Lippen zaghaft auf meine legte.

So viel Gefühl lag in diesem Kuss, doch dieses Szenario war schneller vorüber, als mir lieb war. Der Kuss wurde wilder, entschlossener, und beinahe hätte ich vor Schmerzen aufgeschrien, weil er mir so stark auf die Unterlippe biss. Seine Hände umschlossen meinen Nacken, er vergrub seine Hände in meinem wirren Haar und er presste sich intensiv an mich.

Sein Körper sprach eine Sprache, die ich bisher nicht kannte. Und doch wusste ich, was er mir in dieser Sekunde sagen wollte. Er wollte Nähe. Meine Nähe. Aber wieso war jede Handlung seinerseits so schmerzerfüllt?

»Was ist denn los? Hast du mal auf die Uhr gesehen?«, fragte ich ihn, nachdem ich mich keuchend von ihm gelöst hatte.

Er drängte mich in die Wohnung zurück, warf die Tür krachend ins Schloss und kam weiterhin auf mich zu. Im schwachen Licht konnte ich lediglich erahnen, wie er aussah. Und das musste wieder einmal viel zu gut sein. *Er sah einfach viel zu umwerfend aus.* Seine stechend grünen Augen, das kantige, markante Gesicht, dieser heißkalte Blick, den er an den Tag legte ... Keine Frau konnte diese Tatsache verleugnen, geschweige denn abstreiten. Er war ein *Gott*.

»Ich will dich. Jetzt. Scheiß auf die Uhrzeit.«

Ich wich zurück, widerstand dem Drang, mich einfach an ihn zu schmiegen und ihn das tun zu lassen, was er in dieser Sekunde von mir verlangte. Aber dann entdeckte ich den Schmerz, der sich in seiner sonst so entschlossenen Stimme abzeichnete, und ich wollte wissen, was ihm zusetzte. Ich wollte wissen, was ihn derart durcheinanderbrachte, dass er mitten in der Nacht vor meiner Tür stand. Und mich wollte. *Er wollte mich. Und ich ihn.*

Das hatte er klipp und klar gesagt. Scheiße, Sofia – ich wusste, dass ich die Dinge hinterfragen musste, auch wenn ich ihn damit vermutlich auf die Palme brachte.

»Rennst du vor mir weg?« Mit einem Satz hatte er mich erreicht, mich gegen die Wand des Flures gepresst, und mich überkam ein kühler Schauer, als meine nackte Haut gegen die Tapete stieß.

»Nein. Ich will nur wissen, wieso du mitten in der Nacht vor meiner Tür stehst. Ist etwas passiert?« Ich versuchte das nötige Feingefühl aufzubringen, auch wenn ich darin stets eine Niete war. Ich hatte nie etwas davon gehalten, um den heißen Brei herumzureden. Wenn es etwas zu sagen gab, sollte es gefälligst gesagt werden. Wozu hatte uns Gott sonst diesen Mund geschenkt?

»Lenk mich einfach ab, okay?« Seine Stimme ließ keine Widerworte zu, und doch tat ich genau das und stellte mich quer.

»Aber wovon denn?« Meine Arme umschlossen seinen Nacken und ich sah zu ihm auf. Ich hätte schwören können, dass er die Stirn runzelte. Oder mit den Augen rollte – eines von beidem war es ganz sicher.

»Lass uns nicht reden. Ich will lieber das hier tun«, murrte er und dann landete seine Hand zwischen meinen Beinen. Da ich nur einen Slip und ein enganliegendes Top trug, hatte er direkten Zugriff zu meiner empfindlichen Stelle. Sobald er seine Hand an meinen Venushügel legte, hielt er inne, und ich hörte, wie sein Atem stockte.

»Du bist ja feucht, Sofia«, stellte er erstaunt fest und ich bemerkte, wie mein ganzer Körper sich nach ihm verzehrte. Das Verlangen in meinem Inneren, entfacht durch den heißen Traum, wurde weiter geschürt und ich presste ihm einen Kuss auf den Mund.

Seine Zunge drang nur flüchtig in meinen Mund ein, bevor er sich von mir löste, mich hochhob und in mein Zimmer trug, dessen Tür noch immer offenstand.

»Was hast du vor?« Man hörte mir an, wie erregt ich war und wie sehr ich diese Ungewissheit noch immer vergötterte. Genau aus diesem Grund fand ich diesen Mann seit der ersten Sekunde so faszinierend. Er hatte etwas, das all die anderen Männer im Blews vergeblich suchten. Er hatte etwas Einzigartiges an sich. Wir waren schließlich Individuen. Wie konnte es Menschen geben, die in ein bestimmtes Schema gedrängt werden wollten? Ich verstand es nie.

»Du wirst mir jetzt erst einmal verraten, wieso du feucht bist, wenn ich doch eben erst vor deiner Tür stand«, zischte er, und weil ich das Gefühl hatte, ihm damit Unrecht getan zu haben, wollte ich die Situation schnell richtigstellen und griff nach dem Kragen seines Oberteils.

Er ließ mich auf das Bett sinken, und ich zog ihn mit mir auf die Matratze. Seine Kleidung war vom Regen komplett durchnässt, aber es war mir egal, dass er mein warmes Bett ruinierte.

»Sag es mir!« Der Befehlston in seiner Stimme sorgte dafür, dass meine Mitte wohlwollend zuckte. Dass er, kurz nachdem mein Traum abrupt endete, hier aufschlug, war ein gutes Zeichen, oder?

So konnte er persönlich das Feuer löschen, das dank ihm in mir entstanden war.

»Ich hatte einen Traum«, wisperte ich in sein Ohr, nahm sein Ohrläppchen zwischen meine Zähne und zog sanft daran. Meine Hände glitten über sein nasses Shirt, das ich ihm schnell auszog. Gemeinsam fielen wir wieder zurück auf das Bett. Im Mondlicht konnte ich die Konturen seiner umwerfenden Muskeln sehen und ich strich sachte darüber. Sobald meine Fingerkuppen seine Haut berührten, zuckte sein Sixpack.

»Ich hoffe doch ...«, er rollte sich auf mich herauf, presste mich mit voller Wucht in die Matratze und hielt meine Hände über meinem Kopf gefangen. Ich wollte ihm durch das nasse Haar streichen, seine weichen Lippen berühren und ihn einfach an mir spüren, aber ich war machtlos gegen ihn. Und diese Machtlosigkeit turnte mich dermaßen an.

»Was? Was hoffst du?«

»... dass der Traum von mir handelte«, beendete er seinen angefangenen Satz, und ich konnte sein Schmunzeln beinahe auf meinem Körper schmecken.

Ich wollte über seine Wange fahren, um nach dem Grübchen zu suchen, das ich so anziehend fand. Er musste einfach einen weichen Kern haben, nun lag es an mir, diesen herauszukitzeln.

»Nur von dir«, versicherte ich ihm. Er atmete rasselnd, und als er begann, meinen Hals mit zarten Küssen zu verwöhnen, beugte ich ihm meine Hüften entgegen.

Durch den Stoff seiner Jeans konnte ich seinen Schwanz spüren, der bereits hart war und darauf wartete, von mir erlöst zu werden.

»Weißt du, wie geil es mich macht, zu wissen, dass du für mich bereit warst, als ich hier ankam?« Es dauerte eine Weile, bis ich ihm wirklich folgen konnte. Schließlich konnte ich mich nur auf eines konzentrieren: Auf das ziehende Gefühl in meiner Magengegend, weil ich seine Härte an meinem Innenschenkel spürte und mir vorstellte, dass es keinen Stoff gab, der uns trennte.

»Ich bin wirklich froh, dass du da bist. Ich dachte ...« Weil ich ihn zappeln lassen wollte, schwieg ich grinsend und genoss es, dass ihm die Fragezeichen ins Gesicht geschrieben standen.

»Was dachtest du?« Der raue Ton seiner Stimme sorgte dafür, dass ich ihn noch mehr wollte. Jetzt. Auf der Stelle. Er sollte mir alles von sich geben. Denn ich war auch bereit, ihm alles von mir zu geben.

»Ich hatte die Befürchtung, dass du dich nicht mehr blicken lassen würdest. Schließlich bin ich es nicht gewohnt, dass man sich aus meiner Wohnung schleicht, ohne etwas zu hinterlassen.«

Mit einem Schwung hatte er mich unter sich umgedreht, sodass ich mit dem Rücken zu ihm dalag. Seine warmen Fingerkuppen fuhren über meinen Po, bis er den Bund meines Tops erreichte und es sachte nach oben schob.

»Wenn ich mich richtig erinnere, habe ich dir etwas hinterlassen«, sagte er heiser und zeichnete mit seinen Fingern die schwarzen Ziffern nach, die noch immer auf meinem Rücken geschrieben standen.

»Das war nicht sehr ehrenhaft von dir«, kommentierte ich seine flüchtigen Berührungen lachend und genoss es, dass meine Haut wie am Silvesterabend explodierte.

Harvey senkte seine Lippen auf mein Steißbein, fuhr mit seinen Händen meine Wirbelsäule hinauf, und ich zuckte unter ihm zusammen, als er Wirbel für Wirbel passierte.

»Das steht dir ausgezeichnet. Ich bin froh, dass du auf mich gehört hast und es noch trägst.« Er biss zaghaft in meine Taille, als er seine Hände nun wieder in die entgegengesetzte Richtung wandern ließ und meinen Po erreichte. Mein Slip war bereits durchtränkt, als Harvey seine Hand zwischen meine Schenkel schob, den Stofffetzen, der mich bedeckte, in die Hand nahm und ruppig auseinanderriss. Und da lag ich vor ihm. Nackt. Meine Scham zuckte vor freudiger Erwartung, als er mit seinen Fingern über meine Lippen glitt.

»Du bist so nass, Sofia. Sag mir, wieso du es bist«, befahl er mir. Mit geschlossenen Augen genoss ich diese Unterlegenheit, in der ich mich befand. Ich war nie der devote Typ, aber hier mit Harvey an meiner Seite, war es anders.

Ich liebte es bereits jetzt, ihm verfallen zu sein und das zu tun, was er wollte.

Und in diesem Moment wollte ich nur eines: ihm unterlegen sein. Er sollte mit mir anstellen, was er für richtig hielt. Dass ich ihm meinen Körper anvertraute, obwohl er ein Killer war, den ich kaum kannte, machte mich noch williger.

»Weil ich will, dass du mich nimmst«, sagte ich kratzig und daraufhin hörte ich das Öffnen seines Gürtels.

»Wie weit darf ich gehen?«, fragte er mich, nun wieder in einem harten Ton. Die Wut, die ihn plagte, als er meine Wohnung betrat, war wieder omnipräsent, und ich wusste nicht, wie ich mit dieser Spannung umgehen sollte. Also schloss ich die Augen und tat das, was sich richtig anfühlte.

»Mach, was du willst. Ich werde dich nicht aufhalten«, wisperte ich leise und schloss instinktiv die Lider.

Auch wenn ich nichts sehen konnte, wusste ich, was er tun würde. Es war, als würde ich bereits im Voraus wissen, was er mit mir vorhatte. Ich hörte, dass er den Gürtel aus den Schlaufen zog, und dabei das Geräusch des Leders wahrzunehmen, ließ mich erschaudern.

Doch ich hatte keine Angst. Hatte ich nie. Und hier, mit ihm in meinem Bett, wusste ich nicht einmal, ob ich fähig war, ihm gegenüber so etwas wie Angst zu empfinden.

»Also die harte Tour«, säuselte er, setzte sich noch ein Stück auf und Sekunden später rauschte das kühle Leder seines Gürtels auf meinen Rücken hinab. Meine Haut begann schmerzlich zu pochen und zu meinem Erstaunen erfüllte mich dieser bittersüße Schmerz mit Ruhe. Meine Atmung flachte ab, ich krallte mich mit meinen Händen im Laken fest und wartete darauf, dass der nächste Hieb auf mich hinabrauschte.

Das Leder traf meinen Po und ich zuckte heftig zusammen. Zwischen seinen Schlägen fuhr er sanfte Spuren auf den pochenden Stellen nach, die mich ab nun zeichnen würden. Auch wenn sich Tränen in meinen Augen sammelten, wollte ich nicht, dass er aufhörte. Er sollte weitermachen und mir zeigen, wie es sich anfühlte, von ihm beherrscht zu werden. Wenn Belle mich so sehen würde, könnte ich mir die Standpauke meines Lebens anhören, dessen war ich mir bewusst.

Als Harvey das nächste Mal an meine empfindlichste Stelle fasste, zog er zischend die Luft ein.

»Das macht dich geil, hab ich recht? Wieso wusste ich von Anfang an, dass dir das gefallen würde?«

Die Frage sollte nicht wirklich beantwortet werden, das wusste ich.

Also schwieg ich und wartete darauf, dass er es wieder tat. Ich war völlig wahnsinnig geworden.

Vor einigen Tagen war ich noch eine gelangweilte Barkeeperin, die ihre Erfüllung darin sah, schleimigen Kerlen Drinks zu spendieren.

Und nun ließ ich es zu, dass er mir Schmerzen zufügte. Jemand, von dem ich wusste, wie gefährlich er war. Mein Überlebensinstinkt konnte noch nie gut ausgeprägt sein, und das machte sich jetzt mit voller Wucht bemerkbar.

Als er den Ledergürtel achtlos zu Boden fallen ließ, öffnete er den Knopf seiner Jeans und bevor ich mich auf das, was gleich passieren würde, einstellen konnte, spürte ich seine gesamte Härte zwischen meinen nassen Schenkeln. Ich presste meine Beine enger aneinander, damit ich ihn besser fühlen konnte.

Egal, wie nah er mir war, es war niemals nah genug.

»Wie willst du es jetzt? Soll ich jetzt mit dir schlafen?«, fragte er mich schmunzelnd, und ich genoss es, dass seine Stimme wieder auftaute und der Schmerz, der ihn plagte, verflogen war.

Wenn auch nur für einige Minuten. Wenn ich ihm Ablenkung verschaffen konnte, wollte ich nichts anderes mehr.

»Schlaf mit mir«, bejahte ich seine Frage und dann hörte ich das Aufreißen eines Kondompäckchens. Mein Körper stellte sich bereits darauf ein, ihn in mir zu spüren, und dann drang er in mich ein.

Er war bei Weitem größer, als ich es gewohnt war, und er dehnte mich, füllte mich gänzlich mit seiner Länge aus. Beinahe konnte ich die Adern spüren, die ihn überzogen.

Im Rhythmus bewegte er sich in mir, ließ mir kaum Freiraum, aber ich brauchte auch gar keinen. Alles, was ich brauchte, war seine Nähe. Er zog sich aus mir zurück, legte seinen Schwanz an meine Scham, und als er seinen Schaft umgriff, um seine Spitze an meinem Kitzler zu reiben, schrie ich vor Sehnsucht auf. Eine Woge der Lust überrollte mich, riss mich mit sich wie eine Lawine, und ich verkrampfte mein Innerstes. Seine Hände verweilten auf meinem Po, während er meinen Kitzler pochend zurückließ und erst zaghaft, und dann immer härter in mich vordrang.

Seine Härte massierte mich von Innen und mein ganzer Körper ließ sich auf dieses Spiel der Sinne ein.

Es fühlte sich an, als wären wir einander so vertraut, als würden wir das hier schon zum einhundertsten Mal machen. Gemeinsam. Diese Lust teilen.

Dabei hatte er mich erst einmal zuvor mit seinem Sinn für die richtigen Bewegungen um den Verstand gebracht. Auch wenn ich kein Problem mit One-Night-Stands hatte, so war das hier etwas anderes.

Neben dem Wunsch, Erlösung zu finden, wollte ich ihn spüren, ihn küssen, ihn halten. Ihm die Dämonen rauben, die ihn unter Kontrolle hatten. Sein Atem wurde schneller, je ekstatischer er mich fickte.

Es war so intim und in derselben Sekunde so barsch, dass ich mich fragte, wie ein und derselbe Mann einem die unterschiedlichsten Gefühle empfinden lassen konnte.

»Willst du kommen?«, fragte er mich rau, und bevor ich überhaupt die Chance bekam, zu antworten, drehte er mich um. Er griff nach dem Ausschnitt des Tops und schob es so weit herunter, dass meine Brüste zum Vorschein kamen.

Als er mit seiner Zunge über meine steifen Nippel leckte, stöhnte ich heiser auf. Während er meinen Warzenhof liebkoste, krallte ich mich in seiner Schulter fest und bohrte meine Nägel in sein Fleisch. Sein Schwanz stieß unter seinen Bewegungen gegen meine Mitte, und ich schlang meine Beine um ihn, um ihn wieder mit mir zu vereinen. Der Länge nach drang er in mich ein, und ich hatte das Gefühl, ihn voll und ganz zu umgeben. Ich wollte, dass er meinetwegen kam. Dass ich es war, die ihn zum Höhepunkt trieb.

Schnell hatte ich meine Gedanken in Taten verwandelt, Harvey in die Matratze gedrückt und mich über ihm positioniert. Seine Augen waren geschlossen, als er seine Hände auf meine Hüften legte und mich sanft auf seine Härte gleiten ließ.

Ein Keuchen entfloh uns beiden, als ich mich gänzlich auf ihm niederließ und sein Schwanz in mir zuckte. Er wollte geritten werden, und weil ich es selbst kaum mehr aushielt, begann ich, ihm seine Lust zu stillen.

Ich ließ ihn langsam aus mir gleiten, nur um ihn letztendlich wieder in mir zu versenken. Das Kondom war das Einzige, das mich noch von ihm trennte und ich stellte mir vor, wie es wohl sein mochte, ihn ganz zu spüren. Echt. Willig. Hautnah.

»Woran denkst du?«, wollte er wissen, und ich hielt in meiner Bewegung inne.

»Ich frage mich, wie es ohne Kondom wäre«, sagte ich leise, aber laut genug, dass er mich verstand. Weil es draußen bereits heller wurde, konnte ich das Leuchten in seinen stechend grünen Augen erkennen. Er wollte es ebenso sehr wie ich.

»Nimmst du die Pille?«, fragte er rau, und ich nickte lasziv, während ich mir unbewusst auf meine Unterlippe biss. Auch wenn ich ihm nicht vertrauen sollte, so tat ich es. Als Harvey mich ein Stück hochhob und sich den Schutz herunterriss, erwartete ich freudig das Gefühl, das mich gleich heimsuchen würde.

Sekunden später spürte ich ihn voll und ganz in mir. Es war so anders, ihn Haut an Haut fühlen zu können. Auch ihm entfloh ein weiteres Stöhnen, weil es viel zu gut war, nicht mehr von ihm getrennt zu sein.

Seine Hände kontrollierten derweil weiterhin meine Berührungen. Um unser Lustspiel weiter auf die Höhe zu treiben, ließ ich ihn herausgleiten, krabbelte vom Bett herunter und sah ihn eine Weile einfach nur an, als wäre er eine Halluzination meiner selbst.

Er lag vor mir auf dem Bett. Nackt. Seine Länge reichte ihm bis zum Bauchnabel und beim Gedanken daran, wie groß er war, stellten sich meine Brustwarzen schmerzhaft auf. Mit gekonnten Griffen hatte ich seinen Schaft umfasst und begann, ihn zu massieren, wie er noch nie zuvor massiert worden war. Wieso ich mir dessen so sicher war, konnte ich mir selbst nicht erklären. Aber etwas an dieser Intimität verriet mir, dass er das hier nicht oft mit jemandem auf diese Weise teilte.

Sein Knurren wurde lauter, als ich mit meinen Fingern seine Spitze umkreiste und letztendlich meinen Mund an seine Eichel legte. Meine Lippen umschlossen sein Glied und dann ließ ich ihn in meinen Mund gleiten. Harvey griff in mein Haar, kontrollierte selbst jetzt das Tempo. Meine Zunge fuhr die Adern nach, die seine Männlichkeit zierten. Er schmeckte nach mir und ich bemerkte, wie geil es mich machte, zu wissen, dass er vorher noch in mir war.

Weil ich es nicht länger aushielt, ohne ihn zu sein, krabbelte ich zurück auf das Bett und legte mich neben ihn. Er drehte mich auf die Seite, wusste anscheinend genau, was ich wollte.

Ich lag mit dem Rücken an seinem Oberkörper. Dann zeichnete er meine Rundungen nach und mit einem gekonnten Stoß war er in mich eingedrungen. Dieses Mal wusste ich, dass wir gemeinsam den Höhepunkt ansteuerten.

Je stärker er mich nahm, desto fester krallte ich mich in der Decke fest, und als ich mit ihm in mir von der wellenartigen Lust übermannt wurde, spürte ich sein warmes Sperma in mich fließen. Früher hätte ich mich nach diesem Akt benutzt, beschämt, beschmutzt gefühlt.

Doch als Harvey seinen Mund an meinem Nacken ansetzte und mich küsste, vergaß ich alles andere um mich herum. Es war egal. Es war bedeutungslos geworden. Ich wollte das hier.

Auch wenn ich wusste, dass ich mich immer tiefer in den Abgrund stürzte. Ich liebte den Sprung in die Dunkelheit bereits jetzt. Ich war nie ein Kind des Lichts, ich hasste die Sonne, den Tag, das Gute. *Ich war die Nacht.* »Das war«, raunte er mir ins Ohr, nachdem er meine Strähnen aus dem Gesicht gestrichen hatte.

»... wahnsinnig«, beendete ich diesen Satz zu seiner Zufriedenheit.

Ich kuschelte mich an ihn, spürte, dass sich seine Brust schlagartig hob und senkte. Er wollte mich gerade zurücklassen und nach seinem Shirt greifen, als ich ihn zurück auf die Matratze presste.

»Würdest du heut bei mir bleiben?« Hoffnung lag in meiner Stimme, von der ich nicht wusste, ob er sie mir erfüllen konnte.

Doch zu meinem Erstaunen schlang er seine Arme um mich und ich, ich fiel in Sekundenschnelle in einen erholsamen Schlaf.

***

Es musste bereits kurz vor Sonnenaufgang sein, als ich das nächste Mal meine Augen aufschlug. Etwas hatte mich geweckt, aber was? Es dauerte, bis ich realisierte, was mich aus den Träumen riss. Harvey lag noch neben mir, aber sein ganzer Körper bebte unkontrolliert. Ich schlang meine Arme um ihn und spürte hautnah, wie er zitterte.

»Harvey?« Ich rüttelte an ihm, während er seinen Kopf panisch von einer Seite zur anderen riss.

Das Bild, das dabei entstand, war verstörend - und ich wollte, dass er endlich aufwachte. Je stärker ich an ihm zerrte, desto ruhiger wurde sein Körper.

Sekunden später schlug er die Augen auf, fuhr hoch und sah mich ängstlich an. Ihm stand die pure Angst ins Gesicht geschrieben.

Was hatte ihn bloß in diese Panik versetzt? Natürlich kannte ich ihn kaum, aber das Bild seiner Aura, die so viel Selbstbeherrschung ausstrahlte, bekam nun die ersten Risse.

»Was ist los?«, wollte ich wissen und strich sachte über seine schweißbedeckte Brust. Langsam ließ er sich wieder zurück ins Bett fallen und schloss die Augen.

»Nichts. Alles gut«, beruhigte er mich, aber ich glaubte ihm kein einziges seiner Worte. Er verheimlichte mir etwas, und ich wollte herausfinden, was es war.

Aber ich war mir im Klaren darüber, dass diese Ebene, die ich anstrebte, Vertrauen verlangte. Und dieses hatte er noch nicht in mich. Immerhin war ich die Einzige, die ihn in der Hand hielt. Er hätte mich längst aus dem Weg räumen können, doch das tat er nicht.

Aus einem mir unersichtlichen Grund wusste ich, dass diese Tatsache etwas bedeuten musste. Auch wenn ich keine Ahnung hatte, was es wirklich war. Ich kuschelte mich an seine Brust, hauchte ihm einen Kuss auf die Wange, und als er wieder gleichmäßig atmete, entspannte ich mich und schlief neben ihm ein.

***

»Fuck.« Dieses Wort riss mich aus meinem wohltuenden Schlaf, als ich die Augen aufschlug, und instinktiv neben mich griff. Sobald ich die Leere spürte, schrak ich hoch. Es dauerte, bis ich realisierte, dass Harvey vor mir stand, sich die Jeans anzog und mich ertappt ansah.

Mein Herz machte einen Aussetzer, weil sein Aussehen jede Frau zu einem Kollaps führen konnte. Ich zog die Decke über meinen nackten Körper und setzte mich aufrecht hin, während ich Harvey dabei zusah, wie er sich zum Gehen wendete.

»Du wolltest dich also tatsächlich wieder davonschleichen«, stellte ich fest und versuchte, meine Enttäuschung zu verbergen. Harvey zog sich das Shirt zurecht, strich sich durch das wirre, dunkle Haar und hauchte mir einen Kuss auf den Scheitel. Mehr bekam ich nicht.

»Ich wollte dich schlafen lassen. Außerdem muss ich los, es tut mir leid.« Er zog mich wieder auf den Boden der Tatsachen zurück. Das, was wir hier aufbauten, war keine Beziehung, nein. Es war eine Affäre, mehr nicht. Ich wollte keine Beziehung, aber wieso tat es mir dann weh, wenn er ging?

Etwas lief gewaltig aus dem Ruder, und ich hasste es, wenn ich keine Kontrolle darüber hatte. Nachts gab ich die Zügel gern aus der Hand, aber doch nicht hier. Nicht jetzt.

»Wo musst du denn hin?«, fragte ich ihn ahnungslos und zupfte an dem Ende der Decke, um mir Ablenkung zu verschaffen.

Mit zitternden Beinen stand ich auf, zog mir eine Shorts und ein Shirt an und stellte mich vor ihn.

Sein Blick glitt über meine Brüste, passierte meinen Bauch und blieb an meiner Mitte hängen. Ich sah das Verlangen, das in ihm entstand, und ich wollte diese Sehnsucht stillen. Doch darum ging es hier nicht mehr.

»Du weißt, dass ich nicht der typische Mann bin, Sofia. Ich habe zu tun«, sagte er heiser und mein Herz zog sich zusammen. Und dieses Gefühl war zu meinem Erschrecken nicht unangenehm, es erwärmte mich. Ich wusste genau, was er damit meinte. Und in dem Moment, in dem ich die Worte laut aussprach, bereute ich sie bereits.

»Lass mich dabei sein.« Entschlossen legte ich meine Hände auf seine Brust, und als er verstand, was ich von ihm verlangte, entglitten ihm die Gesichtszüge.

»Bist du wahnsinnig?« Die Weichheit in seiner Stimme war verschwunden und das blanke Entsetzen zierte seinen Blick. Er war sauer. Und zwar richtig.

»Wieso nicht?«

»Das, was ich tue, ist nichts für unschuldige Augen, Sofia. Ich arbeite nicht in einer beschissenen Bank oder auf dem Bau. Ich töte Menschen.«

Daran musste er mich nicht erinnern, schließlich hatte ich es mit eigenen Augen gesehen. Als ich mir in Erinnerung rief, wie es sich anfühlte, diesen Mann zusammensacken zu sehen, wurde mir übel.

Aber nicht, weil ich jemanden sterben gesehen hatte, sondern weil es mir verdammt noch mal nichts ausmachte, dass ein Mörder vor mir stand.

Es machte mir nichts aus, dass er diesem Mann das Leben nahm. War ich nun völlig geisteskrank? Eindeutig.

»Ich will wissen, wieso du es tust. Will *verstehen*, wieso du es tust, Harvey.« Meine Stimme wurde endlich wieder hart und entschlossen. Seine Stirn lag in tiefen Falten und ich sah die Härte in seinem Blick, die mich sonst zurückweichen ließ. Ich musste meinen Verstand an diesem Abend endgültig verloren haben. Meine Worte waren absurd, meine Bitte war absurd, oder nicht?

»Du hast keine Ahnung, was du da sagst«, stellte er trocken fest und wandte sich von mir ab. Er ging zu meiner Tür, wollte nach der Klinke greifen und mich zurücklassen, aber das konnte ich nicht zulassen. Also durchquerte ich das Zimmer und zog ihn zurück in meine Richtung, bis er mich wieder ansah.

»Ich meine es ernst. Ich will wissen, wieso«, wisperte ich leise, und als ich an seine Panikattacke in der Nacht dachte, lief es mir eiskalt den Rücken herunter.

Harvey tat das nicht, weil er psychologisch nichts anderes konnte, das war mir klar. Doch was war der wahre Hintergrund?

»Ich tue es, weil sie es verdienen, Sofia. Reicht dir das?« Seine Wut steigerte sich weiter, und ich wusste, dass ich stoppen musste, wenn ich nicht alles ruinieren wollte.

Aber wenn ich mir etwas in den Kopf gesetzt hatte, konnte ich es nicht mehr stoppen.

»Das ist nicht alles, das weiß ich.«

»Was willst du von mir, Sofia? Was? Sag es mir! Wieso willst du ein Teil von etwas sein, das abgrundtief böse ist? Warum?« Sein Zorn schlug auf mich ein, und ich wollte sein Gesicht berühren, als er meine Handgelenke wie Handschellen umschloss.

»Ich hasse mein Leben, Harvey. Es ist langweilig, es ist zum Kotzen! Ich will etwas hinterlassen. Wenn ich sterbe, wird niemand wissen, wer Sofia Bourton war. Man wird mich nicht kennen.«

»Glaubst du, das Ganze hier ist ein Spiel? Ist es nicht. Es geht nicht darum, etwas zu hinterlassen, es geht um mehr. Hass, Gewalt, Rache. Blut fließt, Sofia. Mehr, als du ertragen könntest.« Ich verschränkte die Arme vor der Brust und sah ihn anklagend an.

»Du hast nicht zu entscheiden, was ich ertragen kann und was nicht, Harvey.« Ohne dass ich es realisieren konnte, trafen seine Lippen die meinen und ich rang keuchend nach Luft.

Seine Zunge rang mit meiner und wir gaben uns diesem Kuss hin. Voll und ganz, weil es das war, was ich wollte. Was er wollte.

»Wieso vertraust du mir? Wie lange kennen wir uns? Drei Tage?« Seine Worte waren wie ein harter Schlag mitten ins Gesicht. Er sah nicht das, was ich sah. Auch wenn wir Fremde waren, verband uns etwas.

»Manchmal reichen fünf Sekunden«, erklärte ich ihm, legte meine Hand an seine Wange und strich sachte darüber. Seine markanten Gesichtszüge hätte ich unter eintausend anderen sofort wiedererkannt.

»Ich sagte doch, du bist lebensmüde«, gab er sich geschlagen und lehnte seine Stirn an meine. Ich schloss bereitwillig die Augen und wollte ihn gerade küssen, als er mich mit einem Kuss auf die Schläfe freigab.

»Du wirst kein Teil hiervon werden, Sofia. Das werde ich nicht zulassen.« Und bevor ich zum Protest ansetzen konnte und die Augen aufschlug, war Harvey verschwunden. Ich blieb zurück, mit diesem Kuss auf meiner Stirn nachhallend, und brannte sehnsüchtige Blicke in das Holz der Tür, die zwischen uns ins Schloss fiel.

9. Wie der Abgrund schmeckt?

»Eines noch.« Er ließ seine Hand über meine Wange gleiten, umschloss meinen Nacken und sah mich bittend an. »Alles, was du willst«, hauchte ich, ohne Kontrolle über meine Gefühle zu gewinnen. Es war irrsinnig, diesem Mann alles anzuvertrauen, ihm alles zu versprechen, ohne etwas zu hinterfragen.

Sofia

»Wo bleibst du? Lenny hat gekocht!«, beklagte sich Belle am Telefon, als ich am Abend die Boutique verließ und mich auf den Heimweg machte. Es war noch warm und in der Luft lag dieser typische New-Yorker-Geruch. Ja, den gab es tatsächlich! Auch wenn ich das Leben hier verabscheute, so war mein Herz fest mit dieser Stadt verankert.

Die Sonne stand am Horizont, machte sich schon bereit, unterzugehen. Ich klemmte das Handy zwischen Schulter und Ohr und kramte in meiner Handtasche, bis ich meinen Wohnungsschlüssel zwischen zahlreichem Müll fand, den ich ständig mit mir herumtrug.

Erst als ich Belles Worte verinnerlicht hatte, runzelte ich die Stirn, nahm das Handy wieder in die Hand und schlenderte gemütlich durch die Nebenstraßen des Viertels.

»Moment – er kocht? Kann man das auch essen?«

»Die soll mal nach Hause kommen! Ich spuck ihr auf den Teller!«, hörte ich Lenny im Hintergrund und endlich konnte jemand mein Lächeln wieder ans Licht zaubern. Den ganzen Tag über war ich nicht Herr meiner Sinne, wusste nichts mit mir anzufangen. Ich war schon immer gelangweilt von meinem ätzend bedeutungslosen Leben hier. Aber seit einigen Tagen verschlimmerte es sich – ob es wirklich an ihm lag? Musste es einfach.

»Jetzt sag schon, wann du da bist. Wir müssen noch das Gemüse abschrecken!« Belles Geduldsfaden riss, und ich musste mir mächtig auf die Zunge beißen, nicht lauthals zu lachen.

»Abschrecken? Das Gemüse? Meinst du abschmecken, Schatz? Denn man schreckt definitiv kein Gemüse ab.«

»Mach dich ruhig lustig. Du wirst sehen, was du davon hast, wenn dein Lieblingsessen auf dem Tisch steht und du nur sabbernd wie ein Köter zusehen darfst!«

»Entschuldige bitte, aber ihr zwei seid einfach herzallerliebst«, kommentierte ich ihre Worte herzlich und konnte mir bestens ausmalen, wie ihre Augen zu strahlen begannen. »Ich sagte doch, wir drei wären das perfekte Dreierpaar, aber nein, Miss Bourton schläft ja lieber mit Mr. Mysterious.« Ich kniff die Augen zusammen und atmete einmal tief ein und aus. Sobald ich an ihn dachte, zog sich mein Magen auf zuckersüße und zugleich schmerzliche Weise zusammen. Was war es bloß, was ich empfand, wenn er in meine Gedanken stieß?

»Jetzt halt die Klappe. Ich bin in fünf Minuten da!« Und damit legte ich auf und stopfte mein Handy in die Hosentasche. Als ich mich das nächste Mal umsah, war die Sonne am Horizont verschwunden und die Dunkelheit hüllte mich ein. Wie zur Hölle konnte es so schnell düster werden? Ich fühlte mich schon als Kind von ihr wie magisch angezogen und auch jetzt liebte ich es, die Nacht willkommen zu heißen.

Doch so sehr ich das Kribbeln, das sie sonst in mir verursachte, auch mochte, so ließ mich dieses seltsame Gefühl nicht los. Etwas war anders als sonst. Meine Schritte beschleunigten sich, ohne dass ich die Kontrolle über mich hatte. Der plötzlich aufziehende Wind jagte mir einen Schauder über den Rücken. Als ich meine Hand in die Höhe hielt, bemerkte ich jedoch, dass kein einziger Windzug durch diese Gasse wehte. Dort waren Schritte zu vernehmen, die mit jeder verstrichenen Sekunde lauter wurden.

Panisch drehte ich mich um und dann sah ich etwas. Jemanden. Am anderen Ende der Gasse stand jemand. Ich konnte die Umrisse eines gut gebauten Mannes erkennen, und als dieser viel zu schnell auf mich zukam, begann ich zu rennen. War ich in einem schlechten Hollywoodstreifen gelandet? Meine Atmung flachte ab und dann bog ich um die Ecke ab, in der Hoffnung, dass ich mir all das nur einbildete. Dass dieses Szenario lediglich meinem kranken Geist entsprang, den Harvey in mir hinterlassen hatte.

Doch kaum hatte ich diesen Wunsch innerlich geäußert, war die Gestalt wieder da. Er bog ebenfalls ab, und verfolgte mich weiterhin. Erneut rannte ich, bis meine Lunge brannte, meine Glieder schmerzten und sich Tränen in meinen Augenwinkeln sammelten.

Je mehr Gassen ich passierte, desto stärker schlang sich die Dunkelheit um mich. Alles wurde verschluckt und in die Schwärze über mir gezogen.

Unter einer Treppe suchte ich Halt, presste meinen Rücken dicht an das Gemäuer und hielt den Atem an. Seine Schritte wurden langsamer, bedeutsamer, beängstigender. Bevor ich schluchzen konnte, verstummte alles um mich herum. Die Anzeichen dafür, dass sich jemand in meiner unmittelbaren Nähe befand, verpufften zu Staub. Mit zitternden Händen kramte ich mein Handy heraus und wählte die Nummer, die mir als Allererstes in den Sinn kam. Wieso ich in einer solchen Situation meine Sicherheit bei ihm suchte, konnte ich mir selbst nicht erklären.

»Sofia? Was ist los?« Ich wollte etwas sagen, aber meine Kehle war vom Staub benetzt, ich war nicht mehr in der Lage, einen geraden Satz zu verfassen.

»Sofia? Ich höre dich atmen, was zur Hölle ist los?« Seine raue, dunkle Stimme beruhigte mich, auch wenn sie mich erneut in Panik versetzen sollte.

»Da war jemand«, wisperte ich und sah mich ängstlich um, während ich das Handy fest umgriff.

»Sofia, wovon sprichst du?« Der Befehlston, der in seiner Stimme mitschwang, sorgte dafür, dass ich endlich wieder meiner Starre entkam.

»Ich glaube, ich werde verfolgt«, stammelte ich und holte noch einmal tief Luft.

»Von wem?«

»Ich weiß es nicht!«

»Wo bist du?« Ich sagte nichts, weil mich ein leises Knacken abermals aus den Bahnen riss.

»Wo bist du?«, schrie er, als ich mich von der Steinmauer abstieß und noch einmal die Gegend beobachtete. Niemand war hier. Nur ich. Und Harvey – am Telefon.

»Ich bin auf dem Weg nach Hause. Da war jemand, Harvey. Ich ... ich weiß nicht, wer. Aber ich weiß es einfach.« Endlich hatte ich meinen Mut wiedergefunden und trat aus meinem Versteck heraus.

Plötzlich fühlte es sich albern an. Seit wann hatte ich Angst vor etwas? Ich hatte gesehen, wie Harvey einem Mann das Leben nahm, und es war mir egal gewesen.

»Geh so schnell wie möglich nach Hause, Sofia!« Und dann war er weg. Harvey hatte einfach aufgelegt.

***

»Schmeckt es dir nicht?« Lenny sah mich zweifelnd und ein wenig enttäuscht an, weshalb ich energisch den Kopf schüttelte.

»Daran liegt es nicht, Lenny. Es schmeckt hervorragend.« Und ich übertrieb nicht einmal. Hätte ich vorher gewusst, dass mein bester Kumpel im wahren Leben ein Fünfsternekoch war und ein Doppelleben führte, hätte ich mir mühselige Kochversuche und etliche ruinierte Küchenutensilien der Vergangenheit ersparen können.

»Du isst dafür aber sehr wenig«, stellte nun auch Belle besorgt fest, und strich mir über die Wange. Wir saßen gemeinsam in der Küche und ich starrte auf den fast vollen Teller vor meiner Nase.

Doch alles, was ich vor Augen hatte, war die Dunkelheit, die mich wie ein Magnet an sich riss und nicht mehr losließ. Diese Schritte, der Umriss, der Mann. Es suchte mich selbst in meinen vier Wänden heim.

»Mein Tag war scheiße. Aber wisst ihr was? Ich stelle das in den Kühlschrank und esse es später. Ihr wisst ja, dass ich nachts ein ganzes Restaurant plündern könnte!« Mein Versuch, etwas Spaß in unsere Runde zu bringen, scheiterte mehr als kläglich.

Gerade, als ich aufstehen und mich auf mein Zimmer verziehen wollte, klingelte es an der Tür. Und selbst dieses Geräusch bereitete mir eine Gänsehaut, die meinen ganzen Körper überzog.

Sekunden später hatte Belle uns verlassen und ihr aufgeregtes Kichern ertönte im Flur.

»Sofia? Besuch. Für dich!« Ich verkrampfte mich, riss die Augen auf, und gerade als ich mich wie ein Feigling unter dem Tisch verstecken wollte, stand Harvey in der Tür. Direkt neben meiner besten Freundin, die ihn lasziv anlächelte.

»Ähm ...« Mehr brachte ich einfach nicht fertig. Kein Wunder, dass ich mich wie der letzte Vollhorst fühlte, als Harvey mich mit starrem Blick musterte. Etwas an ihm wirkte anders. Er war definitiv nicht hier, weil er es aus lauter Sehnsucht nach mir nicht mehr aushielt. Bevor ich ihn wieder heimschicken konnte, griff er nach meiner Hand und zog mich hoch.

»Der ist ja noch viel heißer, als ich dachte!«, flüsterte Belle mir ins Ohr, als ich, ohne mich zu wehren, von ihm in mein Zimmer geschliffen wurde. An Belles Lachen konnte ich mir bestens ausmalen, was in ihrem Kopf für ein Film lief. Sie stellte sich sicher vor, was er mit mir hinter verschlossener Tür anstellen wollte.

»Wo war dieser Kerl?« Der Zorn, der auch seinen Blick beherrschte, schlug sich auf seine Stimme nieder, und er packte mich grob am Arm.

»Ich habe keine Ahnung, Harvey! Ich habe zu viel Zeit damit verbracht, wegzurennen! Weißt du, was mich daran am meisten stört?« Seine Berührungen wurden sanfter, zärtlicher, und er legte seine Hand an meine glühend heiße Wange. Seine grünen Augen waren so rein, dass ich noch immer nicht glauben konnte, dass ihn Dämonen plagten.

»Was?«

»Dass ich solche Angst davor hatte. So bin ich nie, verstehst du?« Als ich ihn das nächste Mal ansah, erkannte ich den puren Unglauben in seinem Blick. Immerhin mussten sich meine Worte für einen Außenstehenden völlig irre anhören.

»Hast du überhaupt keinen Überlebenswillen, Sofia?« Seine Hand ließ mich zitternd zurück, als er sich abwandte und sich mit dem Rücken gegen die Wand lehnte. »Keine Ahnung. Irgendwie nicht, nein. Ich hatte nie Angst. Nicht einmal, als ich gesehen habe, wie du ...« Ich wählte meine Worte mit Bedacht und stoppte, als ich befürchtete, eine Grenze überschritten zu haben. »Als ich was?« Ich sah zu Boden, anstatt ihm dabei ins Gesicht zu blicken.

»Sprich. Es. Aus«, forderte er mich barsch auf, stieß sich von der Wand ab und blieb einige Zentimeter vor meiner Nase stehen. Ich konnte die herbe Note seines Parfums riechen und genoss das Ziehen, das es in mir hinterließ. Er war mir so nah, und doch fühlte es sich nicht richtig an, mit ihm hier zu sein.

»Als du diesen Mann getötet hast.« Seine Stirn glättete sich, dafür mahlten nun seine Kiefer. Harvey umgriff meine Handgelenke und sah mich mit einer starren Intensität an.

»Und es war nicht das erste Menschenleben, das ich genommen habe, Sofia. Und es wird nicht das Letzte gewesen sein«, sagte er matt und hauchte mir einen zärtlichen Kuss auf den Handrücken. Sofort durchzuckte mich ein heißer Schauer, und ich wollte nichts anderes mehr spüren, als seinen Körper an meinem. Ich wollte meine Hände in seinem Haar vergraben, die Konturen seiner Muskeln nachzeichnen, ihn spüren, berühren, schmecken. Aber ich sah ihm an, dass er keinen Gedanken daran verschwendete, mir meinen Wunsch zu erfüllen.

»Wieso erzählst du mir das?«, wollte ich zögernd wissen und sah zu ihm auf.

»Weil du wissen sollst, worauf du dich eingelassen hast, Sofia. Es wird schlimmer. Das vorhin in der Gasse war erst der Anfang.«

Er versuchte, bedrohlich zu klingen, aber alles, an was ich denken konnte, war dieses Knistern, das zwischen uns in der Luft lag.

»Weißt du, wer mich verfolgt?« Ich schoss ins Blaue, und meine Frage erfüllte ihren Zweck. Er sah mich nicht an, ließ mich los und begann, im Raum auf und ab zu laufen. Seine Haltung war angespannt, seine Muskeln stachen unter dem engen Pulli deutlich hervor. Zu gern hätte ich die Distanz überwunden und ihn an mich gezogen.

»Nein. Aber ich weiß, dass ich nicht gut für dich bin. Ich tauche in deinem Leben auf und plötzlich stellt dir jemand nach. Ich habe mehr als nur einen Feind, Sofia.« Gerade als ich zum Protest ansetzen wollte, spürte ich seinen Finger auf meinen leicht geöffneten Lippen. Er versiegelte meinen Mund, sodass ich nicht mehr fähig war, etwas zu sagen, geschweige denn die Dinge zu hinterfragen.

»Eines noch.« Er ließ seine Hand über meine Wange gleiten, umschloss meinen Nacken und sah mich bittend an.

»Alles, was du willst«, hauchte ich, ohne Kontrolle über meine Gefühle zu gewinnen. Es war irrsinnig, diesem Mann alles anzuvertrauen, ihm alles zu versprechen, ohne etwas davon zu hinterfragen.

»Bleib heute Nacht hier. Und geh nicht allein vor die Tür, verstanden?«

Wie hypnotisiert nickte ich, schloss die Augen, weil ich bereits wusste, was jetzt passieren würde. Wie in Trance öffnete ich meinen Mund, ließ seine Zunge eindringen und gab mich diesem Kuss hin. Wir spielten miteinander, und ich verbrühte mich an diesem Spiel. Fühlte es sich so an, lebendig zu sein? Harvey schlang seine Hände um meine Hüften und presste mich noch enger an sich. Doch so schnell ich mich auch an diese Intimität gewöhnen konnte, so schnell war sie auch wieder vorüber.

»Du gehst jetzt, habe ich recht?« Mehr als ein Flüstern brachte ich nicht über die Lippen.

»Die Arbeit ruft«, sagte er wehmütig, und die Magie, die uns umgab, verflog. Als ich das nächste Mal meine Augen öffnete, war Harvey ein weiteres Mal spurlos verschwunden.

10. Das Gefühl von Macht

»Das kühle Material jagte Stromschläge durch meinen Körper, und als ich meinen Blick senkte und erkannte, was in meiner Hand lag, schrak ich zurück. Die Knarre schmiegte sich an meine Haut, und obwohl ich noch nie eine in der Hand gehalten hatte, fühlte es sich so vertraut an.«

Sofia

Seine Hände fanden ihren Weg über meinen brennenden Körper, und ich beugte mich ihm entgegen, um ihn dichter an mir zu spüren. Immer, wenn er mich berührte, fühlte es sich so richtig an. Seine grünen Augen erdolchten mich, und ich konnte das Verlangen in seinem Blick auf mir spüren, als wäre es ein zarter Stoff, der sich an meinen Körper schmiegte und mich umgab.

»Willst du, dass ich weitermache?«, fragte er mich spielend und hauchte einen flüchtigen Kuss auf meinen Hüftknochen. Ich presste die Augen zusammen, hielt den Atem an und spürte, wie feucht ich dank ihm bereits war.

»Mach weiter«, bejahte ich seine Frage und griff in sein weiches Haar, um seinen Mund zu meiner Mitte zu führen. Ich wollte ihn spüren. Für immer.

Seine Fingerspitzen sorgten dafür, dass ich mich ekstatisch aufbäumte, und als er seine Hand zwischen meine Beine schob, vergaß ich jegliches Zeitgefühl. Ich vergaß alles, was um uns herum passierte.

War es verrückt, dass ich an ihn dachte, wenn ich abends zu Bett ging? Definitiv. War es lebensmüde, ihm alles von mir anzuvertrauen? Ohne Zweifel. Aber es war auch genau das, was ich mein Leben lang gesucht hatte. Wir kannten uns seit einigen Tagen, und doch fühlte es sich an, als wäre es bereits eine Ewigkeit. Als hätte ich ihn schon abertausende Male auf mir gespürt. Er war mir viel zu vertraut.

»Sag das noch einmal, Sofia.« Seine Stimme war wie Musik in meinen Ohren, und meine Mundwinkel zuckten, weil ich jedes Mal von ihrem Klang beflügelt wurde.

»Mach weiter, Harvey«, bat ich ihn und griff erneut nach seiner Hand, die sich plötzlich viel realer anfühlte, als eben noch. Ich legte sie zurück zwischen meine Schenkel und presste meine Beine eng aneinander, um ihn zu spüren. Ein leises Lachen ließ mich stutzig werden.

Ich hielt die Augen geschlossen, doch als ich sie jetzt widerwillig öffnete, erschrak ich. Alles, was ich bis eben fühlte, wurde in die Dunkelheit gezogen, und die Umrisse vor meinen Augen verschwammen zu einem unscharfen Bild.

»Na, Schlafmütze«, raunte plötzlich diese wohlbekannte, warme Stimme, und ich schrak hoch. Ich lag in meinem Bett und die Sonne schien prall durch das Fenster.

Harvey lag nicht neben mir, stattdessen saß er auf der Kante meines Bettes und sah mich belustigt an. War er bis eben noch oberkörperfrei, so trug er jetzt ein Shirt und eine verschlissene schwarze Lederjacke.

»Was machst du hier?« Ich hörte mich an wie ein kleines Mädchen, als ich mir die Hand vor die Augen schlug und mir wünschte, im Erdboden zu versinken. Sein Blick kettete mich an dieses Bett, und ich musste zweimal hinsehen, um zu begreifen, dass er wirklich vor mir saß.

»Ich wollte dich dabei beobachten, wie du von mir träumst«, neckte er mich und deutete mit seinem Blick auf seine Hand. Das Loch, in das ich kriechen wollte, war bei Weitem noch nicht tief genug, denn als ich das nächste Mal hinsah, bemerkte ich, dass seine Hand zwischen meinen Schenkeln lag. Genau der Ort, an den ich seine Hand im Traum geführt hatte.

»Du Perversling!«, warf ich ihm an den Kopf, um die Situation zu entschärfen, und brach selbst in schallendes Lachen aus.

Langsam zog er seine Hand zurück und ich setzte mich in den Schneidersitz.

»Wie lang beobachtest du mich schon?«, fragte ich zaghaft und band meine störrischen Haare zu einem Dutt nach oben. Harvey legte mir seine warme Hand auf den Unterarm, und als er mit seinen Fingerspitzen nach oben fuhr, überrollte mich abermals dieses körperliche Verlangen, das mich Nacht für Nacht heimsuchte.

»Lange genug, glaub mir.« Und mit diesem Satz trafen seine Lippen meine. Er küsste mich hart und je drängender sein Kuss wurde, desto mehr ließ ich mich fallen, lehnte mich zurück und zog ihn mit mir in die Matratze.

»Das ist ein Fehler«, murmelte er zwischen unseren Küssen, und weil ich nicht wollte, dass er sich entfernte, ließ ich seine Worte unkommentiert. Auch wenn mir so viele Fragen auf der Zunge brannten.

»Küss mich einfach«, befahl ich ihm nuschelnd, doch anstatt meinem Befehl Folge zu leisten, entfernte er sich räuspernd.

»Hey!«, protestierte ich.

Daraufhin schenkte er mir ein diabolisches Lachen.

»Du glaubst nicht, wie heiß es mich macht, zu wissen, dass du von mir träumst, Sofia. Aber wir haben heute noch einiges vor.« Es war Samstag, und ich hatte, wie von Diana versprochen, schichtfrei.

Enttäuscht rappelte ich mich wieder auf und lehnte meine Stirn an seine Schulter.

Sein Duft war mir so vertraut, wie ich es bisher noch nie erleben durfte. Selbst mit Jack hatte es sich nach einer dreijährigen Beziehung niemals so intim angefühlt.

»Was haben wir denn vor?«, fragte ich ahnungslos und sah interessiert zu ihm auf. Seine Hand lag auf meiner Hüfte und er zog sanfte Kreise darüber.

»Das wirst du früh genug erfahren. Und jetzt mach dich fertig«, kommandierte er mich ab, ich stand widerwillig auf und machte mich auf den Weg ins Badezimmer.

Als ich mein Spiegelbild erhaschte, blieb ich einen Moment stehen. Meine Haare waren ein wildes Chaos, meine Lippen waren rosiger als sonst und auch meine Wangen waren mit Röte überzogen. Kopfschüttelnd griff ich nach der Türklinke, und bevor ich das Zimmer verlassen konnte, drehte ich mich noch einmal zu dem Mann um, der auf meiner Bettkante saß und völlig surreal wirkte.

»Willst du vielleicht mit unter die Dusche kommen?« Ich tat so unschuldig, wie es mir bei diesen schmutzigen Gedanken möglich war. Er erstarrte in seiner Position und ich konnte das Röcheln seines Atems beinahe fühlen.

»Wie kann ich dieses Angebot abschlagen?« Seine Frage galt mehr sich selbst als mir, und ich lehnte mich mit dem Rücken gegen die Tür und presste meine Beine aneinander, um die Sehnsucht zu stillen, die mich durchdrang.

»Ist das ein Ja?« Hoffnung lag in meiner Stimme, und ich versuchte, ihn mit meinem lasziven Lächeln um den Finger zu wickeln.

»Ich werde es bis an mein Lebensende bereuen, aber ich fürchte, ich muss dich abblitzen lassen. Sonst werden wir diese Dusche nie wieder verlassen. Und das, was wir vorhaben, ist wichtig, also geh allein«, wies er mich ab und deutete mit einer lässigen Handbewegung auf die Tür. Seufzend öffnete ich sie und huschte aus dem Zimmer.

Auf dem Flur begegnete ich einer kleinen Blondine, die, dieses Mal in Unterwäsche bekleidet, aus dem Badezimmer schlenderte und mir ein aufforderndes Lachen schenkte. Was trieben die beiden ständig mit diesen Häschen? Weil ich nicht länger darüber nachdenken wollte, verkroch ich mich im Bad und versuchte, die verruchten Gedanken unter einer kalten Dusche zu vertreiben. Erfolglos. Denn sobald das Wasser auf meiner Haut abperlte, stellte ich mir vor, wie es wäre, seinen nassen Körper zu berühren ... ihn zu fühlen. Auf mir. In mir. Überall – wie in meinem Traum.

Murrend schloss ich die Augen und konzentrierte mich einzig und allein auf das, was mir an diesem Tag bevorstehen würde. Auch wenn ich keinen blassen Schimmer davon hatte, was es war.

***

Kaum eine Stunde später saßen wir in seinem Auto und selbst hier roch alles nach ihm. Viel zu gut. Viel zu auffordernd. Viel zu anziehend. Das verschlissene Leder seines Autos hinterließ ein warmes Gefühl auf meinen nackten Oberschenkeln. Die Sonne hatte das Auto in eine Sauna verwandelt, und als Harvey den Motor startete und aus unserer Wohnsiedlung fuhr, durchzog mich ein aufgeregtes Kribbeln.

»Wo bringst du mich hin?«, fragte ich ihn so nebensächlich, wie es mir möglich war.

Dass ich seit einer Stunde keinen klaren Gedanken mehr fassen konnte, ignorierte ich bewusst. Harvey trug eine Sonnenbrille, die es mir unmöglich machte, das Grün seiner Augen zu erkennen.

Es war eine Verschwendung, nicht in diese Augen sehen zu dürfen. Selten hatte ich etwas so Intensives an einem Mann seines Kalibers gesehen.

»Das ist mein Geheimnis«, sagte er lediglich und zuckte mit den Schultern.

Ich lehnte mich auf dem Sitz zurück und genoss weiterhin das warme Gefühl des Leders auf meiner Haut. Auch wenn ich dringend eine Abkühlung hätte gebrauchen können. Man konnte eben nicht alles haben, oder?

»Ich mag Geheimnisse«, gestand ich ihm und warf ihm einen prüfenden Blick zu, den er nicht erwiderte. Etwas an ihm hatte sich verändert. War er zu Beginn noch gelassen, so nahm ihn diese Anspannung immer weiter ein. Seine Hand umklammerte das Lenkrad so fest, dass ich seine Adern erkennen konnte, und mit der anderen Hand strich er sachte meinen Innenschenkel entlang. Willig presste ich mich noch tiefer in den Sitz und schloss die Augen. Ich wusste, dass er mir keine Antwort geben würde, also ließ ich ihn gewähren und gab mich diesem Rausch hin, in den er mich trug.

***

Wir fuhren noch eine ganze Weile durch eine verlassene Gegend, und als wir den Rand New Yorks erreichten und wir immer weiter von der Zivilisation entflohen, erbebte alles in mir. Dieses Abenteuer, in das er mich zog, war berauschend. Es war lebendig, echt.

»Wir sind da«, sagte er schmunzelnd und bog in eine verlassene Schotterstraße ein, die schließlich zu einer großen Lagerhalle führte.

Harvey parkte direkt vor zwei großen, heruntergekommenen Türen, an denen die Farbe des Holzes bereits abblätterte.

Alles an diesem Bild erinnerte mich an einen schlecht gezeichneten Horrorfilm. Fragend öffnete ich die Tür und stieg aus. Meine Turnschuhe ratschten über die Kieselsteine, und die pralle Sonne verschwamm meine Sicht wie ein aus Öl gezeichnetes Gemälde.

»Hier wolltest du mit mir hin? Das ist nicht sehr romantisch«, stellte ich enttäuscht fest und schirmte meine Augen vor den heißen Sonnenstrahlen ab. Harvey schloss das Auto ab und griff nach meiner Hand. Mit seinem Mund näherte er sich meinem Ohr, bis sein Atem alles war, was ich noch hören konnte.

»Ich bin kein Romantiker, Sofia. Was dachtest du, wo wir hinfahren? In ein Wellnesshotel?«, verarschte er mich, und ich boxte ihm gegen die Schulter, um sein gehässiges Lachen zu unterbinden.

»Ich hasse Wellnesshotels«, gestand ich schmunzelnd, und als Harvey mich mit sich zog und die Tore ansteuerte, machte mein Herz Purzelbäume.

»Ich weiß«, sagte er knapp, als er die Tore öffnete. Staub drang aus der alten Halle heraus, als wäre hier seit Jahren niemand mehr gewesen. Vorsichtig trat ich ein und sah mich in diesem schäbigen Schuppen um.

Stofffetzen hingen von den Decken herab und der Boden war über und über mit Schmutz und Asche bedeckt.

Die Fenster, die sich links und rechts von uns befanden, waren zerschmettert und das Glas lag zersprungen am Boden.

Fragend sah ich mich im Rest der Halle um, und als ich eine große Zielscheibe am anderen Ende des Raumes entdeckte, stockte mein Atem.

»Harvey?«

»Ja?«, hakte er belustigt nach.

»Wenn du mich umbringen willst, hättest du das auch in der Zivilisation tun können. Ich meine ja nur: das hier ist nicht der Ort, an dem ich meine Augen für immer schließen will.«

Er zog mich an sich, und als er auf mich hinabsah, entflammte er wieder dieses heißkalte Feuer in mir. Es war seltsam, von ihm angesehen zu werden. Seine Kälte und das Wissen, zu was dieser Mann fähig war, erschauderte mich jedes Mal, wenn er mich ansah. Doch im selben Moment entstand ein Feuer in mir, das niemand schüren konnte. Niemand, außer er.

»Du glaubst, ich will dich töten? Hier?« Unglauben mischte sich in seine harte Stimme, und als seine Mundwinkel zuckten, entspannte ich mich.

»Was ist das für ein Ort?«, fragte ich ihn neugierig und sah mich ein weiteres Mal in der Lagerhalle um. Ich konnte beim Atmen den Staub des Gebäudes auf meiner Zunge schmecken und musste mir ein Husten verkneifen.

Alles hier drin strahlte Gefahr aus, und als ich seinen warmen Körper an meinem Rücken spürte, zog ich automatisch die Luft ein.

»Hier komme ich her, um mich abzureagieren«, erklärte er mir, und bevor ich wusste, was um mich geschah, zückte Harvey etwas und legte es mir in die Hand.

Das kühle Material jagte Stromschläge durch meinen Körper, und als ich meinen Blick senkte und erkannte, was in meiner Hand lag, schrak ich zurück. Die Knarre schmiegte sich an meine Haut, und obwohl ich noch nie eine Waffe in der Hand gehalten hatte, fühlte es sich so vertraut an.

»Was hast du vor, Harvey?« Auch wenn ich den Nervenkitzel liebte, überforderte mich diese Situation. Wie gebannt sah ich auf das tödliche Ding in meiner Hand hinab, und ein Zittern suchte mich und meinen Körper heim. Das Einzige, das mich beruhigte, war Harveys Wärme, die mich umgab.

»Ich komme auch her, um zu üben«, erklärte er mir, und mein Blick landete automatisch auf der Zielscheibe, die einige Meter von uns entfernt an der Wand befestigt war.

»Und was soll ich jetzt tun?« Man hörte mir an, wie durcheinander ich war. Sein Brustkorb bebte an meinem Rücken, als sein raues Lachen erklang.

Ich wollte mich wirklich auf etwas anderes konzentrieren, aber es ging einfach nicht. Ich spürte seine Nähe viel zu intensiv …

»Du musst dich verteidigen können, Sofia.« Mehr sagte er nicht, und ich verstand sofort, was er mir damit ans Herz legen wollte. Seitdem ich verfolgt wurde, schlief ich schlecht. Ich wusste, dass ich in Gefahr war, auch wenn ich nicht einschätzen konnte, wie diese Gefahr überhaupt aussah.

»Ich habe keinen blassen Schimmer, wer dir nachstellt, aber ich muss mich vergewissern, dass du in der Lage bist, dich selbst zu schützen, wenn ich es nicht kann.« Reue klang in seiner Stimme mit, und wie automatisch umschloss ich das kühle Material der Knarre fester und visierte den roten Punkt in der Mitte der Scheibe an. Harvey presste sich dichter an mich, umgriff meinen Arm und brachte mich in die richtige Haltung.

»Achte auf den Rückstoß, der kann dich ziemlich aus dem Konzept bringen. Aber merke dir eins: Verliere nie die Kontrolle darüber. Egal wie gefährlich die Situation auch ist, du darfst nie die Kontrolle abgeben«, raunte er mir ins Ohr, während ich tief einatmete und weiterhin den Punkt in der Ferne anvisierte. Ich hielt noch nie eine Waffe in der Hand, und doch fühlte es sich an, als hätte ich schon viel zu oft einen Schuss gelöst.

»Wir zählen bis drei«, sagte er stählern, und an meinem Rücken spannte sich sein Körper krampfartig an.

»Eins«, begann ich mit zitternder Stimme und schloss kurzweilig die Augen, um mich wieder zu fangen.

»Zwei«, sagte er leise, aber bestimmend.

»Drei.« Dieses Mal waren unsere Stimmen im Einklang, als ich meinen Finger an den Abzug legte und wie in Zeitlupe den Schuss löste.

Der Rückstoß war härter, als ich es vermutet hatte und ich wurde mit Schwung gegen Harveys Brust gepresst. Mein Arm schmerzte und ich verengte die Augen, um zu erkennen, ob ich überhaupt etwas getroffen hatte.

»Gar nicht mal so schlecht. Aber du musst dich konzentrieren, Sofia. Denk dabei nicht an mich.«

»Wie kommst du darauf, dass ich an dich ...«

»Ich weiß es einfach. Und jetzt konzentriere dich auf das Ziel, Sofia. Es gibt nichts Wichtigeres«, befahl er mir, und ich atmete noch einmal tief ein und aus, bevor ich zu einem weiteren Schuss ansetzte. Dieses Mal hatte ich das Gefühl, genau zu wissen, was ich hier tun musste. Ich nahm die vorherige Position ein und ignorierte das schmerzende Ziehen in meinem rechten Arm, welches sich bis in meinen Rücken bohrte.

»Eins.«

»Zwei«, fuhr Harvey fort.

»Drei.«

Sekunden später löste ich den nächsten Schuss, und als ich erkannte, dass ich die Zielscheibe getroffen hatte, drehte ich mich lachend zu Harvey um. Er sah prüfend an mir vorbei, stierte die Scheibe an und sah mich dann beeindruckt an.

»Nicht schlecht, für das zweite Mal. Wie oft hast du das hier schon gemacht?«, wollte er wissen, und ich hauchte ihm einen Kuss auf den Mund. Perplex löste er sich von mir und entriss mir die Knarre aus der Hand. Sofort fühlte ich mich machtlos, schwach, kaputt. Etwas fehlte, und ich wollte nicht glauben, dass es die Waffe sein sollte.

»Wofür war der denn?« Sein Mundwinkel zog sich nach oben und dieses schiefe Lächeln sorgte dafür, dass mein Herz für einen Schlag komplett aussetzte.

»Soll ich ehrlich sein? Ich weiß es nicht«, gestand ich ihm und schmiegte meine Wange an seine Brust. Auch wenn ich das Gefühl seines sich hebenden Brustkorbes an meiner Haut genoss, so hatte Harvey andere Pläne. Mit einem Ruck hatte er mich wieder umgedreht, sodass ich mit dem Rücken gegen seine Brust stieß. Er schlang seine Arme um mich und positionierte die Hand, in der er die Waffe hielt, direkt über meinem Herzen.

»Was wird das?« Heiserkeit bestimmte meine Stimme, und ich biss mir auf die Zunge, bis ich den metallischen Geschmack von Blut vernahm.

Ich sah an mir hinab, konnte erkennen, wie flach ich atmete, und als ich in den Lauf der Pistole sah, wurde ich beinahe ohnmächtig.

»Versuch dich zu befreien. Stell dir vor, ich bin ein Killer, der es auf dich abgesehen hat.« Ich schloss die Augen, nahm einen tiefen Atemzug und konnte mein Schmunzeln nicht unterdrücken.

»Ich brauche mir nicht vorzustellen, dass du einer sein könntest, Harvey. Du bist einer«, stellte ich richtig und wie auf sein Kommando begann ich, mich unter seinem festen Griff zu winden. Mit aller Kraft, die ich aufbringen konnte, schlug ich um mich, versuchte seine Hände von meinem Oberkörper zu entfernen, aber ich war zu schwach. Und ich hasste es, Schwäche zu zeigen.

»Stell dir vor, ich bin derjenige, der dich verfolgt, Sofia. Du musst das hier wollen. Du musst überleben wollen, sonst ist es dein Ende.«

Seit unserer ersten Begegnung glaubte er, ich sei lebensmüde. Dass mir nichts an meinem Leben lag. Aber so war es nicht, oder? Natürlich wollte ich nicht sterben. Ich hatte einfach nur keine Angst vor ihm. Stattdessen fühlte ich mich magnetisch von ihm und der Gefahr, die von ihm ausging, angezogen. Als Harvey seinen Griff verstärkte und es mir schwerfiel, Luft zu holen, holte ich mit meinem Ellenbogen aus und stieß ihn mit voller Wucht in seine Rippen. Sobald er von mir abließ, drehte ich mich zu ihm um und schubste ihn mit voller Kraft zu Boden.

Harvey sah mich voller Begeisterung in seinem Blick an, als ich meine Beine über ihn schwang und mich über ihm positionierte. Meine Hände griffen nach seinen Handgelenken, und als die Knarre klirrend am Boden aufschlug, verengte ich meine Augen.

Bevor er sie wieder an sich reißen konnte, griff ich danach und zielte direkt auf seine Brust. In seinen Augen entstand ein Feuer, das so viel stärker war, als ich es gewohnt war. Das hier war keine kleine Flamme, nein. Es war ein ausgewachsener Flächenbrand.

»Du glaubst nicht, wie sexy dich das macht«, knurrte er, und ich widerstand dem Drang, ihn auf der Stelle zu küssen und meine Mission zu vergessen.

»Zeig mir, wie sehr«, forderte ich ihn auf, und bevor ich ihn stoppen konnte, hatte er sich unter mir befreit und sich über mich gerollt. Plötzlich war ich es, die unter ihm lag, und ihm unterlegen zu sein, sorgte dafür, dass sich ein Tornado der Gefühle in mir zusammenbraute. Er entriss mir die Pistole und feuerte sie über den Boden, sodass ich nicht mehr in der Lage war, sie ohne Weiteres zu erreichen.

Als ich das nächste Mal zu ihm aufsah, zückte er Handschellen, und ich war nicht fähig, sie ihm zu entziehen. Sekunden später klickten die Verschlüsse und meine Hände waren über meinem Kopf gefesselt.

»Handschellen? Wo hast du die her?«, fragte ich ihn mit hauchdünner Stimme und alles, woran ich denken konnte, war sein Körper, der meinem viel zu nah war. Ich konnte seinen Atem schmecken, seinen Duft einsaugen und dabei seine Wärme zu spüren, trieb mich weiter an.

»Ich bin ein Verbrecher, schon vergessen?« Auch wenn ich den Spott in seiner Stimme allzu deutlich vernahm, war sein Blick kalt wie Stahl. Kein einziges Gefühl lag in seinen Augen, und mich überfuhr eine Gänsehaut.

Die Handschellen schnitten sich schmerzend in meine Haut, aber anstatt zu schreien, genoss ich das Gefühl des Schmerzes.

»Ich kriege immer, was ich will.« Die Entschlossenheit in seiner Stimme bewirkte, dass ich mich fühlte wie in einem Rausch gefangen. Meine Atmung flachte ab, meine Haut begann zu kribbeln und meine Sicht verschwamm. Alles, was ich klar und deutlich sehen konnte, war er. Seine Umrisse, seine Gesichtszüge, alles an ihm. Alles andere verlor an Bedeutung.

»Wirklich alles?«, hakte ich neugierig nach und öffnete sachte meinen Mund, in der Hoffnung, er würde mich küssen. Doch nichts dergleichen geschah. Noch immer war ich unter seinem kompletten Körpergewicht gefangen.

»Alles.«

»Wie kannst du dir da so sicher sein?«, wollte ich wissen und brannte sehnsüchtige Blicke in ihn hinein. Auch wenn er mich nicht erlöste und die Distanz zwischen uns wahrte, konnte ich seine Zunge an meiner spüren. Seine Hände, die jeden Zentimeter meiner Haut berührten und zum Explodieren brachten.

»Ich will dich. Und ich habe dich, oder nicht?«

»Ach ja? Hast du mich denn?« Ich wollte unser Spiel weiter in die Höhe treiben, wollte, dass er sich mir endlich öffnete.

Seit ich ihn kannte, war Harvey Jacobsen ein Rätsel für mich. Er liebte nicht nur Geheimnisse, nein, er war selbst zu einem geworden. Seine Augen glitten über meinen Körper und ich fühlte mich nackt unter seinem Blick. Seine Hände fuhren meinen Hals hinab, bis er den Ansatz meines BHs erreichte, der unter meinem Top hervorblitzte. Die Härchen an meinem Körper stellten sich auf, reckten sich ihm entgegen.

»Sieh dir an, in welcher Situation du dich befindest, Sofia. Du liegst in Handschellen gekettet unter mir, und ich kann spüren, wie stark du deine Beine aneinanderpresst, um mich dichter an dir zu spüren. Weil du mich willst. Weil du willst, dass ich dich ficke, bis dir alle Sinne vergehen. Weil es dich anmacht, dass ich die Kontrolle über dich habe. Also – was glaubst du? Kriege ich, was ich will?«

Ich kam gar nicht dazu, über seine Worte nachzudenken, denn Sekunden später presste er seine Lippen auf meine, und ich keuchte auf, als er seine Hand tiefer hinabwandern ließ und mich endlich erlöste. Ich wollte ihm durch das Haar streichen, ihn berühren, ihn spüren. Doch ich konnte nicht. Die Handschellen machten mich bewegungsunfähig.

»Willst du das, Sofia?« Er löste sich für einen flüchtigen Moment von mir und sah mich intensiv an. Beinahe hätte ich mich in seiner Iris widerspiegeln können, so rein war sein Blick.

»Nichts lieber als das«, wisperte ich leise und beugte ihm meinen willigen Körper dichter entgegen. Ich wollte jeden Zentimeter Luft zwischen uns ausradieren. Noch bevor ich mich an dieses atemberaubende Gefühl seiner Haut an meiner gewöhnen konnte, entfernte er sich endgültig von mir, öffnete die Handschellen und half mir auf. Und ich fragte nicht, was jetzt geschehen würde, als er mich ruppig mit sich Richtung Ausgang riss. Ich folgte ihm bereitwillig. Noch immer schmerzten meine Handgelenke, und rote Striemen leuchteten auf meiner empfindlichen Haut. Aber alles, woran ich denken konnte, war das Gefühl, von ihm beherrscht zu werden.

»Wo willst du hin?«

Harvey schlug das große Tor der Lagerhalle zu und steuerte seinen Wagen an.

»Wir gehen zu mir. Ich will dich. Jetzt.« Und mehr brauchte es nicht. Ich tat alles, was er von mir verlangte. Also stieg ich in den Wagen ein und schloss die Augen. Meine Gedanken überschlugen sich, und ich wusste nicht mehr, was real war und was nicht. Ob das, was ich hier tat, das Richtige war oder ob ich die komplett falsche Richtung einschlug. Dass ich bereits jetzt das machtvolle Gefühl der Waffe in meiner Hand vermisste, ignorierte ich, so gut es ging ... Auch wenn ich wusste, dass ich von nun an nicht mehr dieselbe sein würde.

11. Verlangen

»Wieso siehst du mich so an?«
»Wie sehe ich dich denn an?« Sie wandte sich wieder an mich und
deutete auf mein Gesicht. »Als wäre ich völlig irre?«
»Ich frage mich einfach nur, wo du all die Jahre gesteckt hast«, knurrte
ich, als ich sie ohne Vorwarnung an mich zog und sie küsste.

Harvey

»Erwarte aber nicht zu viel, okay?« Auch wenn ich versuchte, nicht wie ein verweichlichter Idiot zu klingen, so scheiterte ich an meinem eigenen Vorhaben. Und zwar kläglich. Wieso tat ich das hier überhaupt? Es war falsch. So wie alles falsch war, was ich tat. Seit Jahren. Eigentlich konnte man sagen, dass ich völlig hinüber war. Ich hatte nichts: Keinen ordentlichen Job, keine Frau, keine Kinder, kein Haus. Alles, was ich besaß, war der tief in mir verankerte Hass.

Andere in meinem Alter hatten sich schon etwas aufgebaut, das einen bis ins Alter begleiten würde. So ein Leben wollte ich eh nicht führen. Warum störte es mich dann plötzlich? Sofia saß neben mir, ich stellte den Wagen ab, und schaltete den Motor aus.

Die Sonne stand glühend heiß am Zenit, und ich widerstand nur schwer dem Drang, sie einfach hier im Auto an mich zu reißen.

Als sie in der Lagerhalle über mir gesessen und die Knarre auf mich gerichtet hatte, hatte sie mich völlig aus der Bahn geworfen. Wieso hatte diese Frau alles, was es für mich brauchte, um perfekt zu sein? Sie war doch im Prinzip wie jede andere auch, oder nicht? Schwachsinn. Das war sie nicht, Jacobsen!

»Was soll ich denn bitte erwarten?«, fragte sie mich schulterzuckend und sah mich dabei ungehemmt an. Andere Frauen hatten Probleme damit, mir länger als nötig in die Augen zu sehen, aber Sofia war anders. In so vielen Hinsichten, das wurde mir von Tag zu Tag deutlicher vor Augen geführt.

»Na ja, ich bin kein Bonze, Sofia.« Mehr sagte ich nicht und ignorierte die Falten, die aufgrund meiner unsinnigen Worte auf ihrer Stirn entstanden.

»Glaubst du, ich mache mir etwas aus Geld? Glaubst du, ich will in einer Villa leben? Mich den ganzen Tag mit Champagner berauschen und mir von einem viel zu überteuerten Butler den Hintern abwischen lassen? Nein danke«, sagte sie kopfschüttelnd und sah hinaus auf die schäbige Wohngegend, in der ich hauste. Die meisten Leute, die hier lebten, waren Nutten oder Drogendealer.

Doch auch wenn mir diese Tatsache die Augen öffnen sollte, schaffte ich es einfach nicht, meinen Blick von ihr zu lassen.

»Wieso siehst du mich so an?«

»Wie sehe ich dich denn an?«

Sie wandte sich wieder an mich und deutete auf mein Gesicht.

»Als wäre ich völlig irre?«

»Ich frage mich einfach nur, wo du all die Jahre gesteckt hast«, knurrte ich, als ich sie ohne Vorwarnung an mich zog und küsste. So hart, dass ich in meinem Mund spüren konnte, wie die Luft aus ihren Lungen entwich. Sie griff in mein Haar, beugte sich über die Mittelkonsole meines Wagens und mit einem Satz saß sie auf meinem Schoß. Der Wagen bot nicht annähernd genug Platz für das, was ich mit ihr vorhatte. Und das war ganz sicher nicht jugendfrei.

»Willst du es etwa hier tun?«, fragte ich lachend, löste meine Lippen aber nicht von ihren. Ihre genialen Finger fuhren über meinen Oberkörper und sie begann, an meinem Gürtel zu spielen. Abrupt durchkreuzte ich ihren Plan und stoppte sie. Ich spürte ihre Mitte, die sie sehnsuchtsvoll an meinen Schwanz presste.

»Wieso nicht? Hier sieht uns niemand«, sagte sie rau und warf ihr Haar nach hinten. Meine Lippen fanden automatisch ihren Weg über ihre Halsbeuge, hinab zu ihrem dünnen Top, durch das ich die Farbe ihres BHs erkennen konnte.

»Nicht genug Platz«, murmelte ich benommen, riss die Tür auf und scheuchte Sofia hinaus in die Hitze. Ihre Shorts verschaffte mir eine blendende Aussicht auf ihre nackten Beine, und ich wurde hart, als ich daran dachte, was wir gleich in meiner Wohnung tun würden. In meiner Wohnung – dass ich nicht lache. Es war eine Bruchbude, mehr nicht. Ein Rattenloch, in dem man unter normalen Umständen nicht einmal hätte leben können. Aber meine Umstände waren nun mal nicht normal. Ich war nicht normal.

Sofia hatte mir deutlich zu verstehen gegeben, dass es ihr egal war, also schloss ich den Wagen ab und zog sie zur Eingangstür.

Sie stand hinter mir, während ich den Schlüssel ins Schloss steckte, und als sie mich mit ihren Händen umschlang und langsame Spuren auf mir hinterließ, schloss ich einen Moment die Augen. Ich hielt es einfach nicht mehr aus.

Ruppig hatte ich die Wohnung geöffnet, sie hereingezogen und die knarzende Tür wieder hinter uns verschlossen.

Nun stand sie vor mir. In ihrer abnormalen Perfektion. Diese treuen, braunen Augen, die mich unschuldig ansahen. Die verflucht weichen Lippen, von denen ich wusste, wie verrückt sie mich machen konnten.

Weil sie damit Dinge anstellen konnte, die bisher noch keine andere mit mir angestellt hatte.

Sie biss sich auf die Unterlippe, und ich vergaß alles, was ich mir in den letzten Jahren geschworen hatte und trug sie zu meiner verschlissenen Couch. Das Leder hatte definitiv schon bessere Tage hinter sich und der

Schnaps, der auf dem Tisch stand, dominierte den Geruch in diesem Raum.

»Handschellen«, keuchte sie zwischen unseren Küssen, und weil ich wusste, was sie wollte, fragte ich nicht mehr nach, als ich die Handschellen zückte und sie ihr anlegte.

Ihre Hände hielt sie über ihrem Kopf und sie beugte mir ihre Hüften entgegen, während ich sie tiefer in das Sofa presste. Mit einem Ruck riss ich ihr das Top vom Körper und öffnete ihren BH. Ihre prallen Brüste streckten sich mir entgegen, als ich meinen Mund an ihren Warzenhof setzte und ihren Nippel zwischen die Zähne nahm und sanft daran knabberte.

Meine Hände glitten zum Bund ihrer Hotpants hinab, und es war ein Kinderspiel, sie ihr auszuziehen. Ich setzte mich auf und beobachtete sie eine Weile. Wie sie halbnackt unter mir lag und wollte, dass ich sie vögelte.

Wieder einmal presste sie ihre Schenkel so eng aneinander, dass ich nur noch eines wollte: sie. Ich hinterließ eine Spur aus Küssen auf ihrem Bauch, bis ich immer tiefer ging und am Rand ihrer Spitzenunterwäsche Halt machte.

Sachte nahm ich den viel zu dünnen Stoff zwischen die Fingerspitzen und zog den String herunter, sodass sie nun komplett entkleidet unter mir lag. Sofia griff trotz der Handschellen in mein Haar, leitete mich, führte mich zu ihrem Venushügel, und bevor ich selbst die Zügel in die Hand nahm, küsste ich sie an ihrer empfindlichsten Stelle. Sie zu schmecken machte mich wahnsinnig, und ich spürte meine eigene Härte in meiner Jeans pulsieren.

Dass sie ihre Arme bewegte, auch wenn sich die Handschellen mit jeder Rührung in ihre Haut schneiden mussten, trieb mich weiter an.

»Du bist bereit für mich, Sofia«, stellte ich ehrfürchtig fest, als ich ihre Nässe an meinem Mund spürte, und sobald ich mit meiner Zunge ihren Kitzler umkreiste, zuckte ihr Becken heftig zurück.

»Immer«, keuchte sie heiser.

Ich warf einen Blick in ihr Gesicht und konnte sehen, dass sie die Augen geschlossen hielt. Ihre Lippen waren einen Spaltbreit geöffnet, und ich stellte mir vor, wie es wäre, mich in ihrem genialen Mund zu ergießen. Ihre Zungenspitze an meiner Eichel zu spüren, während sie nackt vor mir kniete.

»Sprich es aus«, forderte ich und ließ sie sehnsüchtig zappeln.

Auch wenn sie ihre Hüften vorstreckte, damit ich dort weitermachte, wo ich aufgehört hatte, wahrte ich die Distanz zwischen uns. Sie sollte ein Level der Lust erreichen, das sie vor mir noch nie erlebt hatte.

»Ich bin immer bereit für dich«, wisperte sie lustvoll. Weil ich es selbst kaum noch aushielt, drang ich mit der Spitze meiner Zunge in sie ein. Ihre Nässe wurde stärker mit jeder Berührung meinerseits, und je intensiver ich sie befriedigte, desto kräftiger wurde ihr Stöhnen. Meine Hände fuhren wieder hinauf, passierten ihren flachen Bauch, bis ich mit der rechten Hand ihre Brust umschloss.

Mit der linken Hand umfasste ich ihren Po, wollte sie noch dichter an mir spüren. Noch bevor sie sich selbst stoppen konnte, spürte ich das vertraute Zucken zwischen ihren Beinen. Sie kam zum Höhepunkt, und zu wissen, dass ich sie dazu trieb, machte mich noch härter. Gerade als ich meine Hose öffnen wollte, wurde unsere Zweisamkeit unterbrochen. Die Eingangstür wurde mit einem Schwung aufgerissen und die warme Luft von draußen durchströmte die Wohnung. Panisch blickte ich mich zur Tür um.

Fuck.

Anna.

12. Familientreffen

»Ich will dich immer noch, Sofia. Oder dachtest du, dass das vorhin schon alles war? Jetzt bin ich dran«, raunte er mit diesem beherrschenden Unterton in seiner Stimme, der meine Sinne vernebelte.

Sofia

Eine Welle der Lust überkam mich, als Harvey schließlich von mir abließ. Der Orgasmus durchflutete mich wie heißes Licht, und ich spürte noch immer seine warme Zunge an meiner feuchten Mitte. In diesem Augenblick der Lust konnte ich gar nicht abwarten, mit ihm meinem zweiten Höhepunkt entgegenzusteuern. Das kühle Leder der Couch bescherte mir eine Gänsehaut, und ich wusste, dass ich ihm endgültig verfallen war. Jede Berührung von ihm ließ mich wie eine Rakete explodieren, die das neue Jahr einläutete.

Dieser Mann wusste, was er tat. Er wusste, welche Knöpfe er bei einer Frau meines Kalibers drücken musste. Er wusste, was *ich* wollte. Und genau das war es, was ihn von den ganzen anderen Kerlen des Viertels abhob.

Die Schlappschwänze, mit denen ich Jahre meiner Vergangenheit vergeudet hatte, weil ich selbst nicht wusste, was ich wollte. Weil ich mir einredete, dass ich eine normale Beziehung brauchte, um glücklich zu sein. Glücklich war ich jedenfalls schon jahrelang nicht mehr. Es gab viel zu viele Menschen, die sich hinter den Mauern einer Ehe verkrochen, weil sie glaubten, dass es ihre Pflicht sei, eines Tages zu heiraten und Kinder zu kriegen. Weil sie der Norm entsprechen wollten, in die diese grässliche Gesellschaft uns zwang. Wenn ich ehrlich war, gab ich einen Scheiß darauf, irgendwelchen Idealen zu folgen.

Gerade als ich, noch immer in Handschellen gekettet, ihm dabei helfen wollte, die Jeans auszuziehen, wurde die Tür aufgestoßen. Erschrocken setzte ich mich auf, und als eine blonde Frau im Türrahmen erschien und uns völlig entsetzt ansah, riss ich perplex die Augen auf.

»Oh Gott, verschont mich!«, quiekte sie und bettete ihren Kopf in die Hände. Weil ich nicht wusste, was ich tun sollte, wandte ich mich verzweifelt an Harvey. Scheiße! Wer war das? Und was zur Hölle wollte sie hier? Die Woge der Lust, die mich bis eben umgab, ebbte schlagartig ab. Ich fühlte mich wie an dem Morgen nach einer durchzechten Nacht. Ein Morgen, an dem man begriff, was man im betrunkenen Zustand alles angestellt hatte. Ich war definitiv wieder nüchtern.

»Anna, was machst du hier?«, fragte er sie barsch und ich wollte am liebsten auf der Stelle im Erdboden versinken, gleich nachdem er mir verklickert hatte, wer diese Frau war, die mich komplett nackt gesehen hatte.

»Ich wollte doch nur meinen Bruder besuchen! Jetzt zieht euch schon an!«

Sie gestikulierte wild und drehte sich endlich von uns weg. Ihren Bruder besuchen? Das war seine Schwester? Ging es noch peinlicher? Da begegnete ich das erste Mal jemandem aus seiner Familie und dann in diesem Aufzug. Ich mein, hallo? Ich lag nackt, in Handschellen gekettet, unter ihm!

»Ähm, Harvey«, flüsterte ich, und als er mich amüsiert ansah, hätte ich ihm am liebsten eine gescheuert. Er fand das also auch noch lustig! Wunderbar!

»Was denn, Süße? Anna kann das schon ab. Hab ich recht?«, fragte er seine Schwester über die Schulter, die daraufhin ihre Körperhaltung straffte.

»Könntet ihr euch bitte anziehen und euch beeilen? Ich möchte nicht ewig deine schäbige Wand anstarren!« Ungeduld bestimmte ihre Stimme, und ich stupste Harvey mit meinem Fuß an. Lachend wandte er sich wieder meiner nackten Wenigkeit zu.

»Könntest du mich bitte freimachen?«, fragte ich ihn gedemütigt und erhaschte nur einen fragenden Blick seinerseits. Mit meinem Kopf deutete ich auf die Handschellen, die noch immer meine Handgelenke umgaben.

»Mir hat das eigentlich gefallen«, raunte er mir ins Ohr. Gerade als ich zum Protest ansetzen und ihm eine Beleidigung nach der anderen an den Kopf werfen wollte, spürte ich seine Finger an meinen Händen, die mich losmachten.

»Danke«, knurrte ich leise, sammelte meine Klamotten vom Boden auf und rannte aus dem Raum. Ich hatte keine Ahnung, wo sich das Badezimmer befand, aber ich hatte so oder so nur ein Ziel: Verschwinden. So. Schnell. Es. Ging.

Ich griff nach der ersten Türklinke, die sich anbot, und erreichte Gott sei Dank wirklich das Badezimmer. Ich schloss hinter mir die Tür leise zu und stellte mich vor den Spiegel. Meine Wangen waren errötet, als hätte ich am Morgen zu viel Rouge aufgetragen. Mein Haar war wild durcheinander, und als ich an meinem Körper hinabsah, erkannte ich einen riesigen Knutschfleck unterhalb meines Bauchnabels. Jetzt hatte er mich auch noch markiert, super!

Ruckartig zog ich mir meinen String über, schlüpfte in meine Hose, verschloss den BH und richtete mein Top. Als ich endlich wieder Kleidung trug, stellte ich mich ans Waschbecken, drehte den Wasserhahn auf und ließ das kühle Wasser über meine geröteten Handgelenke laufen. Noch immer war es mir schleierhaft, dass ich den Schmerz auf meiner Haut so sehr genoss. Als ich erneut einen Blick in den Spiegel warf, wurde ich zurück in das Dilemma gerissen, in dem ich mich befand.

Wieso war seine Schwester einfach in seine Wohnung geplatzt? Als ich mir ihr Bild zurück in Erinnerung rief, musste ich schmunzeln.

Selbst ein Blinder konnte die Ähnlichkeit der beiden erkennen.

Als der bittersüß stechende Schmerz an meinen Handgelenken abklang, erfrischte ich noch schnell mein Gesicht und versuchte, meine Frisur zu richten. Auch wenn es zwecklos war. Ohne eine Bürste konnte man das Vogelnest auf meinem Kopf niemals geraderücken.

Bevor ich das Zimmer wieder verließ, sah ich mich noch einmal im Bad um. Ich wusste, was Harvey meinte, als er mich im Auto auf seinen Lebensstandard hinwies. Die gelblichen Fliesen ließen das Bad alt und brüchig wirken und auch die spärliche Einrichtung passte sich dem Mobiliar im Wohnzimmer an.

Aber ich hatte die Wahrheit gesagt, als ich neben ihm im Auto saß.

Es machte mir nichts aus, dass er keine Villa vorzuweisen hatte. Auch wenn Geld dich vielleicht für einen kurzen Moment glücklich machen konnte, so war es nicht alles. Es gab viel Wichtigeres, das durfte ich früh genug lernen.

Sobald meine Wangen endlich wieder eine normale Farbe angenommen hatten, öffnete ich leise die Tür und huschte zurück in den Flur.

Harveys dunkle Stimme ließ mich innehalten und sofort fühlte ich mich wieder in diese eine Nacht versetzt. Die Nacht, in der ich ihn das erste Mal sah.

Ein Schauder überlief mich, als ich daran dachte, wie viel sich in so kurzer Zeit geändert hatte.

»Du musst vorsichtig sein, verdammt! Weißt du nicht mehr, wie es war, ihr dabei zusehen zu müssen?« Er klang wütend und auch wenn es sich nicht gehörte, jemanden zu belauschen, konnte ich mich einfach nicht dazu durchringen, sie zu unterbrechen.

Also lehnte ich mich dicht gegen die Wand des Flurs und schloss die Augen. Vielleicht war das hier die einzige Möglichkeit, etwas über ihn zu erfahren, wenn er mir nichts über sich verriet.

»Was soll das, Harvey? So ist er nicht. Nicht jeder ist so ein Monster, kapier das doch endlich!« Ihre Stimme war warm. So weich, dass sie mich und meinen Körper entspannen ließ. Worüber sie wohl sprachen?

»Du bist naiv. Und leichtsinnig«, zischte er und ihr genervtes Schnauben prickelte auf meiner Haut. Ich konnte sie bestens verstehen. Auch mich trieb er permanent auf die Palme, und das, obwohl wir uns kaum kannten.

»Ich lebe einfach nur, Harvey. Und dafür entschuldige ich mich nicht. Und vor allem nicht bei dir! Wir müssen das hinter uns lassen.« Ihre Stimme wurde gegen Ende hin brüchig und ich fühlte mich unheimlich schlecht. Es ging mich wirklich nichts an, was Harvey mit seiner Schwester zu besprechen hatte. Wieso konnte ich mich nicht einfach da raushalten?

Ihr Leben ihr Leben sein lassen und mich um meinen eigenen Scheiß kümmern? Davon gab es nämlich genug, um einen ganzen Hollywoodstreifen zu füllen.

»Ja, du lebst. Und du solltest froh darüber sein, anstatt es mit Füßen zu treten.«

Ich hörte, wie etwas zu Boden fiel und dass Harvey fluchte. Ich wollte gerade dazwischen platzen und mein Versteck verlassen, als seine Schwester mich ins Spiel zog.

»Und diese Frau? Weiß sie davon? Weiß sie, was du da tust? Oder ist sie bloß irgendeine Ablenkung?«, spuckte sie verächtlich aus, und so, wie sie über mich sprach, fühlte ich mich wie eine von Tausenden.

Aber auch wenn ich deshalb endlich zu Besinnung kommen sollte, so tat ich es nicht. Das zwischen uns war anders. Musste es einfach sein. Ob ich es mir nur einredete, weil ich mein eigenes Chaos verabscheute, wusste ich nicht. Ich fühlte mich wie in einer Einbahnstraße gefangen. Natürlich wusste ich, dass es nur in die eine Richtung ging.

Wieso, um Himmels willen, zog es mich dann immer in die entgegengesetzte?

»Sie weiß, was ich tue. Und nein, das ist sie nicht. Lass sie aus dem Spiel, wenn es um dich geht!«, donnerte er und ich hörte den Aufprall seiner Faust, die er mit voller Wucht auf den Tisch einschlug.

»Weiß sie auch, *wieso* du es tust?«

Sie sprach das aus, was mich seit Tagen um den Schlaf brachte. Diese Frage stellte ich mir bereits, als ich noch nicht einmal seinen Namen kannte. Warum tötete er? Warum machte er sich die Hände schmutzig? Warum zog er dieses kriminelle Leben einem normalen vor?

»Nein, und es spielt keine Rolle, wieso ich es tue. Wehe, du verlierst ein Wort darüber, haben wir uns verstanden? Sie muss es nicht wissen, niemand muss das.« Wieder einmal baute er diese Schutzmauer auf, die ihn von der Außenwelt abschottete.

Er teilte sich sogar ein Bett mit mir, aber er war nicht in der Lage, mit mir über sich zu sprechen. Immer wenn ich Andeutungen machte, die in diese Richtung gingen, wies er mich ab. Also hielt ich mich im Hintergrund, auch wenn es mir schwerfiel.

Im Grunde genommen wusste ich gar nichts über diesen Mann, der meine komplette Welt innerhalb weniger Tage auf den Kopf gestellt hatte.

»Ich hoffe, du weißt, was du tust«, gab sich Anna geschlagen, und als ich endlich den Mut fasste und ins Wohnzimmer trat, lagen sich beide in den Armen. Ich kannte sie nicht, dennoch ging ich instinktiv davon aus, dass sie jünger war als er. Ihre weichen Züge erinnerten mich eher an einen Teenager, als an eine erwachsene Frau. »Hallo«, sagte sie erstaunt und löste sich räuspernd von ihrem Bruder, als sie mich entdeckte.

Harvey lehnte sich gegen den Tisch und beobachtete uns, als Anna mich in eine Umarmung zog. Hatte sie vergessen, dass ich eben splitterfasernackt auf der Couch ihres Bruders lag?

»Hallo, ich bin Sofia«, begrüßte ich sie etwas unbeholfen und löste mich schnell wieder aus der für meinen Geschmack zu herzlichen Umarmung. So viel Zuneigung war ich nicht gewohnt, schließlich hatte ich selbst keine Familie mehr. Obwohl, hatte ich die jemals gehabt? Vermutlich nicht. Meine Eltern hatten sich seit meiner Geburt kaum um mich gekümmert, schließlich konnte ich ihnen nicht den Kick versetzen, den sie brauchten. Seit ich dreizehn Jahre alt war, kannte ich kein Familienleben mehr. Mein Vater hatte seinen Job verloren und meine Mutter kam nicht damit klar, dass er sie mit einer anderen betrog ... die Drogen waren ihre Zuflucht – und mein Untergang.

»Ich bin Anna. Der Vollidiot da drüben ist mein Bruder«, sagte sie lächelnd, und ich verlor mich in ihrer offenen und liebevollen Art. Sie wirkte auf Anhieb viel freier als Harvey. Ungezwungen. Als würden sie nicht dieselben Dämonen plagen wie ihn.

»Tut mir leid, dass du mich so sehen musstest«, entschuldigte ich mich bei ihr, und als ich einen Blick zu Harvey warf, konnte ich sein unterdrücktes Lachen sehen.

»Ach, halb so wild. Ich hab schon viel schlimmere Dinge in meinem Leben gesehen. Ich wollte euch auch gar nicht stören. Hätte ich gewusst, dass du Besuch hast, hätte ich angeklopft, Harvey.«

Ich lehnte mich gegen die Wand und ließ meinen Blick zwischen den beiden hin- und herwandern.

»Vielleicht solltest du dann vorher einfach fragen, Schwesterherz?«, zog er sie auf, und als sie ihm ihren Mittelfinger präsentierte, musste ich laut lachen. Sie stellte sich gegen ihn, und es war erfrischend zu sehen, dass ihm jemand Paroli bot.

»Wie gesagt, kommt nicht mehr vor. Ich wollte dich auch eigentlich nur fragen, ob du heute Abend mit mir Abendessen willst. Ich würde dir gern Nick vorstellen.« Sobald sie diesen Namen erwähnte, verspannten sich Harveys Schultern, und ich sah, dass er um Fassung rang.

Vermutlich war er der typische große Bruder, der nicht damit klarkam, wenn seine Schwester jemanden kennenlernte.

»Muss das sein?«

»Ja, muss es. Ich will, dass du dir ein eigenes Bild von ihm machst. Er ist wirklich kein schlechter Kerl.« Sie warf mir einen flehenden Blick zu, woraufhin ich mich von der Wand abstieß und zu ihm ging.

»Nun tu deiner Schwester doch den Gefallen«, bat ich ihn und ich sah ihm an, wie viel Überwindung es ihn kostete, über seinen störrischen Schatten zu springen. Ich konnte mir bestens vorstellen, wie schwer sie es als kleine Schwester mit ihm hatte.

Ich war ohne Geschwister aufgewachsen, und auch wenn ich es hasste, Einzelkind zu sein, stellte ich es mir anstrengend vor, sich ständig rechtfertigen zu müssen.

»Na gut, aber wenn er sich scheiße anstellt, dann breche ich es schneller ab, als du gucken kannst!«, murrte er und gab sich letztendlich widerwillig geschlagen. Annas katzengrüne Augen blitzten erleichtert auf, und sie zwinkerte mir dankbar zu.

»Danke, Bruderherz. Du bist der Beste, weißt du das?« Sie hauchte ihm einen Kuss auf die Wange, und als sie mich ein weiteres Mal an sich zog, überrumpelte es mich abermals.

»Bring doch Sofia mit. Dann machen wir ein Doppeldate.«

Euphorisch klatschte sie in die Hände, und ich konnte Harveys Anspannung deutlich spüren.

»Sicher«, sagte er trocken und schob seine Schwester Richtung Ausgang. Wollte er sie jetzt einfach nach Hause schicken?

Sie schien den Wink mit dem Zaunpfahl zu verstehen, denn als sie sich von uns abwandte und zur Tür ging, warf sie uns einen Handkuss zu.

»Dann bis später. Und benimm dich heute Abend, Harvey! Gib ihm eine Chance!«, befahl sie ihm, als Sekunden später die Tür zwischen uns ins Schloss fiel und wir allein zurückblieben.

»Hast du gerade wirklich deine eigene Schwester vor die Tür gesetzt?«, wollte ich lachend wissen, und noch bevor er zu einer Antwort ansetzte, hatte er mich mit voller Wucht gegen den Küchentresen gepresst, bis sich die Kante in meinen Rücken bohrte.

»Was wird das?«, fragte ich ihn mit stockendem Atem, und als er sich von mir löste und mir eine verschwitzte Strähne aus dem Gesicht strich, setzte mein Puls aus. Meine Nervenzellen pulsierten, und ich fühlte mich high, als seine Haut meine traf. Mein Unterleib zog sich lustvoll zusammen und ich wurde feucht. Dieser Mann hatte definitiv die Kontrolle über mich.

»Ich will dich immer noch, Sofia. Oder dachtest du, dass das vorhin schon alles war? Jetzt bin ich dran«, raunte er mit diesem beherrschenden Unterton in seiner Stimme, der meine Sinne noch stärker vernebelte. Ich sah nichts mehr, fühlte nichts mehr, hörte nichts mehr. Zu sehr nahm er mich ein. Ohne zu zögern, küsste ich ihn und gab mich meinem Verlangen hin. Gab mich ihm hin ... auch wenn ich mich immer tiefer in mein eigenes Chaos stürzte. Und mein Drama trug seinen Namen.

13. Ein Treffen, das alles verändert

Ich musste wieder die Frau werden, die ich vor einigen Wochen noch war. Stark. Selbstbewusst. Ungezähmt. Harvey hatte mich verändert.

Sofia

»Du triffst seine Schwester?« Belle klang völlig vor den Kopf gestoßen, als ich mir meine Handtasche schnappte und zur Tür ging.

»Ja, was ist daran so seltsam?«, wollte ich wissen und umarmte meine Freundin kurz, bevor ich nach der Klinke griff. Den ganzen Tag über spürte ich dieses Herzflattern in meiner Brust. Der Gedanke an dieses Abendessen machte mich nervös, auch wenn ich es wie immer gekonnt überspielte.

»Na ja, ihr kennt euch kaum. Und jetzt gibt es schon ein Doppeldate. Wie lange musste ich dich dafür anbetteln, als du noch mit Jack zusammen warst? Beinahe sechs Monate!« Ich streckte ihr meine Zunge entgegen und stopfte meinen Schlüssel in die Tasche, als ich auf den Flur trat.

»Hey, wieso seid ihr so laut?« Lenny tauchte hinter Belle auf und küsste ihren Scheitel.

Sein wüstes Haar stand in alle Richtungen ab, und als ich einen Blick zur Uhr warf, musste ich lachen. Es war bereits später am Nachmittag und ich fragte mich, ob er heute überhaupt schon diese Wohnung verlassen hatte. Seinem Look nach zu urteilen, hatte er bis eben im Bett gelegen.

»Sofia hat ein Doppeldate mit Mr. Mysterious und seiner Schwester. Ist das zu fassen?« Belle stemmte ihre Hände in die Hüfte und sah stirnrunzelnd zu Lenny auf.

»Das ging ja schnell«, stellte dieser erstaunt fest, woraufhin Belle mich besserwisserisch angrinste.

»Sag ich doch. Aber jetzt schwing deinen Arsch raus. Die warten sicher schon auf dich«, plapperte sie genervt, und nachdem sie mir einen letzten Kuss auf den Mund gegeben hatte, schlug sie die Tür zwischen uns zu.

Als ich endlich wieder an die frische Luft trat, entspannte sich mein Brustkorb und das unangenehme Herzflattern ließ umgehend nach. Bis eben schien die Sonne noch, aber als ich nun die Gassen ansteuerte, die ich stets als Abkürzung nutze, verdunkelte sich der Himmel schlagartig. Ein Blick nach oben deutete darauf hin, dass es bald regnen würde. Dicke, dunkelgraue Wolken waren aufgezogen und verschluckten jegliches Blau.

Gerade als ich Harvey eine Nachricht schreiben wollte, klingelte mein Handy. Er war es. Schmunzelnd nahm ich das Gespräch an.

»Wo bist du? Ist alles in Ordnung?« Seine unsichere Stimme sorgte dafür, dass mein Herz in doppelter Geschwindigkeit schlug. Er machte sich tatsächlich Gedanken um mich. Hatte er immer noch nicht verstanden, dass ich auf mich allein aufpassen konnte? Sobald ich an unseren Vormittag und an das Gefühl der Waffe an meiner Haut dachte, erschauderte ich. Ich vermisste es. Mehr als ich zugeben wollte. Dieses Verlangen nach Macht war falsch, das war mir bewusst.

Was machte dieser Mann nur mit mir? Welchen Menschen machte er aus mir? Tief in meinem Inneren glaubte ich, dass es genau das war, wonach ich mich immer gesehnt hatte.

»Entschuldigt mich, Belle hat mich aufgehalten. Ich bin in zehn Minuten da. Wartet auf mich, okay?« Ich klemmte mein Handy zwischen Ohr und Schulter ein, um nach meinem Lipgloss zu greifen. Auch wenn mir mein Aussehen bis jetzt nichts ausmachte, so war es mit Harvey anders. In mir entstand ständig dieser Drang, ihm gefallen zu wollen. Bedingungslos.

»Gut, aber beeil dich. Ich vermisse dich nämlich«, raunte er leise ins Telefon, und ich spürte, dass sich mein ganzer Körper schlagartig anspannte. *Er vermisste mich.* Meinte er das wirklich ernst?

Beim Gedanken an das, was er mit mir angestellt hatte, als Anna die Wohnung verlassen hatte, wurde mir heiß. So heiß, dass ich bereits spüren konnte, wie feucht ich wurde. Kopfschüttelnd steckte ich den Lipgloss zurück in die Tasche und ging entschlossenen Schrittes weiter. Ich durfte nicht mehr darüber nachdenken, wenn ich nicht wollte, dass ich mich beim Essen auf ihn stürzte und ihm die Kleidung vom Leib riss.

»Ich dich auch. Und jetzt lege ich auf. Sonst komme ich nie bei euch an!« Ohne seine Antwort abzuwarten, beendete ich das Gespräch und stopfte das Handy in meine Shorts.

Mit einem Grinsen auf den Lippen bog ich in die nächste Gasse ab, und dann ging alles viel zu schnell. Starke Arme packten mich von hinten, rissen an mir, sodass es sich anfühlte, als würden alle Knochen in meinem Körper einzeln brechen. Ein kleiner Schrei entfloh mir, der Sekunden später unterdrückt wurde. Eine Hand lag auf meinem Mund, nahm mir die Luft zum Atmen. Jede Pore meines Körpers schmerzte, und ich trat um mich, versuchte mich aus diesem festen Griff zu befreien. Doch ich war zu schwach. Alles, was ich vernahm, war das herbe Parfum eines Mannes. Der Mann, der mich umschlang und nicht mehr losließ. »Schlaf gut, du Schlampe«, knurrte jemand an meiner Halsbeuge.

Das Letzte, an das ich mich erinnerte, war ein süßlicher Geruch, der in meine Nase stieg und meine Sinne komplett vernebelte. Dann fiel ich. Und ich wusste nicht, wie tief dieser Fall sein würde.

***

Mein Körper fühlte sich nicht echt an. Jeder Atemzug schmerzte, als wäre die Luft mit einer Säure versetzt, die ich mit jedem Atemzug inhalierte. Der dröhnende Schmerz in meinem Schädel ebbte nicht ab, und so sehr ich es auch versuchte, meine Augen zu öffnen, ich schaffte es nicht. Dafür war ich zu schwach. Ich konzentrierte mich auf das Seil, das an meinen Händen befestigt war. Ich musste gefesselt sein.

Was war passiert? Erst nach einer kleinen Ewigkeit kehrten die letzten Erinnerungen zu mir zurück. Ich. In der Gasse. Der Mann. Die Schmerzen. Meine Ohnmacht.

Wie wild begann ich, mich auf dem Stuhl, auf dem ich saß, zu rütteln. Aber nichts rührte sich. Stattdessen nahm ich weiterhin alles um mich herum nur gedämpft wahr.

Die laute Musik, die im Hintergrund zu mir durchdrang. Qualm stieg mir in die Nase und dann hörte ich etwas. Jemand atmete. Direkt vor mir. Als ich die Lider qualvoll aufschlug und alles im Dunkeln blieb, bemerkte ich, dass meine Augen verbunden waren.

»Wer ist da?«, knurrte ich, während ich weiterhin versuchte, mich zu befreien. Die Schlingen waren zu stark. Und ich – ich war zu schwach. Ein raues Lachen erfüllte die Luft und jagte abertausende Blitze durch meinen Körper. Das Adrenalin in meinem Blut nahm neue Dimensionen an, und ich fürchtete, erneut mein Bewusstsein zu verlieren. Doch dieses Mal wusste ich, dass ich nie wieder aufwachen würde.

»Shhh«, sagte die Stimme, die perfekt zu diesem grässlichen Lachen passte. Sekunden später riss jemand die Augenbinde von meinem Kopf. Grelles Licht durchflutete mich, und ich wollte instinktiv meine Augen vor dem gleißenden Gefühl abschirmen.

Zuerst konnte ich kaum etwas erkennen, weil meine Augen sich nicht an dieses stechende Gefühl gewöhnen konnten, doch als meine Sicht langsam aufklarte, wurde mir übel. Vor mir stand ein breit gebauter Kerl, der abschätzend und zur selben Zeit gierig auf mich hinabsah. Sein gehässiges Lachen klang noch immer nicht ab, als er seine Hand unter mein Kinn legte und meinen Kopf ein Stück anhob.

Sobald unsere Haut einander berührte, schüttelte ich ihn von mir ab. Es war falsch, von diesem Perversen berührt zu werden.

»So widerspenstig? Ich glaube, jetzt weiß ich, was dieser Schlappschwanz an dir findet«, säuselte der Typ, der sich vor mich kniete und mir direkt in die Augen sah.

Seine Nase war schief, vermutlich, weil sie schon des Öfteren gebrochen war. Seine rechte Augenbraue war zur Hälfte abrasiert und verlieh diesem Mann etwas Härte. Seine dunkelbraunen Augen erdolchten mich, und ich widerstand dem Drang, ihm eine Kopfnuss zu verpassen. Ich wusste, dass ich mich in der Klemme befand und keine Chance gegen diesen Muskelprotz hatte.

»Wo bin ich? Wer bist du?«, presste ich angewidert hervor und musterte den Kerl von oben bis unten. Seine Jeans war an den Knien zerrissen und sein Shirt hing zerschlissen an seinem Oberkörper hinab.

»Du bist in guten Händen, Kleine. Versprochen.« Er klatschte freudig in die Hände. Ich schloss kurz die Augen, um mich zu sammeln, bevor ich dem Dreckskerl ins Gesicht spuckte. Seine Kiefer mahlten und er wischte sich meinen Speichel fluchend aus dem entstellten Gesicht.

Wütend stand er auf, kam noch dichter an mich heran und griff nach meinem Zopf, um meinen Kopf ruckartig nach hinten zu ziehen. Ich verengte die Augen und versuchte weiterhin, mich irgendwie von diesem Stuhl loszureißen.

»Das turnt mich an, Kleine. Also lass das lieber.«

Seine Finger fuhren über meine Wange, strichen über mein Kinn und landeten schließlich auf meiner bebenden Unterlippe.

»Ich hoffe wirklich, dass diese Lippen so schön blasen können, wie sie aussehen.«

Mit diesem Satz griff sich dieses Arschloch an den Gürtel, öffnete seine Jeans und ließ seine Hose fallen. Sein Schwanz reckte sich in mein Gesicht, als er ihn in die Hand nahm und zu meinem Mund führte. Alles in meinem Inneren erbebte, und ich musste den Würgereiz in meiner Kehle unterdrücken, wenn ich nicht an meinem Erbrochenen ersticken wollte.

Tränen brannten in meinen Augen, als dieser Kerl meinen Kopf mit seiner freien Hand zurück zu seinem besten Stück führte. Ich presste meine Lippen so fest aufeinander, dass sie aufrissen und ich mein eigenes Blut schmecken konnte.

»Jetzt hab dich nicht so! Nimm ihn in den Mund, du Schlampe!«

Er riss erneut an meinen Haaren, bis mir ein gequälter Schrei entfloh. Ich kniff die Augen zusammen, wandte mich unter ihm, bemerkte jedoch, wie zwecklos es war. Gerade als er seinen Daumen erneut an meine Lippe legte und meinen Mund öffnete, wurde die Tür aufgerissen. Panisch blickte ich mich um, versuchte etwas zu entdecken, doch der menschliche Schrank vor mir versperrte mir die Sicht.

»Was tust du da?« Eine harte männliche Stimme erschien und der Typ vor mir zuckte schon fast ängstlich zurück.

Die Autorität, die dieser Mann am Ende des Raumes ausstrahlte, ließ mich erschaudern.

Ohne zu zögern, packte dieser Köter vor mir seinen Schwanz wieder ein und rotzte mir vor die Füße, bevor er sich zu dem Mann an der Tür umdrehte. Endlich konnte ich einen Blick auf den Mann erhaschen. Dunkelblondes, leicht lockiges Haar. Markante Gesichtszüge, die ich in dieser Form noch nie an jemandem gesehen hatte. Aber er war so anders als Harvey. Diesen Mann würde ich in meinen schlimmsten Träumen niemals freiwillig berühren.

»Ich will Spaß haben. Der Kleinen war langweilig«, antwortete er schulterzuckend, und in mir wuchs ein Zorn heran, den ich bis jetzt nicht von mir kannte. Wie konnte dieser Kerl es wagen? Die Tränen, die in meinen Augen standen, fanden ihren Weg über meine Wangen und landeten schließlich auf meinen nackten Schenkeln.

»Hier geht es um viel mehr, du Wichser. Verpiss dich. Ich will mit ihr allein sprechen«, knurrte er, und wie ein Köter gehorchte der Kerl und stampfte wütend an ihm vorbei. Die Tür fiel krachend ins Schloss und augenblicklich wurde die Musik, die aus dem Flur kam, wieder abgedämpft.

Nun waren wir allein. Ich und dieser Mann, von dem ich keinen blassen Schimmer hatte, wer er war. Wieso war ich hier? Was wollten diese Mistkerle von mir?

»Lassen Sie mich gehen«, wisperte ich und hatte wirklich keine Ahnung, wieso ich noch den Anstand besaß, ihn zu siezen. Er hielt mich in diesem schäbigen Keller gefangen wie ein Stück Dreck.

»Immer mit der Ruhe, Sofia. Alles wird gut. Hier will dir niemand wehtun, verstanden?« Ich musste mein heiseres Lachen unterdrücken, während weitere Tränen über meine Haut rannen und mich verbrannten, als wären sie entflammtes Benzin. Jede Faser in meinem Körper verpuffte unter Schmerzen.

»Was wollen Sie dann? Und woher kennen Sie meinen Namen?« Ich sah ihn unverwandt an, auch wenn ich den Drang verspürte, einfach die Augen zu schließen.

Ich konnte nicht. Etwas an ihm zwang mich dazu, ihn anzusehen.

»Ich will nur mit dir reden. Und ich kenne dich besser, als du denkst. Aber das spielt keine Rolle. Eigentlich geht es mir nur um eines«, sagte er mit diesem stark britischen Akzent, der ihn noch distanzierter wirken ließ.

Dieser Kerl war so einschüchternd, dass ich vergaß, in welcher Situation ich mich eigentlich befand. Selbst die Bösewichte aus den ganzen Hollywoodstreifen konnten gegen ihn einpacken.

»Worüber reden?« Meine Stimme war so dünn, dass ich mich selbst kaum verstand.

Der zweite Mann trug ein dunkles, enganliegendes Shirt, eine schwarze Jeans und schwarze Stiefel. Sein Oberkörper war breit gebaut. Mit einschüchternden Schritten kam er auf mich zu, positionierte sich vor mir und stützte sich gegen den Tisch, der hinter ihm und somit vor mir stand.

»Über Harvey«, sagte er selbstgefällig und verschränkte die Arme vor der Brust. Natürlich wusste ich, dass es hier um ihn ging. Um wen auch sonst? Er hatte mir von Anfang an gesagt, dass er gefährlich sei. Dass es lebensmüde sei, mich auf ihn einzulassen. In diesem Moment schlug mir die Wahrheit mit voller Wucht ins Gesicht.

Meine Hände waren hinter dem Stuhl gefesselt und das dünne Seil schnitt sich in meine ohnehin wunden Handgelenke. Doch dieser Schmerz hier war anders als der, an den ich mich dank Harvey gewöhnt hatte. Das hier war nicht das, was ich wollte.

»Ich kann nichts über ihn sagen«, flüsterte ich angeschlagen und mir wurde klar, dass ich die Wahrheit sagte. Ich kannte ihn nicht gut genug, dass man mir irgendwelche Informationen entlocken konnte. Im Grunde genommen wusste ich außer seinem Namen und seinem Job nichts von ihm. Diese Tatsache machte mich nicht traurig, nein, sie machte mich stocksauer.

»Wieso glaube ich dir nicht?«, säuselte der Typ vor mir und begab sich in eine lässige Pose, während er mich ungehemmt ansah.

Etwas in seinen Augen war so dunkel, dass ich die Farbe seiner Iris nicht deuten konnte. Dieser Mann trug etwas in sich, das ich nicht definieren konnte. Etwas Gefährliches. Etwas Böses.

»Ich weiß wirklich nichts über ihn«, sagte ich kopfschüttelnd und verdrängte meine erneut aufkommenden Tränen. Ich musste aufhören, mich wie ein Weichei zu benehmen. Ich musste wieder die Frau werden, die ich vor einigen Wochen noch war. Stark. Selbstbewusst. Ungezähmt. Harvey hatte mich verändert.

»Auch nicht, wo er gerade ist? Er wird dich doch sicher suchen, oder nicht? Schließlich vergisst er alles um sich herum, seit er dich kennt«, stellte er beinahe ehrfürchtig fest und lief vor meiner Nase auf und ab.

»Ich. Weiß. Es. Nicht. Und jetzt binden Sie mich verdammt noch mal los!« Mein eigener Schrei übertönte die drängende Musik, die in diesem Gebäude herrschte und alles dominierte. Der Mann brach in ein angsteinflößendes Lachen aus.

»Du bist mutig. Das gefällt mir! Vielleicht kann ich das für mich ausnutzen – suchst du zufällig einen Job?« Sein herber, viel zu intensiver Duft beherrschte die Luft und wieder einmal entstand dieser Würgereiz in meiner Kehle.

»Lieber würde ich sterben«, zischte ich, und als der Kerl stoppte, sich vor mich kniete, um mich aus diesen schwarzen Augen heraus ansah, überlief mich die pure

Angst. Ja, ich hatte Angst. Und genau das war mein Fehler.

Bevor ich noch etwas sagen konnte, schlug mir der Mann so stark ins Gesicht, dass ich mein eigenes Blut spüren konnte, das aus meiner Nase strömte. Sekunden später übermannte mich der Schmerz, und ich fiel zurück in dieses schwarze Loch. Ich wurde ohnmächtig.

14. Bedeutungslos

Ihre Sicherheit war wichtiger als dieser Job, wichtiger als mein Hass. Wichtiger als alles. Wieso juckte es mich? Sie konnte mir doch nichts bedeuten, oder? Niemand bedeutete mir etwas.

Harvey

»Da bist du ja wieder. Hast du es dir heute anders überlegt?« Die Brünette von meinem letzten Besuch stellte sich mir in den Weg und strich mir über die Wange. Abrupt stieß ich sie zur Seite, sodass sie mit dem Rücken gegen die Wand stieß.

»Verpiss dich«, knurrte ich und rannte durch den Flur, hinein in den ätzenden Nebel des Clubs. Ich wusste nicht, ob ich auf der richtigen Spur war. Wusste nicht, ob ich überhaupt noch in der Lage war, klar zu denken. Alles, was ich vor Augen hatte, war sie. Sofia. Sie hätte längst in dem Restaurant sein müssen. Hätte neben mir sitzen und mich mit ihrer Nähe verrückt machen müssen. Aber sie kam nie dort an. Wo zur Hölle war sie?

»Vielleicht ist etwas dazwischengekommen«, hatte Anna vermutet. Dass ich nicht lache. Ich wusste, dass es nicht daran lag. Sie hätte sich bei mir gemeldet, wenn es so gewesen wäre. Aber das war es nicht.

Ein Teil in mir wusste, dass etwas anderes sie abgehalten hatte.

Schon seitdem sie verfolgt wurde, machte ich mir schreckliche Sorgen um sie. Und ich ließ sie auch noch allein. Ich Vollidiot!

Der Nebel, vermischt mit dem Rauch der Joints, stieg in meine Nase, und ich konnte kaum noch frei atmen. Auf der Tanzfläche tummelten sich wieder diese Tanzwütigen, die nichts Besseres zu tun hatten, als sich die Birne wegzuknallen.

Nackte Frauen räkelten sich an den Stangen, gaben alles von sich und ihrem billigen Körper preis. Angewidert drängte ich mich durch die Menge, bis ich am Arm zurückgehalten wurde. Schnell drehte ich mich um und sah einer groß gewachsenen Blondine ins Gesicht.

Ihre Lippen waren dunkel geschminkt und ihrem Blick nach zu urteilen war sie nicht nur high, sondern völlig hinüber. Und zwar so richtig. Schaum bildete sich an ihren Mundwinkeln, während sie versuchte, ihre Augen offenzuhalten.

Ihr Top war verrutscht, sodass ich ihre Nippel sehen konnte, die sich mir entgegenreckten. Vor ein paar Wochen hätte ich sie einfach mit zu mir genommen, hätte sie gefickt, bis ich dieses Elend vergaß, in dem ich steckte. In diesem Moment widerte mich diese Frau so sehr an, dass ich beinahe kotzen musste.

Ruppig entriss ich mich ihrem Griff und steuerte weiter sein Büro an. Sobald ich mich durch die Menge gekämpft hatte, riss ich die Tür auf.

Und alles, was ich sah, war sie. Ihr Kopf hing leblos herab, Blut rann aus ihrer Nase, tropfte auf ihre nackten Oberschenkel. Sie saß auf diesem schäbigen Stuhl, auf dem Samuels Marionetten immer saßen, wenn sie Scheiße gebaut hatten. In diesem Raum waren schon viel zu viele Menschen umgekommen, weil sie sich mit den falschen Leuten angelegt hatten.

Meine Brust spannte sich an, ich atmete rasselnd, und gerade, als ich zu ihr stürmen und sie befreien wollte, wurde ich zurückgerissen. Einer von Samuels Kötern hielt mich fest, sodass ich mich nicht mehr rühren konnte. Sekunden später gesellte sich ein weiterer zu ihm und packte mich an der anderen Schulter.

»Da ist er ja«, ertönte plötzlich seine Stimme, und wie aus dem Nichts tauchte Samuel vor meiner Nase auf. Am liebsten hätte ich ihm die Kehle durchgeschnitten.

»Was willst du von ihr, Samuel?« Ich schrie ihn an, auch wenn ich wusste, dass er mich mit einem Augenaufschlag in Kleinholz verwandeln konnte. Es war mir egal. Alles, was ich wollte, war, sie zu befreien. Ihr diese Fesseln abzunehmen und sie von hier wegzubringen. Der Hass, der in mir heranwuchs, galt nicht Samuel. Nein, er galt mir. Weil ich es war, der sie überhaupt erst in diese Scheißsituation gebracht hatte.

»Ich wollte mich nur mal mit deiner kleinen Errungenschaft unterhalten«, sagte er lachend und stellte sich vor mich.

Am liebsten hätte ich mich diesen Kerlen hinter mir entrissen und Samuel diese hässliche Visage gerichtet. Aber ich musste mir selbst eingestehen, dass diese aufgepumpten Kerle hinter mir stärker waren.

»Sie hat hier nichts zu suchen!«, zischte ich, woraufhin Samuel sich hinter seinen Schreibtisch stellte, sich mit seinen Händen darauf abstützte, und mir den Blick auf Sofia versperrte.

Ihre Sicherheit war wichtiger als dieser Job, wichtiger als mein Hass. Wichtiger als alles. Wieso juckte es mich?

Sie konnte mir doch nichts bedeuten, oder? Niemand bedeutete mir etwas. Niemand außer Anna. Sie war alles, was für mich zählte. Immer.

»Du vernachlässigst deinen Job, Jacobsen. Ich wollte einfach nur wissen, ob die Kleine es wert ist. Und ich muss sagen: Woah! Sie hat echt Feuer!«

Er applaudierte sich selbst und kramte seine Akten auf dem Tisch zusammen, um sie mit einem Schwung zur Seite zu schubsen.

»Ich vernachlässige gar nichts, verstanden? Und jetzt lass sie verdammt noch mal gehen!«

»Ach nein? Tust du das nicht? Wolltest du deinen Job nicht schon längst erledigt haben? Aber was sehe ich da? Dieser Kerl lebt noch, Jacobsen.

Er ist immer noch da, verstehst du?« Der Sarkasmus in seiner Stimme ließ mich noch wütender werden. Mittlerweile fühlten sich meine Lungen wie ausgebrannt an. Jeder Atemzug fiel mir schwer.

»Ich erledige ihn, darauf kannst du Gift nehmen«, versicherte ich ihm, um den Prozess zu beschleunigen. Aber es war sinnlos. Dieser Mann vor mir hielt die Zügel in der Hand. Er hielt mich in der Hand. Vielleicht liebte ich es deshalb, Sofia zu kontrollieren. Weil ich die Kontrolle zurückgewinnen wollte, die dieser Mann mir Tag für Tag raubte.

Noch bevor ich in meinen Scheißgedanken versinken konnte, fiel Samuel vor meinen Augen in sich zusammen und schlug krachend am Boden auf. Sofia stand hinter ihm, mit dem Messer in ihrer Hand, das ich ihr vor einigen Tagen gegeben hatte. Zu ihrer Sicherheit. In der anderen Hand hielt sie seinen Aschenbecher, den sie ihm gegen den Hinterkopf geschleudert hatte.

Den Moment des Schrecks nutzte ich, um mich aus dem Griff der beiden Bullen zu befreien. Mit einem Ruck zückte ich meine Waffe aus dem Hosenbund, zielte erst auf den einen und löste den Abzug, bevor ich auch dem zweiten Pisser in die Kniescheibe schoss.

Das Wimmern dieser Köter durchbrach die Stille, die aufgrund der beklemmenden Situation entstanden war.

Wie Marionetten sackten die beiden Fettsäcke vor mir zusammen und sanken zu Boden.

Auch wenn wir keine Zeit verlieren durften, ging ich um den Tisch herum, zog Sofia in meine Arme und bettete ihren Kopf an meine Schulter. Ihr Blut war mittlerweile angetrocknet, und ich strich sachte über ihre aufgeplatzte Unterlippe.

Bevor wir das Büro verließen, ging ich zu Samuel, der sich krümmend, am Boden lag. Mit einem Schwung holte ich aus und ließ meine Hand in seine hässliche Fresse preschen.

»Ich werde meine Rache beenden, Samuel. Darauf kannst du wetten. Und wehe ...« Samuel öffnete seine schwachen Lider und sein Mund verzog sich zu einem breiten, blutverschmierten Grinsen, »wehe, du fasst sie noch einmal an.«

Mit diesem Satz warf ich einen Blick zu Sofia, streckte ihr meine Hand entgegen, und ohne zu zögern oder ein weiteres Wort zu verlieren, stürmten wir aus dem Büro.

Vorbei an diesen Mistkerlen, die wimmernd am blutbedeckten Boden lagen.

Wir mussten so schnell wie möglich verschwinden. Raus aus dieser Menge. Raus aus dem Nebel. Einfach weg von hier.

Doch ich wusste, dass ich sie niemals weit genug von diesen Tyrannen entfernen konnte. Sie würden wiederkommen. Würden sie immer ...

15. Dämonen

»Ich habe dir gesagt, dass ich kein Prinz bin, Sofia. Ich bin der Böse in diesem Spiel, merk dir das!« Seine Augen waren so klar, so rein, so voller Schmerz. Etwas in ihnen gewährte mir einen Blick auf das, was er durchgemacht haben musste.

Sofia

»Tut das weh?« Er tupfte mit dem in Alkohol getränkten Tuch über meine aufgeplatzte Unterlippe, und ich versuchte, mir die Schmerzen nicht anmerken zu lassen. Er sollte nicht sehen, dass ich Schwäche zeigte.

»Es geht schon«, murmelte ich noch immer benommen, und als ich einen Blick zu dem Taschenmesser warf, das auf dem Tisch lag, atmete ich erleichtert auf. Hätte Harvey nicht diesen Beschützerkomplex, wäre ich vielleicht niemals entkommen. Es fühlte sich gut an, diesem Kerl eins auf den Hinterkopf zu verpassen. Ich fühlte mich ... echt.

»Jag mir nie wieder einen solchen Schrecken ein«, raunte Harvey, als er das blutdurchtränkte Tuch zu Boden fallen ließ und seine Hand an meine Wange legte. Er sah mich so besorgt an, dass ich mich für einen Augenblick in seinem Blick verlor. Doch dann kamen all die Geschehnisse der letzten Stunden zu mir zurück und ich wurde wütend. Der Zorn, der mich heimsuchte, nahm mir jeglichen Verstand. Er überlagerte alles, was ich in diesem Moment zu fühlen bereit war.

»Wer waren diese Kerle?«, fragte ich ihn stocksteif, nahm seine Hand und entfernte sie von meiner glühenden Wange. Es war, als hätte mich ein unerträgliches Fieber gepackt.

»Das sind die Kerle, für die ich arbeite. Mach dir keine Gedanken darum, ich werde nicht zulassen, dass man dir noch einmal wehtut«, versprach er mir und ich sah zu ihm hinab. Doch in meinem Inneren bildete sich eine so hohe Mauer, dass ich ihn nicht mehr ansehen konnte. Prompt stand ich auf, geriet kurz ins Wanken, bevor ich Distanz zu ihm aufbaute.

»Wo willst du hin?«, fragte er mich, stand ebenfalls auf und folgte mir. Ich hielt ihn auf Abstand, wollte ihm nicht mehr so nah sein.

»Von welcher Rache hast du gesprochen?«, platzte es aus mir heraus und ich biss mir auf die Zunge.

Ich wusste, dass er mir keine Rechenschaft schuldig war.

Dass ich nicht verlangen konnte, dass er mir alles anvertraute, schließlich waren wir wie Fremde. Fremde, die eine Leidenschaft miteinander teilten, die ich nicht in Worte fassen konnte.

»Wovon sprichst du?«

»Du hast zu diesem Mistkerl gesagt, dass du deine Rache beenden wirst. Welche Rache, Harvey? Verrate mir, wieso du für diese Kerle arbeitest! Und sage nicht, dass du nichts anderes kannst!«, wisperte ich angeschlagen und sah in sein verwirrtes Gesicht.

Seine Haare waren ein einziges Chaos, und ich wollte ihm die Strähnen aus dem Gesicht streichen, die sich dahin verirrt hatten. Aber ich konnte nicht. Nicht, wenn er mir nicht endlich die Wahrheit sagte. Seine Kiefer waren angespannt, seine Brust hob und senkte sich rhytmisch. Ich konnte sehen, wie wütend es ihn machte, dass ich nicht einfach meine Klappe hielt. Ich sollte froh darüber sein, noch am Leben zu sein. Wieso war ich es nicht?

»Ich kann nicht«, stammelte er, woraufhin ich zur Tür stürmte und sie aufriss. Bevor ich wirklich das Weite suchen konnte, stand Harvey vor mir, schmiss die Tür wieder zu und zog mich zurück in die Wohnung.

Er stand nur eine Handbreit von mir entfernt, und ich verspürte den Wunsch, meinen Kopf an seine Brust zu schmiegen und einfach alles zu vergessen. Zu vergessen, was vorhin passiert war. Aber es ließ sich nicht verdrängen. Dafür war es viel zu präsent.

»Ich hätte da drin sterben können, Harvey! Deinetwegen! Du bist es mir schuldig, mir die Wahrheit zu sagen!«

Tränen standen in meinen Augenwinkeln, die mich mit sich rissen wie eine Druckwelle.

»Ist es das, was du willst, Sofia? Ich habe dir von Anfang an gesagt, dass ich nicht der Richtige für dich bin. Dass du lebensmüde bist. Hast du jetzt eingesehen, dass ich gefährlich bin? Dass es gefährlich *für dich* ist?« Er wich meiner Frage bewusst aus, aber ich ließ mich nicht mehr von ihm abspeisen. So leicht ließ ich ihn nicht mehr davonkommen.

»Du sollst mir antworten!«, schrie ich ihn an und donnerte meine Fäuste gegen seinen Brustkorb. Ich wollte meine Wut freilassen. Wollte mich abreagieren, auch wenn es der falsche Weg war. Das wusste ich. Seine Hände umschlossen meine Arme und ich blieb zitternd in seinem Griff stehen.

»Ich habe dir gesagt, dass ich kein Prinz bin, Sofia. Ich bin der Böse in diesem Spiel, merk dir das!« Seine Augen waren so klar, so rein, so voller Schmerz. Etwas in ihnen gewährte mir einen Blick auf das, was er durchgemacht haben musste.

Dieser Mann vor mir hatte eine zerbrochene Seele. Er war nicht mehr ganz. Etwas fehlte, und ich wollte wissen, was es war.

»Bedeute ich dir etwas?« Ich wusste, dass ich mit unfairen Mitteln spielte, aber es war mir egal. Das Leben war mir gegenüber auch nie fair, wieso sollte ich es dann sein?

»Wenn du mir nichts bedeuten würdest, hätte ich dich längst aus dem Weg geräumt, Sofia«, antwortete er mir krächzend und mein Herz kam aufgrund seiner Worte zum Stillstand. Seine Worte brachten meine ganze Welt aus den Fugen.

Ich wusste nicht mehr, was ich glauben sollte und was nicht. Was mir wichtig war und was nicht. Wer dieser Mann war, der vor mir stand. Wer ich war …

»Sag mir, was dir passiert ist, Harvey. Sag mir, was dich so wütend macht, dass du töten musst«, sagte ich, nun wieder einfühlsam. Seine Maske begann zu bröckeln und ich konnte einen leichten Schimmer in seinen Augen erkennen. Er weinte nicht, aber ich sah die Pein, die ihn tief im Inneren plagen musste.

»Sag es mir«, bat ich ihn erneut, und bevor ich wusste, was um mich herum geschah, schlang Harvey seine Arme um mich.

Sein Kopf lehnte an meiner Schulter, und ich stellte mich auf Zehenspitzen, um dichter an ihm zu sein. Um ihm besseren Halt zu geben. Ich wollte, dass er sich sicher fühlte. So sicher, wie ich mich in seiner Gegenwart immer fühlte.

»Du bist mein Lichtblick, Harvey. Bevor du da warst, wusste ich nicht, was ich will. Jetzt weiß ich es. Ich will ein Teil von dir sein. Nenn mich verrückt, nenn mich lebensmüde. Ich weiß, dass ich dich nicht kenne. Aber das ist es, was ich ändern will.«

Meine Worte sollten ihm beweisen, wie wichtig es mir war, ihn besser kennenzulernen. Seine Schutzmauern zu durchbrechen und den Mann zu erreichen, der sich dahinter verbarg. Der mich ausschloss, weil er der Meinung war, es wäre das Beste für mich.

»Ich bin nicht dein Lichtblick, Sofia. Ich bringe Schatten in dein Leben. Nichts als Schatten.« Nun sah er mich wieder an und diese starre Intensität, die seinen Blick beherrschte, ließ mich abermals schwach werden. In seiner Nähe war ich ein Wrack – ein untergehendes Schiff.

»Vielleicht mag ich die Schatten ja, Harvey. Vielleicht brauche ich sie. Vielleicht ... brauche ich dich. Und jetzt sag mir, wieso du es tust.«

Als er meine Hand umgriff und mich zu seiner zerschlissenen Couch führte, schnürte sich meine Kehle zu.

Etwas an seinem Blick verriet mir, dass er bereit war, sich mir zu öffnen. Auch wenn ich in diesem Moment nicht wusste, ob ich es auch war.

16. Zähle niemals bis Drei

Es dauerte eine Weile, bis ich ihrem gleichmäßigen Atem lauschen konnte. Und es brach mir das Herz, sie jetzt allein zu lassen. Aber ich wusste, dass es keinen anderen Weg gab. Ich musste einfach ...

Harvey – Jahre zuvor ...

Ein lauter Knall riss mich aus dem Schlaf. Anna schreckte neben mir hoch und sah mich mit panischen Augen an. Etwas lag in der Luft, das mich erzittern ließ. War es ein Albtraum? Träumte ich wirklich?

Vasen fielen zu Boden und brachen auseinander, als sie aufschlugen. Ein Schrei durchkreuzte das Haus, und ich wusste, dass er von unten kommen musste. Jemand war hier. Dad hatte immer gesagt, dass wir nachts in unseren Zimmern bleiben sollten. Dass wir niemals, unter keinen Umständen, unsere Betten verlassen sollten.

»Was ist das, Harvey?« Anna krallte sich an meinen Arm, als sie aus ihrem Bett krabbelte und sich neben mich auf meines setzte. Schulterzuckend stand ich auf und schlich auf nackten Füßen zur Tür. Ich lehnte meinen Kopf an das Holz und lauschte.

Aber alles, was ich hören konnte, war dieses Scheppern. Und dann ertönte Dads Stimme.

»Was wollt ihr hier? Ich habe nichts!« *Er klang verzweifelt und das, obwohl ich davon ausging, dass Dad der stärkste Mann auf der Welt war. Dass ihn niemand erschüttern könnte.*

»Du schuldest uns Geld, Jacobsen. Also rück mit der scheiß Kohle raus, oder es werden Köpfe rollen. Du wusstest, worauf du dich einlässt!«

Eine harte Männerstimme durchhallte den gesamten Flur, als ich die Tür einen Spalt öffnete. Das Haus war hell erleuchtet, obwohl es mitten in der Nacht war.

»George, was wollen diese Männer hier?« *Ich warf einen Blick nach unten, über das Treppengeländer. Drei bullige Typen standen vor meinen Eltern, während sich Mom an Dads Arm festkrallte. Ich spürte Annas Anwesenheit an meinem Rücken, als sie nach meiner Hand griff.*

»Wer sind diese Männer?«

Man hörte das Wimmern in ihrer weichen Stimme und ich strich ihr sachte über den Kopf. Sie war noch so jung. Der Zorn dieser Männer ließ auch mich nach Luft schnappen.

»Ich weiß es nicht.« Natürlich wusste ich es. Genauso wie ich wusste, dass Dad in diese schrecklichen Geschäfte verwickelt war, seit ich denken konnte. Er sagte immer, dass es seine Arbeitskollegen wären. Aber ich wusste, dass mehr dahinterstecken musste.

»Rück die Kohle raus, Jacobsen!«, drohte einer der Kerle meinem Vater und schubste ihn hart zurück, sodass er mit dem Rücken gegen eine Vase prallte, die am Boden aufschlug und in tausend Einzelteile zersplitterte.

»Wir haben nichts. Ich besorge das Geld, aber im Moment habe ich nichts hier. Gebt mir noch Zeit«, flehte mein Vater die Männer vor ihm an, während Mom völlig verstört in der Ecke kauerte und panisch zwischen Dad und den Männern hin- und hersah.

Der Mann mit dem vernarbten Gesicht, der mir von Anfang an am unheimlichsten war, zückte eine Pistole und zielte damit auf Dads Brust. Anna keuchte laut auf und begann zu schluchzen. Ich hielt meine Hand auf ihren Mund, damit sie die Aufmerksamkeit dieser Kerle nicht auf uns zog.

»Wo ist Isabell?«, fragte sie wimmernd, und als ich an meine große Schwester dachte, wurde mir übel. Ihr Zimmer lag direkt neben unserem, aber wir konnten nicht zu ihr. Zu groß war die Gefahr, dass uns die Männer da unten entdecken würden.

»Was machen wir nur mit dir, Jacobsen?«

Der Mann legte seinen Finger an den Abzug - und dann ging alles viel zu schnell. Ein lauter Schuss ertönte, sodass Anna und ich heftig zurückzuckten.

»Dad«, schrie Anna, und ich presste ihr meine Hand so fest auf den Mund, dass sie vor Schmerzen jammerte.

»Sei leise, sonst finden sie uns«, befahl ich ihr, und als ich das knarzende Geräusch unserer Treppenstufen hörte und Mom nach meiner großen Schwester schrie, rannte ich mit Anna zu unserem großen Kleiderschrank, riss die Tür auf und scheuchte sie hinein. Sobald die Türen wieder geschlossen waren, nahm ich meine Hand von ihrem Mund und hielt meinen Zeigefinger vor meine Lippen.

Wieso ich keinen Gedanken daran verschwendete, dass mein Vater vielleicht im Sterben lag, wusste ich nicht. Alles, was ich wusste, war, dass ich meine kleine Schwester beschützen musste.

Während die Schritte des Mannes im Flur lauter wurden, wurde mir speiübel. Mom schrie immer und immer wieder den Namen unserer Schwester, bis auch ihre Stimme letztendlich verstummte. Das Haus war still.

Wieso, um Himmels willen, sagte Mom nichts mehr? Anna winkelte ihre Beine an, bettete ihren Kopf auf ihre Knie und weinte bitterlich in den Stoff ihres Nachtkleides. Ich umgriff ihre Schultern und zog sie an mich, versuchte, ihr Sicherheit zu geben.

Plötzlich schwang die Tür zu unserem Zimmer auf, und durch den Schlitz in der Tür des Schrankes konnte ich sehen, dass das Nachtlicht anging. Sekunden später ertönte die Stimme unserer großen Schwester.

»Lassen Sie mich los!«

Ich schloss einen Moment die Augen, bevor ich den Mut fasste und durch den Spalt hindurchsah. Ich konnte Isabell sehen, die rücklings auf mein Bett geschubst wurde. Ihr Nachthemd hatte sich nach oben geschoben und der Mann in der dunkelbraunen Lederjacke griff nach ihren nackten Oberschenkeln.

»Wie alt bist du, Hübsche?«, fragte er mit dieser kratzigen Stimme, die man meist nur von Männern in Kneipen kannte. Sie war sechzehn, verdammt! Ich wollte unser Versteck verlassen, wollte diesen Mann von meiner

Schwester wegziehen, doch dann dachte ich wieder an Anna, die zitternd neben mir saß. Nicht nur für sie brach in dieser Sekunde eine Welt zusammen, nein.

»Ach weißt du, was? Es ist mir auch egal.« Und mit diesem Satz öffnete der Kerl seine Jeans und ließ sie zu Boden fallen. Das, was ich als Nächstes sah, würde mich für immer brechen, dessen war ich mir sicher. Ich schloss panisch die Augen, versuchte mich in eine andere Welt zu wünschen. In eine Welt, in der das hier nicht real war. In der mein Vater nicht tot war. In der Mom uns in den Arm nehmen und Geschichten vorlesen würde.

Tief in mir wusste ich, dass mein Wunsch vergeblich war. Niemand würde mir diesen Wunsch erfüllen. Wer denn auch? Es war niemand mehr da. Moms Stimme war verstummt. Sie musste fort sein. Niemals würde sie ihre eigenen Kinder kampflos im Stich lassen.

»Fassen Sie mich nicht an!«, fauchte Isabell, die sich wie eine Furie unter dem Kerl befreien wollte. Aber er war zu stark. Ich hatte gar nicht bemerkt, dass ich meine Augen wieder auf ihn gerichtet hatte. Ich sah alles. Und dieses Alles war zu viel.

Der Kerl zückte eine Knarre, und als er meiner Schwester das Hemd vom Körper riss und sie keuchend schrie, zählte ich bis drei. Ich musste einfach nur bis drei zählen. Dann würde ich aufwachen. Dann würde ich wissen, dass alles nur ein Traum war. Ich würde neben meiner schlafenden Schwester aufwachen, mir die Schweißperlen von der Stirn wischen und in Isabells Zimmer schleichen. Sie würde mich rausschmeißen, weil ich sie nicht stören sollte.

Mom und Dad würden aus dem Schlafzimmer kommen und mich zurück in Bett schicken. Sie würde mir einen Kuss auf die Stirn geben, und Dad würde mir versichern, dass er mit mir am nächsten Morgen Fußball spielen würde. Alles wäre beim Alten.

Aber das war es nicht.

Annas Weinen war verstummt, als ich diese widerwertigen Geräusche vernahm, die der Kerl von sich gab, als er sich an meiner Schwester verging. Das hier durfte nicht wahr sein, denn das würde uns alle für immer brechen.

»Eins«, begann ich mit zitternder Stimme.

»Du fühlst dich so gut an«, knurrte der Kerl, während meine große Schwester ungehemmt weinte.

»Zwei.« Plötzlich verstummte das Weinen von Isabell, stattdessen griff Anna nach meiner Hand und lehnte ihre Stirn an meine Schulter. Ich strich ihr sachte durch das Haar, versuchte sie zu beruhigen.

»Drei.« Und wie aufs Stichwort erklang ein weiterer Schuss. Einer, der alles auseinanderriss.

Nichts war mehr beim Alten. Gar nichts. Und ich wusste, dass ich ab jetzt nicht mehr derselbe Junge sein würde ... In diesem Moment brach meine Seele entzwei. Gemeinsam mit meinem Herzen.

»Oh mein Gott«, wisperte Sofia. Sie weinte bitterlich, als ich sie in eine Umarmung zog. Auch wenn ich derjenige sein müsste, der zusammenbrach. Ich saß stocksteif auf der Couch, während sie sich an mich schmiegte.

Es tat weh, darüber zu sprechen, und ich konnte gar nicht fassen, dass ich das wirklich getan hatte. Ich hatte ihr alles erzählt. Alles von dieser Nacht. Die Nacht, die mich für immer verändert hatte. Die meine Familie zerbrochen hatte. Wieso in Teufels Namen hatte ich das getan? Niemand sollte wissen, was ich mit mir herumschleppe. Niemand. Nicht einmal sie. Anna war die Einzige, die meine Dämonen kannte.

»Es tut mir so leid«, flüsterte sie unter Tränen, und ich ließ mich zurückfallen, um an die vergilbte Decke zu starren. Mein Herz pochte so laut, dass es mir Kopfschmerzen bereitete.

»Wer waren diese Männer?« Ich strich sachte über ihren Rücken, versuchte, nicht zu heulen.

Es brachte ja nichts, oder? Kein Gefühl der Welt würde mir meine Eltern wiederbringen. Würde *sie* wieder lebendig werden lassen.

»Mein Vater hatte ständig Streit mit ihnen. Er war in Sachen verwickelt, die nicht gut für ihn sein konnten. Nicht gut für uns sein konnten.«

Sobald ich an diese Dreckskerle dachte und mir in Erinnerung rief, dass fast alle von ihnen ihre gerechte Strafe bekommen hatten, löste sich dieser pochende Schmerz in meiner Brust auf.

»Du tötest sie, weil du Rache willst«, stellte sie leise fest, spielte mit dem Saum meines Shirts, während ich weiterhin die Decke anstierte. Sie sollte nicht sehen, dass ich kurz davorstand, wie ein erbärmliches Kind zu heulen.

Es nützte nichts. Gefühle machten einen schwach. Machten mich schwach. Aber vor allem konnten sie es nicht rückgängig machen. Die Vergangenheit blieb die Vergangenheit, egal wie sehr man sich wünschte, dass alles anders verlaufen wäre. Ich klammerte mich nicht mehr an die Hoffnung, dass es eines Tages leichter sein würde, über sie zu reden oder über sie nachzudenken.

»Ich töte sie, weil sie es verdient haben. Weil mich dieser Hass, den ich in mir trage, seitdem jeden Tag begleitet. Ich habe zu dir gesagt, dass ich nichts anderes kann, Sofia. Und das meinte ich auch so. Ich kenne nichts als diese Wut«, gestand ich schließlich und verdrängte den Wunsch, ihr einfach zu sagen, was ich wirklich in mir fühlte.

»Was ist danach mit euch passiert? Mit dir und Anna?«

Als ich an meine Schwester dachte, wurde mir warm ums Herz. Sie war alles, was mir von meiner Familie geblieben war. Sie *war* meine Familie.

»Sie haben uns nicht gesehen und uns zurückgelassen, nachdem sie alles, was sie als wertvoll angesehen haben, mitgenommen haben.

Anna und ich wurden Stunden später von der Polizei gefunden. Meine Schwester war völlig traumatisiert. Ich ebenso. Kurze Zeit später kamen wir in eine Pflegefamilie«, erklärte ich ihr und Sofia sah aus ihren schimmernden Augen zu mir auf. Ich wollte nicht, dass sie deswegen weinte. Es war mein Schicksal, und ich hatte mich damit abgefunden, die Arschkarte gezogen zu haben.

»Wie ging es dann weiter?«

»In den ersten Jahren kamen wir wirklich gut klar, aber irgendwann ... irgendwann bin ich an die falschen

Leute geraten. Samuel hatte mir versichert, dass er mir helfen könnte, diese Kerle zu finden, die meiner Familie das angetan haben. Und er hat sie gefunden, schneller, als ich es erwartet hätte. Natürlich hat er das nicht nur für mich gemacht. Er hat ebenfalls sein Interesse an dieser Gang.«

Sofia krallte sich in meinem Shirt fest und starrte verloren aus dem Fenster. Mittlerweile war es mitten in der Nacht. Der Mond schien durch die zerknitterten Jalousien und erhellte den Raum, sodass ich ihre Umrisse erkennen konnte.

»Wie lange machst du das jetzt schon?«, fragte sie in Gedanken versunken, und ich spürte, dass ihr Körper von einer tiefen Anspannung überzogen wurde.

»Seit drei Jahren. Man muss geschickt vorgehen, wenn man nicht will, dass man erwischt wird. Aber ich weiß, dass es bald vorbei ist«, versicherte ich ihr, woraufhin sie mich lediglich fragend ansah.

»Was meinst du damit?«

»Es gibt nur noch eines, das ich erledigen muss, Sofia. Dann bin ich frei. Ich arbeite nicht freiwillig für Samuel. Wenn das hier vorbei ist, wird *alles* vorbei sein. Und ich kann ... na ja, neu anfangen. Vielleicht.« Ich hörte mich an wie der letzte Vollidiot. War ich wirklich so naiv? Dachte ich ernsthaft, dass es irgendwann vorbei sein könnte? Natürlich würde es niemals vorbei sein.

Egal, an wie vielen Menschen ich Rache übte, meine Eltern würden nie mehr zu mir zurückkommen. Meine Schwester würde nicht mehr zurückkommen. Anna und ich waren allein.

Fast das ganze Leben lang. Würde ich jemals damit Frieden schließen können? Ich redete mir immer und immer wieder ein, dass es okay wäre. Dass jeder Mensch eines Tages sterben musste. Aber innerlich war mir klar, dass ich es nie wirklich verarbeiten konnte. Schließlich konnte man sich nicht mit dem Tod eines Menschen abfinden, wenn man nicht einmal die Chance hatte, sich zu verabschieden.

»Ich bin froh, dass du es mir gesagt hast«, wisperte Sofia leise, als ich sie näher an mich zog, und wir Arm in Arm nebeneinanderlagen.

Ihre Atmung wurde ruhiger, ihre Bewegungen klangen ab. Es dauerte eine Weile, bis ich ihrem gleichmäßigen Atem lauschen konnte.

Und es brach mir das Herz, sie jetzt allein zu lassen. Aber ich wusste, dass es keinen anderen Weg gab. Ich musste einfach ...

***

Als ich am nächsten Morgen vor seinem Büro stand, fühlte es sich so anders an als sonst. So endgültig. Ich hatte den Club noch nie morgens oder tagsüber betreten, und es war ein seltsames Gefühl, dass keine Menschenseele auf der Tanzfläche stand.

Niemand war da. Aber ich wusste, dass ich ihn hier finden würde. Das hier war seine Existenz. Sein Leben. Dass ich bald endlich frei von ihm und diesem Leben sein würde, konnte ich nicht realisieren.

Vielleicht wollte ich es auch gar nicht. Schließlich wusste ich nicht, ob ich überhaupt eine Zukunft außerhalb dieser Mauern hatte.

Ich hatte Sofia allein auf meiner Couch zurückgelassen, als ich am Morgen aufstand. Ich brachte es nur noch zustande, ihr einen Zettel zu hinterlassen. Minutenlang hatte ich auf dem Sessel neben ihr gesessen und ihr beim Schlafen zugesehen. Hatte versucht, mir das Bild von ihr einzuprägen, falls ich sie nicht mehr wiedersehen würde.

Ohne Zweifel – sie war mehr als eine Affäre. Ich hatte schon einige davon und ich wusste, dass es sich mit ihr anders anfühlte. Mit den anderen Frauen war es nur Sex – nie mehr.

Was es mit Sofia war, konnte ich mir selbst nicht erklären. Und darin lag das Problem. Sie war in Schwierigkeiten geraten – meinetwegen. Man hatte ihr wehgetan – meinetwegen. Wenn ich darüber nachdachte, wusste ich, dass es nur einen Ausweg für uns beide gab. Nur eine Möglichkeit, die ich in Betracht ziehen konnte, wenn ich auf meinen Verstand hören wollte.

Aber war ich dazu noch in der Lage? Ich dachte an sie, wenn ich wach wurde, und meine Gedanken kreisten um sie, wenn ich abends im Bett lag und keinen Schlaf fand.

Samuel hatte recht. Sie veränderte mich.

Und ich hatte meinen Job vernachlässigt, auch wenn er immer die größte Priorität in meinem Leben einnahm.

Ich stand mit einem verdammten Schmerz in meiner Brust vor dieser schäbigen Tür. Ein letztes Mal. Ich würde nie wieder herkommen müssen, wenn das hier vorbei war.

Gerade als ich die Tür öffnen wollte, trat jemand hinter mich. Ich drehte mich nicht um, aber als ich ein dumpfes, schadenfrohes Lachen hörte, wusste ich, wer hinter mir stand. Michael Adams war der Anstandswauwau von Samuel. Wenn etwas aus dem Ruder geriet, hielt er den Kopf für ihn hin, ohne mit der Wimper zu zucken.

Dieser Kerl hätte alles für unseren Boss getan, auch wenn er sich damit selbst ins Abseits katapultierte. Und genau das war es, was uns voneinander unterschied.

»Jacobsen?«

Ich blieb stumm und verharrte weiterhin in meiner Position. »Bist du lebensmüde? Dass du dich nach deiner Aktion überhaupt noch in seiner Nähe blicken lässt.« Sein spitzer Unterton ließ mich lauthals lachen.

Obwohl ich mir auf die Zunge beißen wollte, so konnte ich es nicht. Zu witzig war diese Scheiße, die der Schleimbeutel von sich gab.

»Weißt du was, Michael? Fick dich.« Und mit diesen Worten betrat ich Samuels Büro.

Ich wusste, dass er auf mich warten würde, und wie erwartet saß er hinter seinem Schreibtisch und sah schmunzelnd zu mir auf.

Seine Unterlippe war dick, Schorf bildete sich an seinen Mundwinkeln. Ich hatte ihm ordentlich eine verpasst, das musste ich mir selbst eingestehen.

Und es fühlte sich gut an, ihm die Zügel zu entreißen und ihm ein einziges Mal zu zeigen, dass ich einen eigenen Willen besaß. Dass ich nicht wie Michael war, der ihm in den Arsch kroch, weil er auf ein besseres Leben hoffte.

»Ich habe schon auf dich gewartet«, säuselte er und verschränkte seine Finger ineinander. Links neben ihm stand ein Aschenbecher, in dem seine Zigarre steckte und vor sich hin qualmte.

»Bist du hier, um dich zu entschuldigen?«, fragte er mich mit hochgezogener Augenbraue und nahm einen tiefen Zug seiner Cohiba.

»Dachtest du im Ernst, dass ich mich bei dir entschuldige? Ich hätte deine Visage viel stärker entstellen sollen«, spuckte ich ihm ins Gesicht. Mit einem Blick zu seinen Wachhunden sorgte er dafür, dass mich ein breit gebauter Kerl von hinten packte und mich festhielt.

Samuel stand auf, mit der Zigarre zwischen seinen rissigen Lippen und kam um den Tisch herum, um uns Gesellschaft zu leisten. Je dichter er kam, desto wütender wurde ich.

Kaum eine Handbreit vor meiner Nase blieb er stehen.

»Pass auf, was du sagst, Jacobsen.« Samuel holte aus und mit einer Wucht trafen seine Fingerknöchel meinen Nasenrücken.

Das Blut floss aus meinen Nasenlöchern und landete auf den Armen des Fetten, der mich umklammerte.

Auch wenn mich die Schmerzen niederrangen, blieb ich standhaft und lachte diesem Idioten gehässig ins Gesicht.

Ich ließ mich nicht mehr herumkommandieren, nicht von ihm, nicht von seinen Kötern und erst recht nicht von meinem inneren Schweinehund.

Samuel nahm die Zigarre wieder zwischen die Finger und führte das Ende zu meinem Unterarm.

Bevor der brennende Schmerz meine Haut traf, sah er mich hemmungslos an.

»Das hier ...« Er drückte die glühend heiße Spitze auf meiner Haut aus, und ich biss die Zähne zusammen, um nicht vor Schmerzen zu schreien.

»... ist für die Aktion deiner kleinen Schlampe gestern«, beendete er seinen Satz, ließ die Zigarre zu Boden fallen und trat sie mit seinem Stiefel endgültig aus.

»Wenn du ihr noch einmal zu nahekommst, bist du ein toter Mann«, lachte ich heiser, wobei einzelne Blutspritzer in seiner abgewrackten Visage landeten. Glucksend wischte er sich das Gesicht sauber.

»Du hast hier etwas nicht verstanden, Jacobsen. Du bist nicht in der Position, um mir zu drohen, wann kapierst du das endlich? Ich habe dich in der Hand. Und solange du für mich arbeitest, hast du zu tun, was ich dir sage. Und was deine Kleine angeht ...«

Er begann vor meiner Nase auf und ab zu laufen. Mit seinen Händen gestikulierte er wild, um mir seine Macht zu demonstrieren und sein Machtspiel auf die Spitze zu treiben.

»Wenn deine Schnecke auch nur ein Sterbenswörtchen über mich oder über uns verliert, kannst du ihre Überreste vom Boden kratzen, haben wir uns verstanden?«

Seine Worte entlockten mir ein kehliges Knurren, das ich nicht unterdrücken konnte.

»Wag es ja nicht«, presste ich hervor, wusste jedoch, dass er vor nichts und niemandem zurückschrecken würde. »Merk dir meine Worte, Jacobsen. Solange du für mich arbeitest, besitze ich dich.«

Als der Kerl hinter mir seinen Griff lockerte und ich ihn abschüttelte, lehnte Samuel sich gegen den Tisch und sah mich unverwandt an.

Der Bulle hinter mir positionierte sich wieder hinter der Tür und vergeudete sein sinnfreies Leben mit der einzigen Sache, die er konnte: diesem Masochisten zu dienen.

»Das hier«, ich ging zu seinem Tisch und griff nach der offenen Akte, die sich darauf befand, »ist der letzte Mord, das weißt du, oder?« Ich knallte ihm *seine* Akte gegen die Brust, und als ich dabei einen Blick auf die kalten Augen dieses Monsters erhaschen konnte, keimte erneute Wut in mir auf. Immer wenn ich mir das Bild dieses Scheusals ins Gedächtnis rief, war ich meinen eigenen Gefühlen unterworfen. Auf diesen Tag wartete ich bereits viel zu lange ...

»Schade eigentlich. Du warst mein bester Mann, Jacobsen. Jedenfalls bis du die Kleine kennengelernt hast.« Er umgriff die Akte, schlug sie zu und schmiss sie zurück auf den Tisch.

»Er wird heute Abend gegen zwanzig Uhr den Nachhauseweg antreten, allein.«

»Woher weißt du das so genau?«

Immer wieder fragte ich mich, wo dieser Kerl die ganzen Informationen herbekam, die mich zum Ziel führten. Zu meinem Ziel. »Ich habe Kontakte, schon vergessen? Auch Stevens hat Heuchler unter seinen Fittichen. Also, heute Abend, zwanzig Uhr. Sei pünktlich. Und sei gründlich. Das hier«, er deutete noch einmal auf die Akte, »wird dein Meilenstein sein. Das große Finale, Jacobsen. Also mach deinen Job gut, sonst werde ich am Ende *dich* vom Boden kratzen müssen.« Das sollten also die letzten Worte sein, die wir miteinander wechseln würden.

Kopfschüttelnd wandte ich mich von ihm ab und steuerte den Ausgang des Büros an. Ich wollte einfach nur weg, einfach nur verschwinden.

»Danke für die außerordentlich nette Zusammenarbeit, Jacobsen«, rief er mir hinterher, doch ich nahm seine Worte nur noch stumpf im Hintergrund wahr. Sekunden später verließ ich diesen Club, der jahrelang alles war, was ich kannte. Ein allerletztes Mal.

17. Bonnie und Clyde

Warte nicht auf mich. Diese Worte taten mir besonders weh. Was meinte er damit? Wieso hörten sich seine Sätze so ... so endgültig an?

Sofia

Als ich am Morgen die Augen aufschlug, war ich allein. Ich hatte mich nachts von einer Seite zur anderen gewälzt, und wenn ich ehrlich war, träumte ich sogar davon.

Davon, was Harvey durchmachen musste, als er noch ein Kind war. Er war unschuldig. Er wollte einfach nur glücklich sein. Wer besaß das Recht, ihm diese Unbeschwertheit zu entreißen?

Auch jetzt, einige Stunden nach seinem Geständnis, begann ich zu zittern, wenn ich nur darüber nachdachte.

Ich machte mich gerade auf den Weg in die Boutique, als ich in meiner Handtasche nach seinem Zettel suchte.

Er war das Einzige, was ich am Morgen von ihm vorgefunden hatte. Nur drei Sätze. Und diese drei Sätze beschäftigten mich seitdem ununterbrochen.

Ich muss noch etwas erledigen. Warte nicht auf mich.
Ich vermisse dich.
Harvey

Warte nicht auf mich. Diese Worte taten mir besonders weh. Was meinte er damit? Wieso hörten sich seine Sätze so ... so endgültig an? Seine Botschaft machte mir zu schaffen, und es war kein Wunder, dass ich keinen klaren Gedanken fassen konnte, als ich ein paar Minuten später das Moda Creativa erreichte. Weil wir diese Schicht gemeinsam schmissen, wartete Belle bereits an der Kasse auf mich.

»Sofia? Was ist denn mit dir passiert?« Sie schlug sich die Hand vor den Mund und stürmte auf mich zu. Anfangs sah ich sie nur fragend an, aber als sie mit ihrem Daumen meine aufgeplatzte Unterlippe streifte, zuckte ich heftig zurück. Ah, das meinte sie ... Fuck.

»Wer hat dir das angetan? War er das?«, wollte sie wissen und nahm mein Gesicht zwischen ihre Hände. Ihre grünen Augen durchstachen mich, und ich fühlte mich unbehaglich, wenn sie mich so hilflos ansah.

»Quatsch!« Mehr sagte ich nicht, als ich mich an ihr vorbeidrängte und in den Pausenraum stiefelte. Wie konnte sie ernsthaft glauben, dass Harvey mir so etwas antun würde? Natürlich kannte sie ihn nicht, und sie wusste nicht, was er für ein Laster mit sich brachte, aber er hätte mich längst töten können, wenn er es gewollt hätte!

»Sofia, bleib stehen! Rede gefälligst mit mir! Wer war das?« Sie zog mich an der Schulter zurück und versperrte mir den Weg. Genervt lehnte ich mich gegen den Türrahmen und schloss die Augen. Ich wusste nicht, was ich ihr anvertrauen konnte und was nicht.

»Es ist nichts, okay? Nicht der Rede wert. Aber bitte, glaub mir, dass Harvey nichts damit zu tun hat!« Natürlich hatte er das ...

»Wieso lügst du mich an?« Tränen sammelten sich in ihren Augen und sie zog die Augenbrauen in die Höhe.

»Vertraust du mir?«, fragte ich sie zitternd, und als sie nickte und mich in eine Umarmung zog, konnte ich meinen Schwall an Gefühlen nicht länger bremsen. Alles, was mich in den letzten Tagen beschäftigte, brach über mir ein und verschluckte mich wie eine gewaltige Lawine.

»Natürlich vertraue ich dir. Aber ich vertraue ihm nicht«, seufzte sie, während ich mich an ihrer Schulter ausweinte.

»Ich kann dir nichts über ihn sagen, Belle. So gern ich es auch würde. Ich ... ich kann es einfach nicht. Es wäre falsch. Ich hoffe, dass du mich verstehen kannst. Irgendwie. Eines Tages.«

Ergaben meine Worte überhaupt einen Sinn? Vermutlich nicht. Aber als Belle mir einen Kuss auf den Scheitel gab, mir die Tränen von den Wangen wischte und mir ein Taschentuch reichte, entspannte ich mich. Die Last fiel von mir ab, und ich genoss dieses freie Gefühl, das in meiner Brust entstand.

»Ich danke dir«, flüsterte ich und zog sie noch einmal in eine enge Umarmung, um ihr meinen Dank zu demonstrieren. Ich liebte dieses Mädchen mehr als mein eigenes Leben. Wieso hatte ich das Gefühl, mich bald von ihr verabschieden zu müssen? Es war absurd!

Das hier war mein Leben, ein anderes würde ich nicht bekommen, so sehr ich mich auch danach sehnte. Aber wenn man etwas wollte, konnte man es dann nicht auch erreichen?

»Ich muss jetzt hinten im Lager aufräumen. Kommst du hier vorn allein klar?«, fragte sie mich einfühlsam und verschränkte ihre Finger mit meinen.

»Klar. Geh schon«, versicherte ich ihr und ließ sie frei. Prompt zückte ich mein Handy und starrte sehnsüchtig auf das schwarze Display.

Keine Nachricht, kein Anruf, nichts.

Weil ich diese Ungewissheit nicht aushielt, entsperrte ich den Bildschirm und wählte seine Nummer. Ich musste wissen, ob sein Geständnis in irgendeiner Weise zwischen uns stand.

Doch nach einigen Rufzeichen sprang seine Mailbox an. Enttäuscht ließ ich das Handy sinken, und als ich eine Silhouette im Augenwinkel sah, erschrak ich. Panisch blickte ich in zwei grüne Augen. Augen, die mich so sehr an die seinen erinnerten.

»Hi, Sofia«, sagte diese weiche Stimme, und erst als ich mich langsam gefangen hatte, erkannte ich Anna.

Seine Schwester stand vor mir und anhand ihres besorgten Blickes wurde mir übel.

»Anna? Ist etwas passiert?«, fragte ich sie mit dünner Stimme, und als sie mich darum bat, ungestört mit ihr zu reden, nahm ich sie mit nach hinten. Belle war noch eine Weile mit dem Lager beschäftigt, und ich wusste, dass sie nicht einfach reinplatzen würde.

Anna umklammerte ihre Handtasche fest, als sie sich auf dem Klappstuhl niederließ und nervös mit dem Ring an ihrem Finger spielte.

»Was ist denn los? Was ist mit ihm?«, stocherte ich nach und hockte mich vor sie. An dem glasigen Schimmer in ihren Augen erkannte ich, dass etwas ganz und gar aus dem Ruder lief. Etwas musste passiert sein.

»Es tut mir leid, dass ich dich hier auf der Arbeit störe, Sofia. Aber es ist wichtig. Ich weiß nicht, mit wem ich sonst über ihn sprechen soll.«

Ich umschloss ihre Hand und fuhr sachte über ihren Handrücken. Sie zitterte am ganzen Körper und auch ich stand völlig neben der Spur.

»Du kannst mit mir reden. Was ist passiert?« Langsam riss auch mein Geduldsfaden, und die Angst in meiner Brust wurde von Sekunde zu Sekunde stärker. Was würde ich tun, wenn ihm etwas passiert war?

»Du weißt nicht, wieso Harvey tötet, habe ich recht? Es fing alles an, als wir noch Kinder waren ... es war eines ...« Ich legte ihr meinen Finger vor die Lippen und schüttelte sachte den Kopf.

»Du musst es nicht aussprechen. Ich weiß alles. Er hat es mir heute Nacht erzählt«, unterbrach ich sie.

»Moment, er hat es dir erzählt? Aber wieso? Ich kenne Harvey, er wollte nicht, dass es jemand erfährt.«

»Ich weiß nicht, wieso er es getan hat. Aber ich habe gesehen, wie stark ihn diese Nacht noch immer beschäftigt. Ich weiß jetzt, wieso er für diese Dreckskerle arbeitet.«

Weil meine Position in den Kniekehlen schmerzte, stand ich auf und setzte mich auf den Stuhl neben sie.

»Kannst du mir einen Gefallen tun, Sofia?« Sie sah mich anfangs nicht an, aber als ich ihren Augenkontakt suchte, erkannte ich pure Angst in ihrer Seele.

»Alles, was du von mir verlangst. Ich würde alles für ihn tun«, versprach ich ihr und wartete, bis sie fortfuhr.

»Du musst mit ihm reden. Er hört einfach nicht auf mich. Schon seit ich denken kann, war er auf Rache aus, Sofia. Er wollte diese Männer bluten lassen, die unserer Familie geschadet haben. Er wollte jeden, der im Entferntesten damit zu tun hatte, auslöschen. Und jetzt ... er hat sich in etwas verrannt, Sofia. Ich habe ihm immer wieder gesagt, dass er das nicht tun muss. Es ist nicht seine Aufgabe, unsere Familie zu rächen, das würden unsere Eltern nicht wollen.«

Weil ich nicht wusste, wie ich reagieren sollte, lehnte ich mich auf dem Stuhl zurück und ließ ihre Worte erst sacken. Ich wusste, dass Harvey vom Zorn beherrscht wurde, aber wenn Anna sich um ihn sorgte, musste auch ich bangen.

»Was glaubst du, was passieren könnte?«, fragte ich mit brüchiger Stimme und hatte schreckliche Angst vor ihrer Antwort. Vermutlich gab es keinen Menschen, der Harvey besser kannte, als sie.

»Ich weiß es nicht, aber ich denke, er könnte in großen Schwierigkeiten stecken. Jemand muss ihm die Augen öffnen. Auf mich hört er einfach nicht. Vielleicht ... ich habe gesehen, wie er dich ansieht, Sofia. Du könntest ihn erreichen.«

»Ich werde zu ihm gehen. Jetzt«, beschloss ich und stand entschlossen auf, um mich bei Belle abzumelden. Ich schaltete völlig auf Autopilot, als ich ins Lager stürmte und vor Belle stehenblieb, die gerade die Regale neu sortierte.

»Was ist denn los, Sofia? Du siehst aus wie ein angeschossenes Reh!« Belle ließ den Stoffbarren fallen und kam auf mich zu.

»Würdest du kurz für mich einspringen? Es tut mir leid, ich weiß, dass du hier hinten genug zu tun hast, aber ich muss etwas erledigen.«

»Und was musst du erledigen? Könntest du aufhören in Rätseln zu sprechen?«

Ich sah sie unverwandt an, konnte ihr jedoch keine Antwort geben. Was sollte ich auch sagen? Dass ich befürchtete, dass Harvey noch mehr Menschen tötete? Dass es ihn eines Tages brechen würde?

»Du wirst es mir nicht sagen, hab ich recht? Seit wann bist du so, Sofia?«

Mir wurde schlecht, als ich über ihre Worte nachdachte. Ich hatte ihr immer alles anvertraut, aber in diesem Moment konnte ich nicht ehrlich zu ihr sein, und das riss mich noch tiefer in den Abgrund. Ich hatte niemanden mehr, mit dem ich reden konnte.

»Irgendwann werde ich dir alles erklären, versprochen.« Und mit diesen Worten ließ ich sie zurück, brachte Anna zu ihrem Auto und machte mich auf den Weg zu ihm. Ich hatte Angst vor dem, was mir bevorstand. Hatte Angst, was passieren würde, wenn ich ihn sah.

Aber ich wusste, dass es meine Aufgabe war, ihn vor sich selbst zu retten. Auch wenn ich keine Ahnung hatte, ob ich dazu überhaupt in der Lage war ... Oder ob er mich einfach immer tiefer in die Dunkelheit riss, die ihn umgab.

***

Ich erreichte sein Viertel und wischte mir selbst den Schweiß von der Stirn, als sich meine Kehle zuschnürte. Etwas lag in der Luft, das mich aufwühlte, das mich noch mehr durcheinanderbrachte.

Als würde sich alles um mich herum auf das bevorstehende Gespräch einstellen. Die Sonne schien heute glühend heiß und mein Magen vertrug diese Hitze nicht.

»Alles wird gut«, sprach ich mir selbst Mut zu, als ich auf den Parkplatz seines Wohnhauses einbog. Schon von Weitem konnte ich sehen, dass seine Eingangstür offenstand. Ich stieg aus dem Wagen und rannte, ohne abzuschließen, die Treppe hinauf. In seiner Wohnung angekommen, fiel mein Blick als Allererstes auf das Chaos. Unterlagen waren auf dem Boden verteilt, Geschirr lag zersprungen am Boden.

Der Inhalt der Whiskeyflasche, die heute Morgen noch auf dem Tisch stand, war ebenfalls über dem Teppich verteilt.

Der stechende Geruch von Desinfektionsmitteln beherrschte meine Sinne, und als ich den kleinen Flur ansteuerte, der ins Badezimmer und in sein Schlafzimmer führte, beschlich mich eine unsagbare Nervosität.

Ich lehnte mich gegen die Badezimmertür und lauschte, aber alles blieb still. Also ging ich zu seinem Schlafzimmer und riss die Tür mit einem Schwung auf. Volltreffer. Harvey stand an seinem Bett und stopfte seine Klamotten in eine große, schwarze Reisetasche. Als er mich entdeckte, hielt er inne.

Ich rannte auf ihn zu und strich sachte über das blaue Auge, das sein Gesicht zierte.

»Wer war das?«, fragte ich ihn sanft, und als er die Augen verschloss und mir die Antwort verweigerte, landete mein Blick auf seinem Koffer.

»Was wird das?«

Doch anstatt mich zu beachten, stopfte er weiterhin die Shirts hinein und wollte den Reißverschluss gerade zuziehen, als ich ihn davon abhielt.

Ich durchwühlte die Tasche und entdeckte die Sachen, die er vor einigen Wochen im Moda Creativa gekauft hatte. Bei mir. An dem Tag, nachdem ich ihm das erste Mal begegnet war.

»Was. Wird. Das. Harvey?«, setzte ich mit Nachdruck hinterher und presste ihm die unzähligen Shirts gegen die Brust. Man sah ihm an, wie schwer es ihm fiel, mir in die Augen zu sehen. Er bereute es. Er bereute uns. Alles.

»Du willst verschwinden, habe ich recht?« Die Wahrheit war plötzlich viel zu präsent. Sie erdrückte mich unter ihrer ganzen Wucht. Er wollte sich tatsächlich aus dem Staub machen. Ohne mich. Ohne ein Wort. *Warte nicht auf mich ...*

»Ich muss, Sofia. Es geht nicht anders«, zischte er nun wütend wie eh und je. Des Öfteren hatte ich diese starken Stimmungswechsel an ihm bemerkt, aber nie gewusst, wo sie herkamen. Jetzt war alles glasklar.

Bis jetzt war ich blind durchs Leben gelaufen, aber jetzt bekamen die Dinge Farbe. Und trotz der Farbe blieb sein Leben ein Schwarz-Weiß-Film.

»Deshalb warst du in dem Laden? Um deine ... deine Flucht zu planen?«, schrie ich ihn an und musste meinen Blick senken, um ihm nicht mehr diese Macht über mich zu geben, die er stets ausstrahlte.

»Ich war da, um dich zu sehen. Meine Güte, ich hätte mir diese Scheißklamotten *überall* besorgen können. Was glaubst du, wieso ich ausgerechnet bei dir war?« Er legte seine Hand an meine Wange, hob meinen Kopf an, damit ich ihn wieder ansah. Aber ihn zu sehen schmerzte mehr als eine aufgeplatzte Lippe. Schmerzte mehr, als das Gefühl der Fingerknöchel, die in mein Gesicht hinabrauschten. Schmerzten mehr, als alles, was ich bisher erleben musste. Wieso ich mich so in die Sache mit ihm hineinsteigerte, wusste ich nicht. Aber so war es. Man konnte seine Gefühle nun mal nicht beeinflussen.

»Was hast du vor? Was tust du, wenn all das vorbei ist? Wirst du weiter für diesen Tyrannen arbeiten?« Mehr als ein Flüstern brachte ich nicht über die Lippen, auch wenn ich so vieles loswerden wollte.

»Nein, wir haben einen Deal. Ich erledige diese Gang in unser beider Interesse. Er macht sich die Hände nicht schmutzig und ich bekomme meine Rache. Danach wird alles vorbei sein.«

Ich versuchte, seinen Worten zu folgen, aber alles, woran ich denken konnte, war sein Fluchtversuch. Er wollte mich im Stich lassen.

»Wenn danach alles vorbei ist, Harvey – wieso willst du dann abhauen? Wieso?« Die Wut kochte wieder auf und ließ das Adrenalin in mir brodeln.

»Es gibt nur noch eine Sache, die ich erledigen muss, Sofia. Nur noch einen Mord, verstehst du?« Er strich sich durch das wüste Haar und holte tief Luft.

»John. John Stevens. Er ist der Kopf des ganzen Gesindels. Sein Tod wird eine verdammte Welle nach sich ziehen. Wenn er tot ist, muss ich so weit weg wie möglich sein. Ich muss verschwinden«, erklärte er mir und die Reue in seinem Blick jagte Schauder über meinen Rücken bis hin zu meinen Zehen. Mein ganzer Körper stand unter Strom.

»Du wusstest also von Anfang an, dass du verschwinden musst?« Meine Frage bedarf keiner Antwort, und ich erwartete auch gar nicht erst, dass er sich die Mühe machte. Sein Nicken war alles, was ich bekam.

»Wieso hast du mich dann in dein Leben geholt? Du wusstest doch, dass du mich eines Tages verlassen musst und alles wegschmeißt«, warf ich ihm an den Kopf und ignorierte, dass sich meine Lunge mit Schmerz füllte. »Soll ich ehrlich sein? Ich weiß es nicht. Und es tut mir leid. Mehr als du ahnst.«

Ich wollte mich gerade zum Gehen wenden und ihn einfach stehenlassen, als er mich an sich zog und meine Hände auf seine Brust legte.

»Wieso bist du an diesem Abend nicht sofort nach Hause gegangen? Wieso, um Himmels willen, musstest du diese Abkürzung nehmen? Du hättest ein schönes Leben haben können. Eines Tages.«

Trauer mischte sich in meine Wut, und ich wusste, dass ich ihn nicht einfach so vergessen konnte.

Dass ich nicht alles, was uns verband, einfach wegschmeißen konnte. Egal, wie weh er mir getan hatte. Wir gehörten zusammen.

»An dem Abend diesen Weg gewählt zu haben, war das Beste, was mir passieren konnte. Lass mich bei dir sein, Harvey. Lass mich dich begleiten.

Ich will ein Teil von dir sein, egal wie abgewrackt dein Leben ist. Lass mich diese Entscheidung allein treffen.« Ich klang völlig verweichlicht und ich wollte nicht, dass er sah, wie schwach er mich machte. Aber wenn ich keine andere Möglichkeit mehr bekam, musste ich diese hier nutzen.

»Und wenn ich dir sage, dass ich dein Untergang sein werde?«

Er strich mir eine Strähne aus dem Gesicht und fuhr die Konturen meiner Wangenknochen nach. Jede Berührung von ihm verdeutlichte mir, wie sehr ich diesen Mann in meinem Leben brauchte. Ich wollte ihn.

»Dann werde ich dir sagen, dass es mir egal ist. Wir zwei gegen den Rest, Harvey.«

In diesem Moment brach ich mein Versprechen Anna gegenüber, aber es war mir egal. Sie wollte, dass ich ihn davon abhielt, diesen Auftrag zu Ende zu bringen. Stattdessen schlug ich mich auf seine Seite. Und es gab nichts, das sich besser anfühlte.

»Auch wenn es heißt, eine irre Kriminelle zu werden?« Unglauben lag in seinem Blick und ich wollte mich ihm in diesem Augenblick der Vollkommenheit hingeben.

Wollte ihn auf dieses Bett zerren und ihn lieben. Ihn dicht an mich pressen und alle Barrieren überwinden.

»Solange wir gemeinsam irre und kriminell sind, wieso nicht? Warum soll ich in meinem Leben versauern, wenn ich das hier haben kann? Den Nervenkitzel? Das Gefühl der Waffe an meiner Haut? Dich an meiner Seite ... wenn ich dich haben kann? Ich bin deine Bonnie«, sagte ich wispernd.

Er sah mich an, als wäre ich lediglich eine Erscheinung und kein lebendiger Mensch, der vor ihm stand. Als wäre ich eine Fata Morgana. Genau das Gefühl, das mich immer beschlich, wenn er vor mir stand. Wenn er mich küsste und mich an jeder Stelle meines Körpers berührte. Wenn er das Feuer löschte, das mich um den Verstand brachte.

»Und ich dein Clyde.«

Mehr sagte er nicht, als er seine Lippen auf meine legte und mich küsste. In diesem Kuss lagen so viele Gefühle. Liebe, Wut, Hass, Verlust, Verlangen, Sehnsucht. Und vor allem ließ mich dieser Kuss zu etwas werden, was ich immer sein wollte. Ich wurde zu etwas Besonderem. Ich war die Frau an der Seite dieses Mannes. Ich war sein Chaos. Und er meines.

18. Der letzte Auftrag

Sie in meine Welt zu lassen war der größte Fehler meines Lebens.
Aber konnte ich diesem Drang, sie in meiner Nähe zu wissen,
widerstehen?

Harvey

»Wo finden wir diesen Kerl?«, fragte Sofia mich, als ich die Tasche auf die Rückbank meines Wagens schmiss und ihr die Tür aufhielt. Sie setzte sich auf den Beifahrersitz, und als ich um den Wagen herumging, fragte ich mich, ob ich das hier ernsthaft durchziehen konnte. Sie in meine Welt zu lassen war der größte Fehler meines Lebens. Aber konnte ich diesem Drang, sie in meiner Nähe zu wissen, widerstehen?

Ich sah sie einen Moment schweigend an, als ich neben ihr Platz nahm und den Motor startete.

»Samuel hat mir die Daten gegeben. Er wird heute Abend allein auf dem Heimweg sein. Ich muss es nur schaffen, mich an seine Fersen zu heften. Auch wenn der Kerl Geld wie Heu hat, treibt er sich ständig in diesen Absteigervierteln herum. Er könnte sich sicherlich eine eigene Villa leisten, aber das wäre zu auffällig. Nördlich von hier befindet sich sein Terrain.« Sofia krallte sich im Türgriff des Wagens fest und stierte aus dem Fenster. Es war noch hell, aber der Himmel war mittlerweile wolkenverhangen, sodass die Welt trüb und dunkel war.

»Und dann wirst du ihn töten? Was passiert danach?«, fragte sie mich in ihrem Tagtraum versunken und ich ließ meine Hand auf ihrem Oberschenkel nieder.

»Wenn ich ehrlich bin, habe ich für das Leben nach diesem Mord keinen Plan. Ich boxe mich immer durch. Irgendwie. Ich habe jahrelang auf diesen Tag hingearbeitet, Sofia. Und dass du dabei bist, reißt alles aus den Fugen. Aber eines musst du mir versprechen.« Endlich schenkte sie mir wieder ihre Aufmerksamkeit und sah mich an.

»Was soll ich tun?«

»Wenn irgendetwas schieflaufen sollte, musst du mir versprechen, zu verschwinden. So schnell du kannst.« Ich konnte sehen, wie schwer sie atmete und am liebsten hätte ich sie auf der Stelle wieder zurück in meine Wohnung geschickt.

»Was soll denn schieflaufen?« Unsicherheit bestimmte ihren Blick. Diese Frau musste meiner Halluzination entspringen. Wer würde sich sonst in diese Scheiße stürzen, nur um mit mir zusammen zu sein? Ich meine, mit mir? Ich war nichts. Alles, was ich konnte, war den Abzug zu drücken. Zu mehr war ich nie imstande. Auch wenn ich als Teenager der festen Überzeugung war, dass ich eines Tages heiraten und Kinder zeugen würde.

Seit dieser Nacht änderte sich alles. Und eines wusste ich ganz genau: Ich wollte keine Familie. Das Gefühl, alles zu verlieren, war zu mächtig für mich.

»Du glaubst nicht, wie viel schieflaufen kann, Sofia. Versprich mir, dass du sofort verschwindest. Ich muss Gewissheit haben.«

Erst als sie mir ihr Versprechen gab und dieses Versprechen mit einem Kuss besiegelte, setzte ich den Wagen in Bewegung und steuerte den Norden an. Ein allerletztes Mal. Hoffentlich.

***

Als wir die Hälfte der Strecke hinter uns gebracht hatten, begann es wie aus Eimern zu gießen. Die Tropfen prasselten auf die Frontscheibe nieder, und es war so dunkel geworden, dass man meinen könnte, es wäre mitten in der Nacht.

»Wie weit ist es noch?«

Nervös spielte sie mit dem Saum ihres Oberteils und starrte hinaus in den Regen. Ich bog in eine schäbige Wohngegend ab und parkte etwas abseits, damit wir keine Aufmerksamkeit auf uns zogen.

»Na ja, wir sind da«, sagte ich kühl und musste mich einen Moment sammeln. Bevor ich den Mut fasste, den Wagen zu verlassen, zog ich sie noch einmal an mich.

»Du bleibst hier sitzen und du wirst, unter keinen Umständen, diesen Wagen verlassen. Diese Gegend ist nicht sicher, und ich könnte es nicht ertragen, wenn dir etwas passieren würde«, gestand ich ihr und legte meine beschissenen Gefühle offen.

Sie strahlte mich an, doch dieses Lachen war gespielt. Sie war genauso angespannt wie ich. Ob sie es bereits bereute, sich für mich entschieden zu haben? Sie sollte es auf jeden Fall.

Ihre Entscheidung war nicht nur lebensmüde, sondern völlig verrückt. Aber gerade weil sie so verrückt nach mir war, konnte ich meine Finger nicht von ihr lassen.

»Ich werde hierbleiben und auf dich warten. Immer«, flüsterte sie an meinem Hals, und bevor ich den Schwanz einziehen und kneifen konnte, stieg ich aus und ließ sie zurück. Allein. Verängstigt. Verstört.

»Nur noch einmal, Jacobsen«, sprach ich mir selbst Mut zu, als ich das heruntergekommene Eckhaus ansteuerte, das heute mein Ziel sein sollte.

In diesem Viertel kamen jeden Abend Menschen ums Leben, aber kein Tod würde solch eine Lawine auslösen, wie ich an diesem Abend. John Stevens war in der ganzen Stadt bekannt, auch wenn man ihm seine kriminellen Machenschaften nie nachweisen konnte.

Zig Vergewaltigungen, Mädchenhandel, Morde, Missbrauch, Drogendeals. Das waren nur einige von den Punkten, die bei ihm auf der Tagesordnung standen. Wenn man etwas Kriminelles besorgen wollte, war er die Anlaufstelle Nummer eins.

Mein Herz polterte in meiner Brust, als ich durch den Regen zu seinem Haus rannte. Die Straßenlaternen waren kaputt, nur eine einzige leuchtete hin und wieder auf, sodass ich mich auf den Weg konzentrieren konnte.

Mit einem Griff überprüfte ich, ob sich die Knarre auch an der Stelle befand, an der ich sie zuletzt platziert hatte. Als ich sie in meinem Holster fühlte, entspannte ich mich.

Auch wenn der Kerl gefährlich war, so hatte ich an diesem Abend die Kontrolle über ihn. Er wusste nicht, wer ich war. Wusste nicht, wer seine Marionetten nach und nach ausgerottet hatte.

Er hatte keinen blassen Schimmer, dass wir noch existierten. Dad hatte immer alles darangesetzt, uns Kinder vor ihm zu verschweigen. Und er war gut darin. Sehr gut sogar.

Diese Unwissenheit musste ich für mich ausnutzen. Sie machte diesen Kerl schwach. Schwächer, als ich je sein könnte. In den letzten Jahren lernte ich, was es hieß, zu pokern.

Zu bluffen. In diesem Moment brauchte ich nicht zu bluffen. Ich konnte ihm sagen, wer ich war. Konnte ihm lachend ins Gesicht sehen, während ich ihm das Leben entzog.

Sein Blut würde mich endlich erlösen. Von dem Zwang, der in meiner Brust herrschte. Ich wusste, dass ich keine Ruhe finden würde, wenn ich meinen Auftrag nicht zu Ende brachte.

Als ich das Haus erreichte und ich die Lichter eines alten Mustangs sah, der am Straßenrand parkte, hielt ich instinktiv die Luft an. Die Fahrertür wurde geöffnet und ein Kerl in Lederjacke stieg aus. John Stevens trug sonst stets Anzüge, außer wenn er in diesem Drecksviertel unterwegs war. Hier war er nur einer von vielen.

Er blieb im Hintergrund, tarnte sich. Aber ich wusste, dass er es war. Seine Schritte wurden lauter. Die Pfützen, durch die er stampfte, plätscherten passend zum prasselnden Regen.

Und dann lief er an mir vorbei, ohne mich zu bemerken. Ich heftete mich an seine Fersen und als er sich ruckartig zu mir umdrehte, zückte ich die Waffe und donnerte sie mit aller Kraft gegen seine Schläfe. Wie ein nasser Sack fiel er vor mir auf die Knie, landete in einer dreckigen Pfütze.

Als die Laterne über uns erneut flackerte, erkannte ich ihn. Er sah bei Weitem älter aus als in dieser Nacht. Das damals noch blonde Haar war mittlerweile grau und Falten umrahmten seine Augen. Augen, die schon so viel Dinge haben sehen müssen.

Lippen, die so viele tödliche Nachrichten überbrachten. Hände, an denen mehr Blut klebte, als bei einer Mafia. Dieser Mann war der Teufel höchstpersönlich.

»Wer bist du?«, fragte er mich barsch und wollte sich gerade aufrappeln und sich das Blut von der Stirn wischen, als ich ihn mit einem Ruck zurück zu Boden schubste. Er hatte keine Angst vor mir. Solche Männer verspürten so etwas wie Angst nicht. Nie. Aber ich wusste, dass er sich dem Ernst der Lage durchaus bewusst war.

»Es ist witzig, dass du keine Ahnung hast, wer ich bin«, säuselte ich, während ich nach der perfekten Stelle seines Körpers suchte, die ich zuerst durchschießen würde. Sollte ich mit seinen Kniescheiben anfangen und mich dann zu seiner Brust hocharbeiten? Oder sollte ich direkt auf seine Brust zielen und sein elendiges Herz zum Stoppen bringen?

»Ich habe Geld. Sag mir, was du brauchst, und dann verpiss dich«, zischte er und lachte mich schäbig an. Immer dieselbe Masche, die diese Mistkerle abzogen. Langsam langweilte es mich, dass niemand einen neuen Spruch auf Lager hatte, um seinen Kopf aus der Schlinge zu ziehen. Die Menschheit war so einfallslos geworden.

»Ich brauche dein Geld nicht. Ich will nur eines. Dass du dir mein Gesicht einprägst, bevor ich dein Hirn auf dem Asphalt verteile«, knurrte ich und lud die Waffe.

Die Macht, die mich jedes Mal überkam, machte sich wieder in meinen Venen breit.

Niemand hörte uns, niemand sah uns. Abermals flackerte das Licht über uns und als er mein Gesicht musterte, schien ihm ein Licht aufzugehen.

»Dein Gesicht ...«

»Was ist damit? Kommt es dir bekannt vor?«, hakte ich zynisch nach und suchte immer noch nach dem perfekten Ende für dieses bedeutungslose Leben.

»Ja. Ich weiß nur nicht, woher.« Er wollte sich zur Seite rollen, doch ich trat ihm so stark in die Rippen, dass er sich keuchend im dreckigen Pfützenwasser krümmte.

»Nun sag schon, wer zum Teufel du bist!«, giftete er mich an.

»Erinnerst du dich noch an George? Der gute alte George, der dir immer den Hintern abgewischt hat? Deine Marionette? Erinnerst du dich, hm?«

»George?«, fragte er mich mit gerunzelter Stirn und hustete Blut, das sich auf dem Asphalt verteilte.

»Vielleicht erinnerst du dich wieder an ihn, wenn du an seinen Tod denkst? Oder daran, wie du meine Schwester vergewaltigt hast, bevor du ihr die Birne weggeknallt hast?« Der Hass in meinem Inneren nahm neue Dimensionen an. Wie aus dem Nichts begann John unter mir zu lachen. Er konnte gar nicht mehr aufhören.

»Ich wusste doch, dass da noch jemand sein musste. Hey Kleiner, es tut mir wirklich leid, was ich euch antun musste, aber es ging nicht anders. Dein Vater wusste, worauf er sich einließ.«

Noch immer hallte sein hässliches Lachen durch die Luft, und ich trat ihm mit meinen Stahlkappen ins Gesicht, bis sein Kiefer knackte. Auch wenn er noch etwas sagen wollte, so kam er nicht mehr dazu. Das Blut strömte aus seinen Mundwinkeln und bedeckte seinen ganzen Hals, vermischte sich mit dem sauren Regen.

»Mach schon, Jacobsen. Drück den Abzug.« Das Blut gurgelte in seiner Kehle, bevor er weitere Worte durch seinen gebrochenen Kiefer rauspresste.

»Darauf wartest du doch schon ewig, oder? James, Victor, Zac? Du hast sie alle auf dem Gewissen, nicht wahr?« Ich konnte seine Worte kaum entziffern, weil er sich abmühte, deutlich zu sprechen.

Da ich seine Anwesenheit nicht mehr ertragen konnte, beschloss ich, das Problem auf schnellem Weg zu lösen.

Ich richtete die Waffe direkt auf seinen Kopf, während ich sein geschundenes Gesicht musterte. Ihn zu sehen schleuderte mich wie eine Zeitmaschine zurück in die Vergangenheit.

Ich fühlte mich wie der kleine zwölfjährige Junge, der im Kleiderschrank saß und dabei zusehen musste, wie seine eigene Schwester zu Tode missbraucht wurde.

Tränen drängten sich in meine Augen, die man dank des Regens nicht erkennen konnte.

Ich legte meinen Finger an den Abzug und zählte innerlich bis drei. Auch wenn ich es nicht mehr tun wollte. Nie mehr. Dieses Mal war es anders. Es würde das Ende bedeuten.

Eins. *Drück einfach den Abzug, Jacobsen!*

Zwei.

»Jetzt schieß endlich, verdammt!«, spuckte John blutig aus, während er sich vor Lachen den Bauch festhielt. Dieser Kerl hatte keinen Überlebenswillen.

Drei. *Schieß, Jacobsen. Jetzt tu es endlich.* Doch ich konnte nicht. Die Blockade, die in mir heranwuchs, war zu mächtig. Zu stark. Zu kraftvoll.

Was war nur los mit mir? Seit jener Nacht wartete ich auf diesen Moment. Den Augenblick, an dem ich endlich abschließen konnte. Frieden finden konnte. Aber es ging nicht. Etwas in mir schrie mich an, ich sollte dem endlich ein Ende setzen, aber die andere Seite in mir hielt mich davon ab. Warum zog ich den Schwanz ein? Gerade jetzt? Allein dieser Tag zählte. Er sollte meine Erlösung sein ... Meine Wut sollte an diesem Abend ein Ende finden. Aber es ging nicht.

Ich verpasste dem Kerl vor mir einen letzten Tritt in die Fresse, bevor ich mich umdrehte und zurück zum Wagen lief. Zurück zu ihr. Ich hatte ein neues Ziel. Und das trug ihren Namen.

19. Der Neuanfang

*»Ich vergesse meine Prinzipien, Sofia. Ich vergesse, was mir wichtig war.
Und vor allem vergesse ich dabei eines: Mich. Für dich.«*

Sofia

Ich griff nach den Taschentüchern, tränkte sie in den Alkohol, der auf dem Tisch stand, und tupfte damit über seine Wunde. Seine Lippe war wieder aufgerissen und blutete unaufhörlich. Seit wir zurück waren, sprach Harvey kein Wort mehr. Er saß einfach nur vor mir, starrte durch mich hindurch, anstatt mich anzusehen, und wenn ich ehrlich war, jagte er mir höllische Angst ein.

»Redest du nicht mehr mit mir?«, fragte ich zögerlich und ließ das blutige Taschentuch auf den Tisch fallen. Ich setzte mich neben ihn auf die Lehne und zog seinen Kopf in meine Richtung. Doch auch jetzt sah er mich nicht, als wäre ich gar nicht hier. Was hatte dieser Abend nur mit ihm angestellt? Ich hätte von Beginn an auf Anna hören sollen. Hätte ihm diese Aktion aus dem Kopf schlagen müssen. Es war falsch.

»Harvey, sprich mit mir!« Ich musste mich zügeln, nicht alle Dämme zu brechen und an ihm zu rütteln.

Wenn er so verstört vor mir saß, sah ich nichts mehr von dem starken Mann, der er einst war. Er war verschwunden.

»Ich weiß nicht, was du hören willst, Sofia!« Er schubste mich zur Seite und stand auf. Auch wenn mich sein Wutausbruch auf den Boden der Tatsachen ziehen sollte, tat er es nicht.

»Ich will wissen, was dieser Mord mit dir angestellt hat. Was du fühlst. Du musst mit mir reden!« Er lachte so laut auf, dass ich kurzweilig zusammenzuckte.

»Welcher Mord, verdammt? Es gab keinen Mord!«, giftete er mich an und ich verstand die Welt um mich herum nicht mehr. Was sagte er da? War er nun völlig übergeschnappt?

»Was meinst du damit? Natürlich gab es diesen Mord! Es zu verleugnen bringt nichts! War das hier nicht genau das, was du die ganze Zeit wolltest?«, fragte ich ihn heiser und stand auf, um mich vor ihn zu stellen. Harvey griff nach dem Whiskeyglas und schleuderte es durch den Raum, sodass es an der Fensterscheibe zersprang.

»Ja, Sofia, ja! Genau das wollte ich! Seit Jahren warte ich auf die Erlösung, verstehst du? Dass ich diesem Kerl die Birne wegpusten kann, um mich zu rächen! Aber ... ich konnte es nicht.« Mit jedem Wort wurde er ruhiger. Sein Zorn ebbte ab.

»Du konntest es nicht?« Ich sah ihn fragend an.

»Ich wollte es. Mehr als alles andere. Aber als er vor mir lag ... es ging nicht. Er lebt noch. Und ich Idiot habe meine einzige Chance vertan, jemals damit abzuschließen.«

Ich ging auf ihn zu, nahm sein Gesicht in meine Hände und küsste ihn. Wieso ich den Drang dazu verspürte, konnte ich mir selbst nicht erklären. Aber ich wollte das hier. Jetzt. Mit ihm.

»Wieso hast du es nicht getan?«, wisperte ich an seinen Lippen und schüttelte ungläubig den Kopf. Ich verstand nichts mehr, fühlte mich wie unter Wasser gefangen. Meine Gefühle, mein Schmerz, mein Verlangen. Alles stumpfte ab.

»Ich weiß es nicht. Vielleicht machst du mich zu einem besseren Menschen«, warf er in den Raum. Ich verspürte ein wohliges Ziehen in meiner Brust, als ich seine Worte verinnerlichte.

»Ich verstehe nicht …«, stammelte ich benommen. Ich fühlte mich high. High von ihm.

»Ich vergesse meine Prinzipien, Sofia. Ich vergesse, was mir wichtig war. Und vor allem vergesse ich dabei eines: Mich. Für dich.« Ich sah ihm an, dass ihm dieses Geständnis peinlich war. Es verlangte alles von ihm ab. Als ich dieses Mal Tränen in meinen Augen spürte, waren es Freudentränen. Ich wusste gar nicht mehr, wie es sich anfühlte, Glück zu empfinden. Bis jetzt.

»Was habe ich an mir, was andere nicht haben?«

»Soll ich ehrlich zu dir sein? Ich könnte eintausend Dinge an dir und deinem Körper aufzählen, die wunderschön sind. Aber das ist es nicht, was mich an dir fasziniert.«

»Was ist es dann?« Mehr als ein ersticktes Flüstern brachte ich nicht zustande. Als Harvey seine Hand in meinen Nacken legte und die andere Hand auf meiner Taille platzierte, vergaß ich sowieso alles andere.

»Ich habe verflucht noch mal keinen Schimmer, Sofia. Und genau das ist es. Ich sehe dich an und muss nicht erst danach suchen. Es ist einfach da.«

Ich griff in sein Haar, sprang ihm stürmisch in die Arme, und schlang meine Beine um seine Hüften. Unsere Münder fanden einander, obwohl es stockfinster war. Seine Zunge drang erst zaghaft, dann fordernd in meinen Mund ein. Als ich seine herbe Note einatmete, befürchtete ich, in Ohnmacht zu fallen. Er machte mich abhängiger als es eine Droge je schaffen könnte.

»Das ist romantisch, Harvey«, wisperte ich zwischen unseren Küssen, woraufhin er sich räuspernd von mir löste.

»Ich bin ein Killer, Sofia. Normalerweise haben Killer keine romantische Ader.« Das Grübchen, das stets auf seiner Wange entstand und ihm die Härte aus dem Gesicht nahm, brachte mich abermals um den Verstand.

»Normalerweise«, sprach ich ihm nach und hauchte ihm einen Kuss auf den unversehrten Mundwinkel.

»Aber wir sind nicht normal, oder?«, fragte ich ihn schmunzelnd und küsste ihn erneut. Dass ich sein Blut schmecken konnte, war mir vollkommen egal. Ich konnte meine Sehnsucht nach ihm nicht stoppen, und als ich spürte, dass sich mein Unterleib genussvoll zusammenzog, stöhnte ich heiser auf.

»Wir müssen verschwinden, das weißt du, oder?« Er holte mich zurück ins Hier und Jetzt – zurück in die Wirklichkeit. Ich hatte keinen Gedanken daran verschwendet, wie es weitergehen würde, wenn ich ihm folgte.

Ich würde Belle und Lenny verlassen müssen. Und vor allem konnte ich ihnen nicht einmal den Grund verraten. Sie würden mich hassen, das wusste ich. Aber sollte ich deshalb auf mein Glück verzichten? Lieber lebte ich mit Harvey in Angst und in dem Wissen, vielleicht am nächsten Tag zu sterben, als in meinem ätzenden Leben hier gefangen zu bleiben.

Ich war Sklavin meiner eigenen Normalität geworden. Und ich hasste es, normal zu sein. Auch wenn es verrückt war, würde ich diesem Mann bis ins Gefängnis folgen. Aber eine Frage brannte mir auf der Zunge, die ich nicht länger zurückhalten konnte.

»Was ist?«, wollte er wissen und ich erkannte, dass er befürchtete, ich würde ihn hier zurücklassen.

»Wenn ich mit dir gehen soll, musst du mir eine Frage beantworten«, sagte ich leise, aber dennoch laut genug, dass er mich verstand.

»Alles.«

»Liebst du mich?« Ich spürte, dass sein Körper verspannte, und ich fürchtete mich bereits jetzt vor der

Antwort. Harvey trug mich zurück zur Couch und presste mich in den kühlen Stoff. Sein Mund war meinem so nah, dass ich jeden Atemzug auf mir spüren konnte, als wäre es mein eigener.

»Ich weiß es nicht. Aber das, was ich für dich empfinde, geht weit über dieses eine, unbedeutende Wort hinaus. Also nein, ich liebe dich nicht, Sofia. Das ist mehr.« Mein Puls raste und mit jedem Wort, das er laut aussprach, verdoppelte sich die Geschwindigkeit meines Herzschlages.

»Gut. Ich liebe dich nämlich auch nicht«, antwortete ich ihm kess und dann griff ich nach dem Kragen seines Pullis und zog ihn zu mir herab. Er knabberte an meinem Ohrläppchen, arbeitete sich weiter nach unten vor und ich presste meine Beine wieder einmal zusammen, um das süße Verlangen zu stillen, das niemand außer ihm stillen konnte.

Als er an meinem Dekolleté ankam, zog er den Stoff herunter und massierte meine Brustwarzen. Sofort stellten sich alle Härchen an meinem Körper auf und ich seufzte wohlig.

Wie ich es schaffte, mich nach all dem, was uns bevorstand, fallenzulassen, wusste ich nicht. Die einzige Erklärung war, dass ich nicht mehr Herr meiner Sinne war. Uns lag eine Zukunft bevor, die alles mit sich bringen konnte. Nervenkitzel, Angst, Flucht, Abenteuer, Sex. Das Leben. Den Tod.

Auch wenn es die dümmste Entscheidung meines Lebens sein würde, würde ich sie nicht bereuen. Ich glaubte schon immer daran, dass es zu jedem Menschen auf der Welt das perfekte Gegenstück gab. Ich hatte innerhalb weniger Tage meinen Seelenverwandten gefunden. Und dafür ließ ich gern alles andere hinter mir.

»Wirst du mich begleiten?« Seine Frage traf mich unverhofft, und ich wollte seine Worte erst mit einem Kuss stoppen, damit er nicht aufhörte, mich überall an meinem Körper zu küssen. Aber ich wusste, wie wichtig ihm diese Antwort war.

»Immer.«

20. Alles nur aus Liebe?

In diesem Moment ließ ich alles hinter mir und rannte meinem neuen Leben mit offenen Armen entgegen. Rannte ihm entgegen. Dem Mann, der draußen im strömenden Regen auf mich wartete. Der darauf wartete, mich in seine Welt zu lassen.

Sofia

Belle,

weißt du, woran ich gerade denken musste? An unser erstes Zusammentreffen. Mein Gott, war ich nervös, als ich den Aushang am Schaufenster der Boutique gesehen hatte. Ich wusste nicht, wohin es mich verschlagen würde, von zuhause auszubrechen. Wusste nicht, was mit mir passieren würde. Und da warst du. Du standst hinter der Kasse mit deinem damals noch grünen Haar und hast Löcher in die Luft gestarrt.

Und dann hast du mich angesehen. Es war, als konnte ich aus deinem Gesicht ablesen wie aus einem Buch. Dir war langweilig, mindestens genauso langweilig wie mir. Nur mit dem Unterschied, dass ich diese Langeweile mein ganzes Leben lang mit mir herumschleppen muss.

Du wusstest von Anfang an, dass ich mehr brauche. Mehr Abenteuer, mehr Action, mehr Leben. Mehr Herausforderungen. Für eine Weile dachte ich, dass ich mich mit diesem Leben, in das ich gerutscht war, abfinden könnte. Dass es mir nichts mehr ausmachte, in diesem schäbigen Keller zu arbeiten ... dass es mich erfüllen würde.

Aber so war es nicht. War es nie. Das Einzige, das mich am Leben gehalten hat, wart ihr. Glaub mir, ohne euch hätte ich all dem längst ein Ende gesetzt. Ihr habt mir jeden Tag versüßt.

Umso schwerer fällt es mir, dir jetzt diese Worte zu schreiben. Dir zu sagen, dass ich ... gehen muss. Weg muss. Ich will ausbrechen. Ich will leben.

Du bist nicht nur die beste Freundin und Schwester, die ich nie hatte, nein. Du bist meine Seelenverwandte. Die Person, mit der ich lachen, weinen, schreien kann. Fühlen kann. Der Mensch, dem ich alles anvertrauen kann. Zumindest konnte ich es ... bis jetzt.

Seit einigen Tagen entwickelt sich mein Leben in eine komplett andere Richtung und ich will nicht behaupten, dass Harvey unschuldig daran ist. Im Grunde genommen ist er es, der mir die Augen geöffnet hat, ohne dass ich wusste, blind durchs Leben gelaufen zu sein. Seit ich ihn kenne, kann ich nicht mehr ehrlich zu dir sein, und wenn ich wenigstens noch einmal die Wahrheit sagen will, dann ist es diese: Es schmerzt mich, dich anzulügen. Schmerzt mich, dass ich mich nicht von dir trösten lassen kann. Es fehlt mir, dass du mir sagst, eines Tages würde alles besser werden. Dass ich nicht immer unglücklich sein werde.

Ich liebe dich. Ich liebe Lenny. Ich liebe euch.

Aber da wäre noch er. Und er gibt mir etwas, das ich hier nicht finden kann.

Er gibt mir die Luft zum Atmen zurück. Das Adrenalin, das mein Herz poltern lässt. Er macht mich stark und zur selben Zeit unsagbar schwach. Aber ich weiß nur eines: Auch, wenn es völlig irrsinnig ist, bin ich diesem Mann verfallen. Das war ich seit der ersten Sekunde.

Du sagtest immer, dass du mich glücklich sehen willst. Jetzt bin ich glücklich. Auch, wenn es heißt, gehen zu müssen. Vermiss mich, wenn ich weg bin. Trauere mir hinterher, ruf mich an, schreibe mir, denk an mich. Aber bitte, bitte ändere dich nicht. Verliere nicht deine Lebensfreude, deinen Mut, deine Stärke, deinen Sinn zu lieben.

Wir werden uns wiedersehen. Bald. Und vielleicht kann ich dir eines Tages wieder in die Augen sehen und mir selbst versprechen, dass ich ehrlich zu dir bin. Vielleicht ...

Ich danke dir für die letzten Jahre, die mein ätzendes Leben bereichert haben. Ihr zwei habt mir eine kleine Ewigkeit geschenkt ...

In Liebe,
Sofia

Tränen tropften auf das weiche Briefpapier, als ich den Stift beiseite legte und den Brief zusammenfaltete. Mein Herz schlug wieder einmal viel zu schnell. Ich saß am Küchentisch, der Mond schien durch das Fenster und ich prägte mir jede Einzelheit in diesem Raum ein. Alles.

Mit wackeligen Schritten ging ich zum Kühlschrank und betrachtete die zahlreichen Fotos, die an ihm befestigt waren und unser Leben in den buntesten Farben zeigte.

Wehmütig strich ich über ein Bild, das mich immer selig lächeln ließ, wenn ich es sah. Belle, Lenny und ich hatten uns gerade erst kennengelernt und eine Pyjama-Party zum Einstieg unseres WG-Lebens veranstaltet.

Ich entfernte den Magneten, heftete ihn an eine freie Stelle und nahm das Bild ab, um es noch einen Moment stumm zu betrachten. Belles Lächeln war so echt. Lennys ebenso. Und auch wenn ich in dieser Nacht glücklich war, fehlte etwas in meinem Blick. Ich war nicht vollständig. Sie schon. Harvey machte das aus mir, was Belle aus Lenny und Lenny aus Belle machte.

Ich faltete das Bild sorgsam und steckte es in meine Jeanstasche, bevor ich zurück zum Tisch ging und den Brief in die Hand nahm. Es brach mir das Herz, zu wissen, nie wieder in dieser Küche zu sitzen. Nie mehr gemeinsam zu Abend zu essen oder das Wochenende miteinander zu verbringen. Aber ich hatte meine Entscheidung, wenn ich ehrlich war, schon längst gefällt. Ich wollte bei ihm sein. Auch wenn es dieses Opfer mit sich bringen würde. Leise schlich ich mich über den Flur und huschte in ihr Zimmer.

Die beiden lagen im Bett, in die Decke gekuschelt und schliefen tief und fest. Dieses Bild, das sich in meine Netzhaut brannte, war schön und verstörend zugleich. Ich würde sie ziehen lassen. Ich würde mich ziehen lassen. Endlich das tun, was ich jahrelang tun wollte. Leben, wie ich leben wollte, nicht wie es die Norm war. Lieben, wie ich lieben wollte. Ohne Grenzen. Ja, Harvey und ich waren grenzenlos. Waren gefühlvoll. Waren ... gefährlich.

Ich schritt an das Bett heran und sah auf die beiden wichtigsten Menschen meines Lebens hinab. Belles Haar stand in verschiedene Richtungen ab und ihr Mund stand einen kleinen Spalt offen. Lenny umklammerte sie so fest, dass sie kaum Luft bekommen musste. Man sah, dass diese beiden Menschen genau das hatten, wonach ich jahrelang gesucht hatte. Das, was ich nie gefunden hatte. Weil es niemanden gab, der mich verstand, der mich zum Explodieren brachte.

Ich strich sachte durch Belles Haar, fuhr über ihren Wangenknochen und unterdrückte mein Schluchzen. Schwer atmend nahm ich den Umschlag, in dem mein Brief steckte, und legte ihn auf ihren Nachttisch. Belle zuckte kurz zurück, als ich nach dem Saum der Decke griff und über sie legte. Aber ich wusste, dass sie nicht wach werden würde. Sie schlief wie Dornröschen. Mein Dornröschen.

Weitere Tränen flossen über meine Wangen, als ich mich herunterbeugte und beiden einen Kuss auf die Stirn hauchte.

Und dann ... dann drehte ich mich um und verließ die Wohnung. Für immer. In diesem Moment ließ ich alles hinter mir und rannte meinem neuen Leben mit offenen Armen entgegen. Rannte ihm entgegen. Dem Mann, der draußen im strömenden Regen auf mich wartete.

Der darauf wartete, mich in seine Welt zu lassen. Und mich hoffentlich nicht wieder fallen ließ. Er sollte mich halten, bei mir sein, mich berühren. Nichts wollte ich lieber als das ...

***

»Wir werden was?« Ich klang schrill und ich sah ihn an, als wäre er nicht real. Meinte er das wirklich ernst?

»Ohne Geld kommen wir nicht weit, Sofia.« Wir saßen in seinem Wagen, irgendwo im Nirgendwo. Es war tief in der Nacht, alles war dunkel und wir saßen einfach nur da.

In einigen Metern Entfernung erleuchtete das flackernd grüne Licht einer Billigtankstelle.

»Aber ... aber ...« Konnte ich eigentlich noch ganze Sätze formulieren oder war mein Sprachzentrum völlig hinüber?

»Aber was, Sofia? Hör zu, du musst mit mir reden! In Sätzen«, neckte er mich, und ich konnte kaum glauben, wie seelenruhig er neben mir saß. Natürlich war mir klar, dass Harvey viel schlimmere Dinge in seinem Leben getan hatte.

Aber als ich einen Blick durch die Scheiben der Tankstelle warf und die ältere, rundliche Frau in den Fünfzigern sah, wurde mir übel. Ich wollte Harvey. Aber wollte ich auch das hier?

»Die Frau sieht so nett aus«, jammerte ich und versenkte meinen Kopf in die Hände. Doch nichts half gegen dieses ungeheure Gefühl in meinem Magen. Alles rebellierte.

»Wir werden ihr nicht wehtun, Sofia. Wir gehen einfach nur da rein und...« Er sprach nicht aus und ich schielte ihn durch meine gespreizten Finger hindurch an.

»Und werden ihr eine Knarre an den Kopf halten.« Dass ich es laut aussprach, machte das Poltern meines Herzens nicht gerade angenehmer.

»Sofia?« Immer wenn er meinen Namen aussprach, klang es wie Musik in meinen Ohren. Wieso erkannte ich nicht früher, wie schön diese Melodie war? Doch auch wenn ich ihm antworten wollte, gelang es mir nicht.

Das Wasser, das mich gefangen hielt, erdrückte mich mit aller Macht.

Als wäre alles vorbei. Ich schüttelte vor lauter Panik den Kopf und verscheuchte dieses schlechte Gewissen, das mich plagte. Dabei hatte ich doch noch gar nichts getan!

»Sofia, hey, Sofia!« Harvey schlang seine Arme um mich und zog mich über die Mittelkonsole zu ihm herüber.

Ich setzte mich auf seinen Schoß, und als ich ihm in diese tiefgrünen Augen sah, beruhigte ich mich.

»Willst du das hier?«

»Ich weiß es nicht«, gestand ich ihm scheu und senkte die Lider.

»Du kannst jederzeit gehen. Dreh um, geh. Aber bitte – ich kann nicht dabei zusehen, wie du dich quälst, weil du bei mir bist. Ich kann nicht hierbleiben. Samuel wird mich suchen und er wird mich finden, ebenso wie John. Es geht nicht anders«, versuchte er sich zu erklären. Weil ich den Ernst seiner Lage bis eben nicht verstand, legte ich ihm meinen Finger auf die Lippen.

»Ich weiß, Harvey. Und ich will das. Aber ich bin nun mal nicht als Kriminelle geboren. Gib mir eine Minute«, bat ich ihn mit erstickter Stimme und lehnte meinen Kopf an seinen. Sein erfrischend minziger Atem schlug mir ins Gesicht und ich sog den Duft ein, um mich und meinen Körper von der Anspannung zu befreien.

Ich wollte wieder frei sein.

»Bereit?«, fragte er mich nach einer kurzen Pause, und als ich ihm dies atemlos versicherte, stülpte er mir die schwarze Maske über, die mein Gesicht komplett verdeckte. Alles, was man noch sehen konnte, waren meine Augen. Mein Atem schlug gegen den dünnen Stoff, und ich erzitterte erneut. Sekunden später war auch Harvey getarnt. Seine Augen kamen unter dem dunklen Stoff noch stärker zur Geltung, und ich wollte ihn küssen, bis mir auffiel, dass es nicht ging.

»Wir ziehen das gemeinsam durch, okay? Wir zwei gegen den Rest, das waren deine Worte, oder?« Die Maske dämpfte den harten Klang seiner Stimme ein wenig ab und ich nickte stürmisch.

Und mit diesem Nicken riss Harvey die Tür auf und hob mich aus dem Wagen. Der kühle Wind legte sich um meine bis zum Zerreißen gespannten Muskeln und dann trat er neben mich.

Ich folgte ihm, auch wenn ich nicht wusste, wieso ich es tat. Unsere Stiefel ratschten über die Kieselsteine, hallten in der Stille der Nacht wider, und als wir die Tankstelle erreichten und einen letzten prüfenden Blick nach hinten warfen, stürmten wir rein.

Sobald die Frau hinter der Kasse uns entdeckte, ließ sie die Kippenschachteln, die sie gerade ins Regal räumen wollte, fallen und schrie. Sie schrie so laut, dass mir dieses Geräusch durch Mark und Bein ging.

Harvey stürmte zur Kasse, zückte seine Knarre und zielte auf die Brust dieser Frau.

Dieser armen, unschuldigen Frau. Einer Frau, die vermutlich Kinder hatte, die Zuhause auf sie warteten. Eine Frau, die hier ackern musste, um sich die Miete zu leisten.

Ich stand hinter ihm, und als er auf mich hinabsah und mir zuzwinkerte, entspannte ich mich. Niemand würde zu Schaden kommen. Diese Frau würde keine Schmerzen empfinden. Mit einem Ruck zückte auch ich meine Waffe und deutete damit auf die Kasse.

»Raus mit dem Geld«, schrie Harvey, und ich musste schmunzeln, als ich daran dachte, wie er auf diese Frau wirken musste. Dabei war er so anders, als es den Anschein erweckte. Die Frau griff mit zitternden Händen nach dem Schlüssel der Kassette, und als sie es panisch öffnete und uns die Scheine auf den Tresen legte spürte ich etwas in mir. Ein Gefühl wuchs in mir heran, das ich nicht in Worte fassen konnte? War es Macht? War es Stärke? War es ... Ja, was zum Teufel war das?

Die Waffe fühlte sich viel zu gut auf meiner Haut an. Viel zu präsent, viel zu real, viel zu richtig. Harvey griff nach dem Geld, während ich weiterhin die Brust dieser Frau anvisierte.

Ihre eisblauen Augen waren von Falten umgeben, ihre Mundwinkel verrieten mir, dass sie es liebte, zu lachen. Sie war glücklich. »Hände hoch«, befahl Harvey ihr, und wie aufs Stichwort verschränkte die Frau ihre Hände hinter dem grauen Haarschopf. Tränen rannen über ihre von der Zeit gezeichneten Haut und landeten auf ihrem lachsfarbenen Pulli.

»Bitte tun Sie mir nicht weh. Mehr Geld habe ich nicht«, wimmerte sie, und ich ignorierte, wie gern ich diese Frau in den Arm nehmen und trösten würde. Wie gern ich ihr versichern würde, dass es vorbei sein würde. Gleich. Dass nichts hiervon real war. Wir lebten in einer Show und das hier, das war das große Finale. Am nächsten Morgen würde sich niemand mehr daran erinnern, was hier passiert war. Oder?

Harvey sammelte auch die letzten Scheine auf und deutete mit der Knarre auf den Ausgang.

»Renn!«, schrie er mich an und wie auf Knopfdruck rannte ich. Dem Ausgang entgegen. Dem Auto entgegen. Und als wir den Wagen erreichten, Harvey die Tür aufriss und mich reinscheuchte, stoppte mein Herzschlag. Er setzte einfach aus. Als ich die Knarre zu Boden fallen ließ und Harvey für einen letzten Kuss an mich zog, war diese Welt perfekt. Diese Nacht war perfekt. Ebenso wie wir.

21. Ein Zeichen für die Ewigkeit

Ich wollte sie unter meiner Haut tragen. Ab heute. Für immer.

Harvey

»In was hast du dich jetzt wieder geritten, Jacobsen?« Rick kannte mich schon seit etlichen Jahren und er wusste, dass ich wieder Mist gebaut hatte. Gab es überhaupt einen Tag, an dem ich etwas richtig machte? Sicher nicht. Ich hatte ihn extra hierhergelockt, damit wir nicht ins Visier der Bullen gerieten. Schließlich musste die Frau aus der Tanke bereits längst die Cops verständigt haben. Ich winkte mit der Hand ab und deutete auf seine Tasche, die er auf dem Tisch abstellte. Wir befanden uns in einer kleinen Hütte, abseits der Stadt. Weit und breit gab es nichts außer uns und die Landschaft. »Nichts Schlimmes. Nur ´ne Tankstelle.«

»Hey, ich habe dir doch gesagt, dass du immer zu mir kommen kannst, wenn du Geld brauchst.« Murrend öffnete er die Tasche und zückte die Maschine. Sofia stand am Fenster und starrte wie versteinert auf die verlassenen Straßen. Seitdem wir die Tankstelle verlassen hatten, war sie ungewohnt ruhig, und ich befürchtete, dass sie sich mehr zumutete, als ihr guttat. Vielleicht hatte ich mich auch in ihr getäuscht und sie war nicht die Richtige hierfür. Doch verdammt, das war sie! Ich hatte es bereits bei unserer ersten

Begegnung gespürt. Sie war anders. Und ich liebte dieses Anders.

»Ich brauchte mehr, Rick. Lass es gut sein. Wir haben niemanden verletzt, okay? Und jetzt – wollen wir anfangen?« Ich klatschte in die Hände, und als Rick einen Blick zu Sofia warf, runzelte er die Stirn.

»Sofia? Willst du das hier nun oder nicht?« Wie aus einem Albtraum gerissen wandte sie sich zu uns um und kam mit verschränkten Armen auf uns zu. Sachte ließ sie sich in den Schneidersitz fallen und starrte die Maschine in Ricks Hand an.

»Immer her damit«, sagte sie viel zu zügig und blickte mich für eine kleine Ewigkeit an.

»Hey, das war deine Idee«, erinnerte ich sie und griff nach ihrer Hand. Ihre Haut war so kühl ... viel zu kühl. Als hätte ich ihr die Wärme genommen.

»Wenn du es nicht willst, lassen wir es eben. Ich habe eh schon eins«, sagte ich und ließ meine Augenbrauen tanzen. Sie riss ihre Augen auf und checkte meine Arme ab.

»Moment, du hast ein Tattoo? Wo denn?«

Rick hielt sich die Hand vor den Mund, um sein Lachen zu verbergen. Man sah ihm an, dass sie ihm gefiel. Was, wenn ich ehrlich war, nicht oft bei ihm vorkam. Meistens verabscheute er meine Begleitungen, und ich musste mir selbst eingestehen, dass ich immer die falschen Frauen an mich zog. Dieses Mal war es anders.

»Finde es heraus«, forderte ich sie auf, und als sie schmollend ihre Unterlippe vorschob, machte mein Herz einen Satz. Was war bloß aus mir geworden?

Weil ich ihre Augen wieder strahlen und ihre Lippen wieder lächeln sehen wollte, drehte ich mich um und hob mein Shirt hoch. Das Tattoo hatte ich mir vor etlichen Jahren stechen lassen. Es waren die Initialen meiner Eltern ... und meiner Schwester.

Sofia war plötzlich vollkommen weggetreten, als sie ihre Hand hob und die Schriftzüge auf meinem Rücken nachfuhr. Sobald sie mich berührte, erhitzte sich meine Haut um zig Grad. Weil ich die Intimität dieses Momentes nicht länger aushielt, zog ich das Shirt herunter und seufzte.

»Also, wollen wir jetzt, oder was? Hast du dir schon eine Stelle ausgesucht?«, unterbrach Rick die peinliche Stille, und als sie ihr Handgelenk auf dem Tisch platzierte und die Augen schloss, begann Rick, die ersten Linien zu ziehen.

Er war ein Profi. Dieser Kerl brauchte keine Vorlage. Sobald die Nadel ihre Haut berührte, kniff sie die Augen zusammen und biss sich auf die Unterlippe. Ich hielt ihre freie Hand und kam ihrem Ohr nahe. Dass ich sie jedes Mal damit um den Verstand brachte, wusste ich.

Und genau das war mein Ziel. Sie sollte an mich denken, anstatt an den Schmerz.

Je länger Rick am Werk war, desto mehr gewöhnte sie sich an das unangenehme Gefühl. Kaum Fünfzehn Minuten später war er fertig, und auch wenn die Haut an ihrem Handgelenk noch geschwollen war, konnte man es allzu gut erkennen. Eine Pistole prangte auf ihrer Haut, geziert von einem Kranz aus Dornen. Direkt neben der Knarre war der Anfangsbuchstabe meines Namens platziert. Sofia musterte das neue Schmuckstück auf ihrer Haut freudig, als sie mir mit der freien Hand gegen die Schulter boxte.

»Und jetzt bist du dran! Oder willst du kneifen?« Sie sah mich lächelnd an und ich verlor mich eine Sekunde zu lang in ihrem Antlitz. Dieses weiche Haar, das ihr Gesicht umrahmte. Einige ihrer Strähnen klebten aufgrund des Regens an ihrer Wange. Ihre braunen Augen sahen mich an, und ich – Harvey Jacobsen – war sprachlos. Obwohl mir sonst nie die Worte fehlten ... sie raubte mir alles, was mich auszeichnete. Mich ausmachte. Und wenn ich ganz ehrlich zu mir selbst war, liebte ich mein neues Ich.

»Merk dir eines, Sofia«, ich umfasste ihren Nacken, und als ihre süße Note in meine Nase stieg und ich sie auffordernd küsste, stoppten wir unsere Atmung.

»Ich kneife niemals.« Und mit diesem Versprechen gab ich Rick das Zeichen. Ich wollte sie unter meiner Haut tragen. Ab heute. Für immer.

22. Mein Abenteuer

Ich wusste, dass er da war. Bei mir. Und ich war bei ihm, bis zum bitteren Ende. Der grandiose Abschluss.

Sofia

Ich starrte auf die schwarzen Konturen des Tattoos hinab, als Rick sich eine Stunde später von uns verabschiedete. Meine Haut brannte höllisch, aber in letzter Zeit genoss ich dieses Gefühl umso mehr. Schmerzen taten mir gut, solange sie mich daran erinnerten, dass ich lebte.

Harvey klopfte ihm ein letztes Mal auf den Rücken, als er ihn zur Tür begleitete und sie schließlich hinter ihm verschloss. Wir waren allein. Die Moleküle in der Luft tanzten wild umher, und ich dachte daran, was das für uns bedeutete. Ohne Umschweife kam er auf mich zu und küsste mich. Doch gerade als ich mich in diesem Kuss fallen lasse wollte, ließ er mich voller Sehnsucht zurück.

»Hey, was wird das?«, murmelte ich trotzig, und als Harvey zu dem kleinen Kamin ging und das Feuerholz entfachte, entfachte er auch in mir eine Flamme. Das warme Licht durchflutete den Raum und ließ diesen Tag ganz ruhig ausklingen.

Ruhig? *Sofia, du hast eine Tankstelle ausgeraubt!* Vermutlich suchte man uns bereits. Wieso war es mir egal?

»Komm her«, sagte er sanft und ich folgte seinem Befehl und ging auf ihn zu. Sobald ich vor ihm stand, küsste er mich abermals. Dieses Mal war der Kuss jedoch anders. So komplett. Jedes Gefühl, das mich überkam und wie eine Welle mitriss, schwang in seinem Handeln mit. Seine starken Hände griffen an den Saum meines Shirts, und ich hob instinktiv die Arme, um ihm dabei zu helfen, mir den überflüssigen Stoff vom Leib zu zerren.

»Du bist wunderschön.« Ich hielt inne, sog die Luft wohltuend ein und konnte nicht verhindern, dass sich meine Mundwinkel in die Höhe zogen.

»Das hast du noch nie so direkt zu mir gesagt«, stellte ich atemlos fest, und als ich meine Hände an seine Brust legte und seinen Herzschlag spüren konnte, fühlte ich mich vollendet.

»Weil ich immer noch nicht glauben kann, dass es dich wirklich gibt. Mich kneift einfach keiner.« Auf sein Kommando zwickte ich ihm in die Rippen und er zuckte heftig zurück.

»Na, warte ab«, knurrte er und mit einem Schwung lag ich am Boden. Der Teppich unter mir sorgte dafür, dass ich nicht fror. Meine nackte Haut schmiegte sich an den Stoff und ich genoss diese Weichheit. Ich lag mit geschlossenen Augen da, aber egal, wie lange ich wartete, es passierte nichts. Fragend schlug ich die Augen auf und sah in sein schelmisches Grinsen.

»Nun mach schon«, drängte ich ihn und zog ihn zu mir herab. Seine Hände glitten an meinem nackten Oberkörper hinab, und als er mich ein Stück anhob und den BH öffnete, stöhnte ich leise an seinem Ohr.

»Was soll ich denn tun?« Er biss sanft in mein Ohr und ich hörte jeden Atemzug. Auf der einen Seite hatte ich Angst, auf der anderen Seite war ich nie in meinem Leben so furchtlos. Ich hatte das Gefühl zu ersticken, und im selben Moment erfüllte Sauerstoff meine Lungen. Ich wollte ihn dicht an mich pressen und zur selben Zeit auf Abstand halten.

»Du kämpfst mit dir, habe ich recht?«, fragte er mich an meinem Hals, während er sich zur Seite rollte und mit seinen Fingern die Konturen meines Körpers nachzeichnete.

»Ich fühle mich high«, wisperte ich und schloss erneut die Augen. Wenn alles dunkel blieb, waren meine Sinne klar. Seine Berührungen wurden schärfer, heißer, realer.

Seine Hand glitt über den Rand meiner Jeans, und mit gekonnten Griffen hatte er mich auch von dem restlichen Stoff befreit.

Mit seinen Fingerspitzen streifte er flüchtig meinen Venushügel, und ich streckte ihm meine Hüften entgegen, weil ich dieses Gefühl bereits jetzt vermisste.

»Du musst Geduld haben«, sagte er leise lachend und als er abermals über meine empfindliche Haut strich, erbebte ich.

Er passierte meine Innenschenkel, umkreiste meine Knie und fuhr weiter hinab über meine Waden, bis hin zu meinen Knöcheln. Jede Pore meines Körpers lechzte nach ihm, und ich wollte, dass er meinen Hunger stillte. Mein Verlangen nach ihm.

Und als hätte er meine Wünsche erhört, griff er zwischen meine Beine und berührte die Stelle meines Körpers, die für immer ihm gehören würde. Genauso wie mein Herz, das ihm ab diesem Tag endgültig verschrieben war. Mit sanftem Druck umkreiste er meine Mitte, drang flüchtig mit dem Daumen in mich ein, um ihn dann wieder zurückzuziehen.

Derweil spreizte ich meine Beine, wollte, dass er mehr Spielraum bekam, und als er meine Brustwarzen liebkoste, wurde ich haltlos. Mein Lustzentrum trieb in neue Höhen, hatte den Himmel erreicht. Auf jeden Fall musste sich so der Himmel anfühlen.

»Deine Haut ist perfekt«, raunte er zwischen seinen Küssen, und während er weiter hinabfuhr und seine Lippen meinen Bauch erkundeten, bog ich meinen Rücken kraftvoll durch.

»Du bist perfekt«, verbesserte er sich und erreichte mit seinen warmen Lippen meine Mitte. Ich griff in sein ohnehin wirres Haar, führte ihn an meine pochende Scham und schrie auf, als seine Zunge in mich eindrang. Er umgriff meinen Po, wollte mich noch geiler machen, indem er mir die Kontrolle über meinen Körper abnahm.

Er wusste, wie verrückt es mich machte, wenn er das tat. Wenn er mich beherrschte, mich besaß. In diesem Moment verschmolzen wir miteinander.

Er wurde zu einem Teil von mir und ich zu einem Teil von ihm. Während er seine Finger in meiner Haut vergrub, massierte seine Zunge mich von innen.

Die Welle der Lust, die sich in meinem Körper ankündigte, war stärker als ein Tsunami sein konnte. Fühlte es sich jemals so lebendig an?

Es war, als wären wir zur richtigen Zeit am richtigen Platz. Ich – mit ihm. Es gab niemanden, mit dem ich diese Augenblicke lieber verbrachte. Auch wenn es nur eine kurze Zeit war, hatten uns die letzten Wochen enger zusammengeschweißt, als zehn Jahre Lebenszeit.

Er fuhr mit seiner Zunge durch meine pulsierende Mitte, und als er sich wieder von meinem Zentrum entfernte, schubste ich ihn zur Seite und zog ihm erst das Shirt, dann die Jeans aus.

Auf seinem Hüftknochen prangte nun dasselbe Tattoo, das auch ich am Handgelenk trug.

Nur mit meinem Buchstaben. Ich strich über sein Sixpack, während er die Arme hinter seinem Kopf verschränkte und die Lider schloss.

Je tiefer ich glitt, desto schneller atmete er. Allein ihn anzusehen, brachte mich dem Höhepunkt näher. Sein Körper war wie gezeichnet. Jede Stelle an ihm war perfekt.

Ich erreichte den kleinen Pfad aus Haaren, der von seinem Bauchnabel hinabführte, und als ich seine Härte zu meinem Mund führte, spannte sich sein Körper schlagartig an. Meine Lippen umkreisten seine Eichel, liebkosten ihn so intensiv, wie ich es zuvor noch nie getan hatte.

»Gott, du bist so gut«, flüsterte er kehlig und trieb mich weiter an. Meine Mitte schmerzte beinahe vor Sehnsucht diesem Mann gegenüber. Meine Finger fuhren über seinen Schaft, passierten seine Länge, und ich spürte die Adern, die ihn überzogen. Erneut ließ ich ihn in meinen Mund gleiten, saugte an ihm, wollte ihm alles entlocken. Wollte, dass er es war, der sich völlig vergaß und sich fallen ließ. So wie er mir jeden Tag das Gefühl des freien Falls bescherte.

Ich wollte gerade nach seinem Schaft greifen, als Harvey mein Handgelenk umschloss und mich zu sich heraufzog. Unsere Lippen fanden einander so schnell, dass man meinen könnte, sie wären Magnete.

Seine Zunge, die mich bis eben in den Wahnsinn trug, drang in mich ein, und mich dabei selbst zu schmecken, entlockte mir ein weiteres Stöhnen. Mit einem Ruck hatte Harvey mich auf seinen Schoß gezogen, und wie von selbst verschmolzen wir miteinander. Seine Länge drang in mich ein, füllte mich voll und ganz aus. Auch jetzt erschlug mich die Wucht dieses Mannes, der unter mir lag. War er wirklich real? Oder träumte ich seit Tagen?

»Schläfst du dieses Mal richtig mit mir? Oder schläfst du nie mit jemandem?«, wollte ich heiser wissen und hielt in unserer intimen Position inne. Ihn zu spüren und zu wissen, dass er mir gehörte, beflügelte mich und trieb mich bis ins All.

»Ich schlafe nur mit Frauen, die ich liebe«, sagte er beinahe tonlos und sah mich starr an. Sein Blick brannte sich in meinen.

»Hast du schon einmal geliebt?« Ich ignorierte den kurzen Kälteschauer, der mich überlief und mich zum Zittern brachte.

»Bis jetzt noch nie. Ich glaube, das könnte sich heute Nacht ändern.«

Er wartete nicht mehr meine Antwort ab, als er seine Hände auf meine Hüften legte und meine Bewegungen kontrollierte. Ihn Haut an Haut zu spüren fühlte sich wieder so intensiv an.

Die Haare in meinem Nacken stellten sich auf, reckten sich diesem Mann entgegen, der mich kontrollierte. Je stärker der Druck wurde, mit dem er in mich vordrang, desto willenloser wurde ich.

Die Welt war gerade dabei, um uns herum zusammenzubrechen. In diesem Moment war ich nicht mehr nur in seine Geschäfte verwickelt, nein. Ich war selbst kriminell geworden. Vielleicht war es genau das, was mich so anspornte. Ich wollte dieses Hochgefühl, das es mir bescherte, nicht verlieren.

Unter keinen Umständen. Ich wollte ihn nicht verlieren.

Während wir uns unserer Leidenschaft hingaben, schloss ich die Augen und wünschte mich in eine Welt, in der wir das hier für immer miteinander teilen konnten. Ohne Rücksicht auf Verluste.

Auch wenn ich diese Position genoss, hatte Harvey andere Pläne. Mit einem Schwung hatte er mich zur Seite gerollt und sich über mich gelegt. Er griff nach meinen Knöcheln und positionierte sie auf seinen breiten, muskulösen Schultern.

Gierig sah er auf mich hinab und ich fühlte mich noch nie so attraktiv in Gegenwart eines Mannes wie in dieser Sekunde.

Er sah mich nicht einfach nur an, nein. Etwas in seinem Blick verriet mir, dass auch er mehr für mich empfand, als uns zustand. Wir waren gebrochene Seelen.

Und ich wusste, dass ich seine Dämonen niemals bezwingen konnte, dafür waren sie zu stark.

Aber vielleicht konnte ich ihm wenigstens in einigen Momenten den Glauben an eine andere Welt wiedergeben. Ich hoffte es inständig.

»Ich will, dass wir gemeinsam kommen, Sofia.« Man hörte seinem Atem an, wie erregt er war, und auch ich konnte nicht verleugnen, dass ich noch nie so intensiv Lust verspüren konnte. Selbst in den letzten Nächten war es niemals so.

Als er mit einem Stoß in mich vordrang und sich immer wieder in mir versenkte, krallte ich mich in dem Teppich fest, auch wenn ich viel mehr Halt brauchte. Ich fühlte mich wie ein kenterndes Schiff, das gleich am Meeresgrund aufschlug.

Seine gezielten Bewegungen brachten meine Nerven zum Platzen und ich hatte noch nie so kraftvolle Wellen in mir gespürt. Der Orkan, der in meinem Inneren herrschte, wurde heftiger. Der Sturm wurde stärker, der Himmel dunkel, und ich wusste nicht mehr, wo sich oben und unten befand. Wusste nicht mehr, ob sich die Realität wirklich so gut anfühlen konnte. Ob es sich so anfühlen sollte …

Als er ein letztes Mal in mich stieß, durchbrach ich meine eigene Mauer und ließ das Verlangen meinen Körper einnehmen. Der Orgasmus durchströmte mich wie mein eigenes Blut, füllte jeden Zentimeter in mir aus.

Meine Glieder spannten sich gleichzeitig an, als Harvey sich in mir ergoss und schließlich über mir zusammensackte. Seine nackte, vom Schweiß bedeckte Brust lag auf meiner, und ich genoss diese Nähe. Seine Wärme, seinen Geruch, seine Aura. Er war mein Höhepunkt. Auch wenn ich nicht wusste, wie lange ich auf dieser Welle schwimmen konnte, ohne in die Tiefe zu stürzen …

***

Ich fühlte mich wie in Trance. Wie in einer Seifenblase gefangen. Mein Magen rebellierte, aber ich wusste, dass es die Schmetterlinge in meinem Bauch sein mussten, die mir dieses Gefühl bescherten. Es war dunkel und das leise Knistern des Kamins war neben seinem Atem alles, was ich hören konnte. Wir hatten uns geliebt. Mehr als einmal. Noch nie war das Feuer in meinem Inneren so groß wie in dieser Nacht.

Harvey sollte es löschen, doch anstatt die Flammen zu ersticken, entfachte er mit jeder Berührung weitere Brände auf mir. Jede einzelne war anders.

Nun lagen wir im flackernden Licht auf dem weichen Teppich und ich strich sachte über seinen Brustkorb.

Mit meinen Fingerspitzen wanderte ich über seine Brustwarzen, strich über seine Halsbeuge und legte meine Hand an seine Wange. Er trug lediglich seine Shorts und ich meine Unterwäsche.

»Hast du immer noch nicht genug?«, murmelte er schlaftrunken und ich biss mir zögernd auf die Lippe. Nein. Das hatte ich nicht. Konnte man von diesem Mann jemals genug haben?

»Niemals«, sagte ich kichernd. Ich fühlte mich wohl in meiner kleinen Blase, in der die Welt makellos war. In der uns nichts etwas anhaben konnte. Aber das Leben war nie fair. Gerechtigkeit gab es nicht. Das Schicksal mischte die Karten, und wenn jemand die schwarze Karte gezogen hatte, gab es kein anderes Blatt mehr. Es war fest in einem verankert. Und so schnell konnte eine Seifenblase wieder platzen und alles in den Ruin stürzen.

Die Tür unserer Hütte wurde mit einem Schwung aufgetreten und Sekunden später schepperte es, als sie vor unseren Füßen am Boden aufschlug. Harvey schreckte hoch, und bevor ich realisieren konnte, wer es wagte, unsere perfekte Welt zum Einsturz zu bringen, riss uns jemand zu Boden. Panisch windete ich mich unter dem festen Griff des Mannes, der sich über mir positionierte.

Als ich einen Blick auf das Gesicht und die Uniform des Kerls erhaschen konnte, entfloh mir ein stummer Schrei.

Fuck!

Cops.

Waffen wurden auf uns gerichtet, Schlagstöcke bohrten sich in meinen Rücken, und ich spürte, wie meine Haut an den Stellen aufplatzte und sich Blut sammelte.

»Lasst sie los!«, schrie Harvey, und die Verzweiflung in seiner Stimme zeigte mir, in welcher Lage wir gefangen waren.

Das hier war unser Dilemma – unser Schicksal. Uns war nicht einmal eine Nacht vergönnt.

»Halt die Fresse!«, brüllte der Muskelprotz über mir, als er seinen Kollegen, die vermutlich vor der Tür warteten, Anweisungen gab.

»Wir haben sie. Wir kommen gleich raus!«

Seine Worte schnitten weitere Wunden in meine Haut, und je stärker ich mich unter ihm bewegte, desto fester wurden die Hiebe, die man Harvey stattdessen verpasste. Harveys Schreie durchbrachen die Luft wie ein Messer und im Augenwinkel konnte ich sehen, dass ihm der Cop, der hinter ihm stand, einen Tritt auf den Hinterkopf verpasste.

Er schlug mit dem Gesicht auf dem harten Holzfußboden auf, und ich presste meine Wange ebenfalls auf den Boden, damit ich ihn ansehen konnte.

Ich wusste, was passieren konnte, wenn ich mich hierauf einließ. Was mich erwarten würde. Ich hatte insgeheim einfach nur gehofft, dass uns mehr Zeit blieb.

Während die Cops ihr weiteres Vorgehen planten, streckte ich meine vom Tattoo schmerzende Hand nach Harvey aus, der kaum einen Meter von mir entfernt am Boden lag. Doch bevor er seine in meine legen konnte, trat der Kerl hinter ihm seine Hand weg. Ich schloss einen Moment die Augen, doch auch das konnte den Schwall an Tränen nicht verhindern, der sich mit aller Macht befreien wollte.

Wir waren gefangen in unserem eigenen Chaos. Sollte das hier wirklich das Ende sein? Ich malte mir unser Finale immer ganz anders aus: in den buntesten Pastellfarben, die das Leben zu bieten hatte. Die Realität konnte gegensätzlicher nicht sein.

Als weitere Cops in die Hütte stürmten, und ihre schweren Stiefel auf dem Holz knarzten, wurde mir übel. Magensäure stieg in meiner Kehle hinauf und verätzte meine Speiseröhre. Die Tränen hatten ihren Weg über mein Gesicht gefunden und ein kleiner See sammelte sich auf den Dielen.

Während die Welt um uns herum zusammenbrach, hatte ich nur Augen für ihn. Und er für mich. Wir waren hinüber – waren verloren.

Aber wir hatten uns. Auch wenn wir uns nicht spüren konnten, fühlte ich ihn überall auf mir. Seine Aura haftete an mir, seitdem ich ihn das erste Mal berührte.

»Ich liebe dich nicht«, formte Harvey mit seinen Lippen und entlockte mir ein heiseres Lachen. Mein Herz zog sich unsanft zusammen, als der Bulle mir einen weiteren Schlag verpasste. Mittlerweile musste mein Rücken blutdurchtränkt sein, und ich spürte, wie mich die Kraft verließ. Mein Körper, meine Sinne, mein Gefühl war taub geworden.

»Ich liebe dich auch nicht«, antwortete ich so leise es mir möglich war und fesselte ihn weiterhin mit meinem Blick. Aus seinen Mundwinkeln floss Blut. So langsam, dass ich beinahe spüren konnte, wie es das Leben aus ihm saugte. Wir liebten uns nicht, nein.

Denn das hier war mehr. Viel mehr als ich mich je zu träumen wagte. Wenn es mich mit Glück erfüllte, an seiner Seite zu sterben, gab es kein schöneres Ende für mich. Ich wusste, dass er da war. Bei mir. Und ich war bei ihm, bis zum bitteren Ende. Der grandiose Abschluss.

»Wie Bonnie und Clyde, hm?« Seine Stimme wurde leise, dünn, brüchig. Ohne dass ich die Kontrolle darüber hatte, fielen meine Augen zu und ich wusste nicht, ob ich sie je wieder öffnen würde ...

23. Bis ans Ende der Welt

»Ich bin bei dir. Immer. Schon vergessen?« Ich versuchte ihr in dieser komplett unsicheren Situation Sicherheit zu vermitteln. Sie sollte keine Angst hiervor haben. Keine Angst vor dem Leben mit mir haben.

Harvey

Als ich meine Augen aufschlug, wusste ich nicht, wo ich mich befand. Ich spürte meine Gliedmaßen nicht mehr, als wäre ich nicht mehr Herr meines eigenen Körpers. Alles, was ich fühlte, waren die Schmerzen, die mich plagten. Ich wollte die pochende, vom Blut durchtränkte Stelle, an meinem Hinterkopf berühren, aber ich konnte nicht.

Erst jetzt bemerkte ich, dass ich Handschellen trug, die sich in meine Handgelenke schnitten wie ein Messer. Der Geruch von Zigarren und verwaschenem Leder stieg mir in die Nase.

»Sieh mal einer an, wer wieder unter den Lebenden weilt«, lachte eine tiefe Männerstimme auf.

Wie aus einem Traum gerissen, öffnete ich die Augen. Panik beschlich mich, als ich auf die Hinterköpfe zweier Männer blickte, die vorn im Wagen saßen. Etwas in meiner Brust begann zu brennen, und als ich mir in Erinnerung rief, was passiert war, bevor ich ohnmächtig geschlagen wurde, leuchtete es mir wieder ein.

Die Hütte. Die Bullen. Die Sirenen. Der Schlagstock. Die Hiebe. Sofia.

Ich begann mich auf dem Hintersitz zu winden, und als ich im Augenwinkel eine Regung erhaschte, hielt ich inne. Sie saß neben mir. Obwohl sitzen die falsche Beschreibung dafür war. Sofias Körper hing leblos neben mir, ihre Hände ebenfalls in Handschellen gekettet.

Die Sirenen des Polizeiwagens, in dem wir transportiert wurden, bereiteten mir höllische Kopfschmerzen. Ich erreichte nur mit Mühe und Not ihre Hände, die leblos in ihrem Schoß lagen. Eine Platzwunde prangte auf ihrer Stirn und Blut floss langsam an ihrer Haut hinab. Sie regte sich nicht, egal wie lange ich an ihr zerrte.

»Da kannst du lange probieren, Hübscher. Deine kleine Schlampe schläft tief und fest«, presste nun der andere Cop hervor. Die Wut in meinem Herzen war nie so stark ausgeprägt wie in dieser Sekunde. Nicht einmal, als ich vor John stand. Jetzt war mir alles andere egal.

»Was habt ihr mit ihr gemacht?«, donnerte ich und wollte mich irgendwie aus dieser beengenden Position befreien. Ich riss an den Handschellen, die sich in meine Haut schnitten, aber ich hatte keine Kraft mehr.

Der Kerl, der vorn rechts saß, nahm seinen Schlagstock und feuerte ihn auf meine Kniescheiben.

Knurrend kniff ich die Augen zusammen und presste mich mit meinem ganzen Gewicht in den Sitz hinein.

Wie automatisch landete mein Blick wieder auf ihr. Der Frau, die mir mehr bedeutete als mein Leben. Ihre Strähnen waren vom Blut verklebt, ihre Haut lief bereits blau an, und die Angst, sie für immer verlieren zu können, schnürte meine Kehle zu.

»Sofia, wach auf«, flehte ich sie an und es war mir egal, wie armselig ich dabei klang. Ich war schuld daran, dass ihr das hier passierte. Dass sie immer tiefer in dieses Loch stürzte.

Meine Hand umgriff ihre und plötzlich spürte ich, dass sich ihre Fingerkuppen ganz zaghaft bewegten. Beruhigt umschloss ich ihre Hand fester und zog sie so dicht an mich heran, dass ich ihre Wärme spüren konnte. Auch wenn sie kaum bei Bewusstsein war, sprühte sie diese Hitze aus, die sie stets umgab.

»Harvey«, flüsterte sie und Sekunden später schrie sie vor Schmerzen auf. Ich schmiegte meine verketteten Hände an ihr Gesicht und bettete ihren Kopf an meine Schulter.

»Ich bin bei dir. Immer. Schon vergessen?«

Ich versuchte ihr in dieser komplett unsicheren Situation Sicherheit zu vermitteln. Sie sollte keine Angst hiervor haben. Keine Angst vor dem Leben mit mir haben. »Ich glaube, ich liebe dich doch«, murmelte sie mit schmerzverzerrtem Gesicht, und als sich ein schwaches Lächeln auf ihrem Gesicht entfaltete, atmete ich erleichtert auf.

»Ich glaube, ich liebe dich auch«, antwortete ich ihr, weil es längst überfällig war. Ich hätte ihr von Anfang an sagen müssen, was ich in ihrer Nähe fühlte. Was sie mit mir anstellte.

»Ihr seid wirklich herzallerliebst«, sagten die Bullen im Chor, doch ich schaltete diese Idioten stumm. Alles, was ich wahrnehmen wollte, war sie. Mein Körper konzentrierte sich auf ihre Stimme, ihre Haut, ihren Geruch.

»Mal gucken, ob sie sich immer noch lieben, wenn sie im Knast sitzen.« Auch das ließ ich unkommentiert. Ich wollte meine letzte Kraft nicht an diese Arschlöcher verschwenden. Ich brauchte sie für Sofia. Sie hauchte mir einen Kuss auf die Wange, aber ich spürte, dass sie kraftlos war. Noch nie hatte ich sie so schwach erlebt. So gebrochen.

»Scheiße, Luke! Pass auf!« Plötzlich riss uns etwas in die Tiefe. Schreie. Das Quietschen von Bremsen. Das Geräusch von aufprallendem Metall.

Unser Wagen wurde in die Luft gerissen. Alles um mich herum verschwamm, während ich mich auf das Gefühl ihres Händedrucks konzentrierte. Ich wusste, dass es gleich vorbei sein würde. Und das Letzte, das ich spüren wollte, wenn ich starb, war sie. Ich musste wissen, dass sie diesen Kampf nicht allein bestreiten würde.

Der Wagen schlug mit voller Wucht auf dem Asphalt auf. Stimmen durchbrachen die Welt um mich herum, und ich spürte den Druck, der auf meinen Kopf ausgeübt wurde. Das Auto schwankte wie ein untergehendes Schiff von einer Seite zur anderen, bis es schließlich wieder am Boden zum Stillstand kam.

Jede Pore in meinem Körper fühlte sich wie abgestorben an, und ich war mir sicher, dass einige Knochen in meinem Körper gebrochen waren. Aber dieser Schmerz machte mir nie etwas aus.

Ich warf einen Blick nach vorn, zu den beiden Cops, die besinnungslos auf ihren Sitzen saßen und nichts mehr von dem Geschehen mitbekamen. Automatisch griff ich nach dem Schlüsselbund, der in der Brusttasche des Bullen hing, und riss mir die Handschellen herunter. Ruckartig schüttelte ich Sofia, damit sie ihre Augen öffnete.

»Sofia, wach auf!« Ich rang nach Luft, als ich bereits den stechenden Geruch des Benzins auf meiner Zunge schmecken konnte. Ich schnallte sie ab und zog sie zu meiner Seite der Rückbank.

Als ich nach der Tür greifen wollte, wurde mir dieser Job abgenommen und der Wagen von außen geöffnet. Kühle Luft drang in das Innere des Wagens, und ein Mann zog erst mich, dann Sofia aus dem Auto.

Meine Sicht war verschwommen, und der Rauch, der in die Luft stieg, erschwerte mir den Rest. Ich sah einem älteren Mann ins Gesicht, der mich stark an jemanden erinnerte. Ich kannte diese Augen, diese Lippen, diese Nase. Ich kannte diesen Mann zu gut.

John.

Was zum Teufel hatte John hier zu suchen? Und war dieser Unfall wirklich ein Zufall? Mein Herz schlug mir bis zum Hals, und als ich mich bereits damit abfinden wollte, gleich zu sterben, deutete er wortlos auf einen schwarzen Van, der abseits des Chaos parkte. Niemand saß auf dem Fahrersitz.

Gerade als ich etwas sagen wollte, war John verschwunden. Ohne zu zögern, riss ich Sofia an mich, hob sie mit allerletzter Kraft hoch und rannte mit schwachen Schritten zum Van. Zu meinem Erstaunen war er nicht verschlossen. Ich öffnete die Hintertür, legte Sofia behutsam auf das kalte Leder und schmiss die Tür zu. Sie war kaum bei Bewusstsein, und ich hasste diese Ungewissheit darüber, ob sie es schaffen würde. Oder ob es nicht bereits zu spät war.

Ich ging um den Wagen herum, nahm auf dem Fahrersitz Platz und stellte erleichtert fest, dass der Schlüssel steckte. Mit einem Ruck startete ich den Motor und ließ die Reifen durchdrehen.

Auf der Kreuzung herrschte noch immer dichter Nebel. Man sah nichts, aber man hörte die Hektik der Menschen, die sich am Unfallort tummelten.

Ich kratzte all meinen Überlebenswillen zusammen, trat mit voller Wucht auf das Gaspedal und preschte davon. Als ich einen Blick in den Rückspiegel warf, erstarrte ich. Der Wagen hinter uns fing Feuer und erleuchtete die Kreuzung lodernd. Von dem Wagen, in dem wir vor einigen Minuten noch saßen, war bald nichts mehr übrig. Ich drehte mich um, sah auf Sofia hinab und betete. Das allererste Mal in meinem Leben suchte ich nach einem Wunder …

***

»Das wird wehtun«, warnte ich sie, und als ich die blutunterlaufenen Stellen an ihrem Rücken musterte, wurde mir schlecht. Magensäure benetzte meine Kehle und ich wusste nicht, ob ich diesen Anblick noch länger aushielt. Ich hatte ihr geschworen, dass sie nie wieder diese Schmerzen spüren musste. Seit wann brach ich meine Versprechen innerhalb kürzester Zeit? Sobald ich mit den Desinfektionsmitteln die Wunden berührte, zuckte sie heftig zurück.

Wir parkten vor der alten Lagerhalle, in der sie das erste Mal eine Knarre in der Hand gehalten hatte. Sie saß auf der Motorhaube meiner Rostlaube, und ich verarztete sie, soweit es mir möglich war. Schließlich konnte ich sie nicht einmal in ein Krankenhaus bringen.

Vermutlich wusste bereits jeder, was ich in den letzten drei Jahren getan hatte. Wie viele Menschen ich auf dem Gewissen hatte.

»Was werden wir tun?«, fragte sie leise.

»Ich überlege mir etwas.«

Ich konnte ihr kein Versprechen geben, schließlich hatte ich mich an mein letztes auch nicht halten können. Sie umschloss meine Hand mit ihrer und stoppte meine Bewegungen. Ich ließ das Tuch fallen, drehte sie zu mir um und strich ihr Shirt wieder glatt.

»Bring mich von hier weg, Harvey.« So viel Kummer bestimmte ihren Blick. Kummer, den ich zu verantworten hatte. Konnte ich mit dieser Schuld leben?

»Ich werde dich wegbringen. So weit wie möglich. Vertraust du mir?« Ich musste es aus ihrem Mund hören. Wollte wissen, ob ich noch eine Chance hatte, es besser zu machen. »Ich vertraue dir. Sonst wäre ich nicht hier, oder?« Ich ignorierte meine Schmerzen, als sie sich an mir festkrallte und ich sie in eine feste Umarmung zog. Alles schmerzte. Aber Sofias Nähe war die beste Medizin für mich. Ob sie mich auch vor dem Tod schützen konnte? »Du musst keine Angst mehr haben, Sofia«, versprach ich ihr.

»Hatte ich die jemals?«

»Ich wünschte wirklich, du hättest sie gehabt ...«

Epilog – Vier Wochen später

Wir waren verrückt. Völlig durcheinander. Einfach irre. Aber jeder Morgen, an dem ich neben diesem Mann aufwachte, zeigte mir, dass ich mich richtig entschieden hatte.

Sofia

»Du riechst so gut«, flüsterte er in mein Haar, das vom Duschen noch nass war. Als ich daran dachte, wie es sich anfühlte, von ihm geliebt zu werden, während das Wasser auf uns hinabprasselte, wurde mir heiß.

Ich schmiegte mich an Harveys Brust, sog seinen Duft ein und starrte aus dem Fenster. Die Skyline Londons war wunderschön, und auch wenn wir bereits seit etlichen Tagen hier waren, konnte ich mich einfach nicht an diese Aussicht gewöhnen. In den letzten vier Wochen mussten wir uns versteckt halten, mussten wissen, wann es richtig war, unterzutauchen. Hier kannte uns niemand. Hier suchte niemand nach uns.

»Und du schmeckst so gut. Lass mich dich noch einmal kosten«, raunte er mir zu und strich mir das mittlerweile schulterlange blonde Haar aus dem Nacken.

Es dauerte ein paar Tage, bis ich mich an meinen neuen Look gewöhnt hatte, aber was blieb mir anderes übrig? Ich war schon immer ein wandlungsfähiger Mensch und wenn man mich jetzt sah, konnte man an mir vorbeigehen, ohne mich zu erkennen. Ich hatte eine Maske aufgesetzt, die nicht nur mich, sondern auch Harvey, schützen sollte. *Uns* schützen sollte.

Harvey strich sachte den Träger meines Negligés herunter und ich schloss nur allzu gern die Augen und genoss seine Berührungen. Die Zärtlichkeit, die er an den Tag legte, wenn er mich berührte.

»Du kriegst nie genug, habe ich recht?« Ich schmiegte mich enger an seine Brust, während er seinen Kopf auf meine Schulter legte, meinen Bauch mit seinen Armen umschloss und meinem Blick nach draußen folgte. Harvey hatte dank seiner Machenschaften Kontakte in der ganzen Welt, sodass London unsere erste Anlaufstelle im Ausland war. Er kannte hier jemanden, der einem eine neue Identität beschaffen konnte, wenn man genug Geld besaß.

»Ich verstehe immer noch nicht, wieso er das getan hat«, sagte er in Gedanken versunken, und ich wusste, dass ihn diese Frage seit vier Wochen ununterbrochen beschäftigte. Auch mir brannte diese auf der Zunge. Die Frage, wieso John uns an diesem Abend das Leben rettete. Das Monster, das Harvey alles genommen hatte.

»Ich weiß es nicht. Aber es ist völlig egal, wieso er es getan hat. Die Hauptsache ist, dass wir in Sicherheit sind, oder?«

Aber dass ihn meine Antwort nicht zufriedenstellte, brauchte er mir nicht zu sagen.

»Ich denke, dass er Reue zeigen wollte«, mutmaßte ich und spürte, dass Harvey sich anspannte. Er würde nie über diese Nacht hinwegkommen, die ihm die Familie geraubt hatte, das wusste ich. Genauso wie ich wusste, dass Anna ihm fehlte. So wie Belle und Lenny mir fehlten.

Die letzten vier Wochen fühlten sich an wie vier Jahrzehnte. Es war, als würde das Bild in meinem Kopf verschwimmen. Ich wusste zwar, wie Belle aussah, wusste, was sie auszeichnete, wusste, wie ihr Parfum duftete ... aber es war nicht wirklich sie. Es war lediglich ihr Schatten.

»Vielleicht hast du recht.« Mehr sagte er nicht, und ich war froh, dass er meine Vermutung tatsächlich in Betracht zog. Er würde nie loslassen können, wenn er im Dunkeln tappte.

»Eines Tages wirst du alle Antworten bekommen, das verspreche ich dir.« Auch wenn ich wusste, dass ich ihm dieses Versprechen nicht geben konnte, tat ich es.

Ich wollte mich gerade zu ihm umdrehen, als es an der Tür des Apartments klingelte. Bei jedem kleinsten Geräusch, jeder kleinsten Regung, wurde mir übel. Ich war paranoid geworden, seitdem wir auf der Flucht waren. »Harvey, bleib hier«, flehte ich und hielt ihn an seinem Arm zurück. Er warf mir einen vielsagenden Blick zu, als sich sein Mundwinkel in die Höhe zog und er zur Tür schritt.

Ein Schlag.

Stille.

Ein zweiter Schlag.

Stille.

Mein Herz kurbelte seinen Antrieb herunter, und ich hoffte, mich einfach in Luft aufzulösen. Doch sobald Harvey die Tür geöffnet hatte, verlor ich diese Paranoia. Ein Duft durchströmte den Raum, den ich so sehr in mein Herz geschlossen hatte. Plötzlich konnte ich nicht mehr schnell genug an Harveys Seite sein.

Und mein Instinkt ließ mich nie im Stich. Sie stand vor mir. Ihr pinkes Haar war in den letzten vier Wochen noch ein Stück gewachsen, ihr Schlüsselbein stach deutlich hervor, weil sie vor lauter Kummer nichts mehr aß. Wir hatten einige Male telefoniert, und ich fühlte mich wahnsinnig schlecht, weil sie meinetwegen litt. Erst als ich mich aus meiner Trance reißen konnte, erkannte ich auch Lenny, der hinter meiner besten Freundin stand.

Bevor ich selbst die Initiative ergreifen konnte, warf Belle sich in meine Arme und auch Lenny legte seine Arme um uns. Damit wir keine Aufmerksamkeit auf uns zogen, schloss Harvey die Tür und sah uns glücklich an.

»Was zum Teufel habt ihr hier zu suchen?«, schluchzte ich und ließ meinen Emotionen dieses Mal freien Lauf. Meine Schminke verwischte, und ich wollte nur eines: Nie wieder die Nähe meiner besten Freunde missen müssen.

»Wir vermissen dich, Sofia. Ich muss doch wissen, dass es dir gut geht«, wimmerte auch sie von ihren Gefühlen übermannt und schob mich an den Schultern zurück, um mich genauestens zu überprüfen. Sie strich durch mein kurzes, blondes Haar und erstarrte zu einer Skulptur.

»Du hast dir die Haare blondiert? Ich habe dich so oft darum gebeten und jetzt? Gott, ihr seid völlig irre!« Sie küsste mich direkt auf den Mund, und als ich sie noch einmal umarmte und Harvey ansah, zog ich die Augenbrauen zusammen.

»Wusstest du davon?«, fragte ich ihn perplex, und als er siegessicher nickte, verspürte ich den Wunsch, ihn in den Arm zu nehmen. Aber ich konnte nicht, schließlich wusste ich nicht, wie viel Zeit uns blieb.

Wir lösten uns voneinander, und als Harvey unseren Gästen etwas zu trinken anbot und wir uns auf die Couch setzten, konnte ich kaum fassen, dass das hier real sein sollte.

»Und jetzt – seid ihr uns eine Erklärung schuldig. Man sucht euch in den ganzen Staaten!«

Auch wenn diese Tatsache nichts Neues für mich war, erschauderte ich aufgrund der Wahrheit.

»Wirklich überall?«

»Ihr seid so etwas wie Stars in New York! Diese Presseidioten faseln ständig etwas von: die neuen

Bonnie und Clyde! Weißt du, was ich diesen Schmierbeuteln am liebsten an den Knopf knallen würde? Dass meine beste Freundin viel cooler ist als diese Schnepfe!«

Belle redete sich in Rage und Lenny lehnte meinen Kopf an seine Schulter. Auch seine Nähe hatte ich mehr vermisst, als ich ertragen konnte. Die letzten Wochen waren eine Zerreißprobe für mich. Eine, die mir zeigte, dass ich diese drei Menschen in diesem Raum zum Atmen brauchte.

»Wir haben dich vermisst, Fia«, murmelte er in mein Haar, und ich unterdrückte den Drang, erneut zu flennen. Stattdessen warf ich dem Mann einen Blick zu, der all das hier eingefädelt hatte.

»Ich habe euch auch vermisst. Ihr ahnt gar nicht, wie sehr«, wisperte ich angeschlagen und wischte mir die Überreste meiner Trauer aus dem Gesicht. Ich musste diese Augenblicke genießen, anstatt sie zu bejammern.

»Und nun erzählt uns endlich, was ihr getan habt. Bitte – das seid ihr uns schuldig«, warf Belle in den Raum, und ich konnte sehen, dass Harvey auf seinem Sessel zusammenzuckte. Wenn auch nur flüchtig.

»Die Geschichte ist aber verdammt lang«, versuchte ich, uns rauszureden. Aber wir waren am Arsch. Belle und Lenny ließen nicht locker, bis wir ihnen endlich die Wahrheit sagten.

Also redeten wir. Die ganze Nacht. Und es tat gut, endlich all den Ballast abzuwerfen, der mich seit Tagen um den Schlaf brachte ...

***

»Du glaubst nicht, wie dankbar ich dir bin«, flüsterte ich ihm ins Ohr, als wir früh in den Morgenstunden im Bett nebeneinanderlagen und die Decke anstarrten. Draußen wurde es bereits hell. Belle war nach langer Zeit auf meinem Schoß eingeschlafen und wir hatten uns zurückgezogen. Noch jetzt konnte ich kaum glauben, dass sie wirklich hier waren. In London. Bei uns. Vor einigen Stunden trennten uns noch etliche Meilen und ein Ozean voneinander, auch wenn uns emotional niemand trennen konnte. Jetzt waren sie mir plötzlich wieder so nah. Beinahe fühlte es sich an, als wäre alles beim Alten. Wir redeten bis tief in die Nacht, tranken etliche Drinks und genossen unsere gemeinsame Zeit.

»Für dich würde ich alles tun, das weißt du, oder?« Seine Frage klang gedankenverloren, und er sah mich nicht an, sondern stierte lieber weiterhin die Decke an.

»Danke. Für alles.«

Meine Gefühle fuhren seit Wochen Achterbahn und jetzt fühlte es sich an, als wäre ich endlich am Höhepunkt angelangt.

Gleich würde mich die Geschwindigkeit nach unten ziehen. Ich würde meine Arme heben, den Wind genießen, den Adrenalinkick einatmen und mich fallen lassen.

»Kannst du dir vorstellen, dass man in den Nachrichten von uns spricht?«, fragte er mich und zeichnete die Konturen meines Tattoos nach. Auch jetzt bereute ich es nicht, ihn auf meiner Haut verewigt zu haben. Selbst wenn wir eines Tages nicht mehr zusammen sein konnten, erinnerte es mich immer wieder an die spannendste und schönste Zeit meines Lebens. Wer sollte mir diese Erinnerungen nehmen? Sie gehörten mir allein.

»Es ist kaum zu fassen, oder? Wir haben eine riesige Welle ausgelöst. Wir werden überall gesucht«, murmelte ich, aber anstatt ihn mit der Wahrheit abzuschrecken, lächelte er. Und durch dieses Lächeln waren all meine Sorgen wie weggeblasen.

»Du wolltest doch, dass man sich an dich erinnert, Sofia. Glaub mir, jeder wird wissen, wer du bist. Wer wir sind.«

Seine Lippen streiften nur flüchtig die meinen, als ich mich in seinem Pullover festkrallte und seinen Geschmack inhalierte.

Wenn ich auf mein Leben zurückblickte, konnte ich kaum glauben, was in wenigen Wochen passiert war. Ich war jemand. Bis ich ihn kennenlernte, wusste niemand, wer Sofia Bourton war. Wir waren verrückt. Völlig durcheinander. Einfach irre.

Aber jeder Morgen, an dem ich neben diesem Mann aufwachte, zeigte mir, dass ich mich richtig entschieden hatte. Das hier konnte kein Fehler sein, nein. Es war meine Erlösung.

»Ich bin deine Bonnie«, flüsterte ich bestärkend und genoss das Gefühl seiner warmen Handflächen auf dem dünnen Stoff, der mich umgab.

»Und ich bin dein Clyde.«

Ende

Danksagung

Jetzt stehe ich schon zum neunten Mal vor der Aufgabe, eine Danksagung zu schreiben, und noch heute wirkt alles vollkommen surreal. So viele Menschen haben bei der Entstehung dieses Buches mitgewirkt und ich weiß gar nicht, wo ich beginnen soll.

Ich danke meiner Coverdesignerin Sabrina Dahlenburg, die meinem Roman das perfekte Gesicht verliehen hat.

Meiner Lektorin Lisa für die tolle Zusammenarbeit – deine Hilfe hat meinen Text unheimlich stark vorangebracht.

Ich danke meinen zahlreichen Testlesern, die sich mit jedem meiner Bücher die Mühe machen und die Geschichte vorab lesen. Alle Testleser hier aufzuführen, würde vermutlich den Rahmen sprengen. Ihr wisst, dass ihr gemeint seid. Ihr seid klasse!

Ich danke meinen Eltern, die immer für mich da sind, mich unterstützen, lieben, mich trösten und gleichzeitig mit mir lachen können. Ihr seid großartig.

Als Letztes danke ich, wie immer, meinen Lesern. Es ist ein wahnsinnig schönes Gefühl zu wissen, dass viele von euch gebannt auf Harvey & Sofia gewartet haben.

Ihr macht jeden Tag zu einem besonderen. Ich hoffe, ihr hattet beim Lesen so viel Spaß, wie ich beim Schreiben.

Über die Autorin

Sarah Stankewitz lebt mit ihrem Freund in einer kleinen Stadt mitten in Brandenburg. Schon in ihrer Kindheit liebte sie es, Worte aneinanderzureihen und Geschichten zu erschaffen. Seit ihrem Debütroman lässt sie ihrer Fantasie freien Lauf und ist immer wieder auf der Suche nach neuen Inspirationsquellen. Musik, Kerzen und ein bequemer Arbeitsplatz dürfen im Hause der Autorin ebensowenig fehlen wie eine leckere Tasse Cappuccino. Ihre Geschichten spiegeln das wider, was sie sich stets von einem guten Roman erhofft: Liebe, Leidenschaft und eine Prise Humor.

Leseprobe Zeitlose Liebe – Zurück zu dir
(erscheint im Sommer 2016)

Als ich am nächsten Morgen aufwachte, steckte eine bleierne Müdigkeit in meinen Knochen. Mein Kopf schmerzte und ich fühlte meine Glieder nur schleierhaft. Beinahe fühlte es sich an, als wäre ich gar nicht hier. Während ich das warme Gefühl der Sonnenstrahlen auf meiner Haut genoss, hielt ich meine Augen weiterhin geschlossen und erinnerte mich an den Grund für meine Müdigkeit.

Ich hatte die halbe Nacht wachgelegen, hatte mich an Noah geschmiegt und doch … nichts dabei empfunden. Der mir bekannte Schmerz in meiner Brust bahnte sich wieder an und ich kniff verzweifelt die Augen zusammen. Was war nur in mich gefahren? Noah war immer alles für mich. Nichts bedeutete mir mehr als dieser Mann.

Hatte ich unsere Beziehung wirklich in Frage gestellt? Das warme Gefühl auf meiner Haut wurde durch einen eisigen Schauer ersetzt und ich zog die Decke über meinen ausgekühlten Körper.

Erst, als ich seine Nähe spürte, entspannte ich mich. Gestern Nacht war nicht real. Konnte es gar nicht sein. Niemals hätte ich ihn mit diesem Schmerz in meiner Brust assoziieren können. Noah und Grace. Grace und Noah.

Diese Konstellation war seit der High-School die Richtige, oder? Um mich von diesen mürrischen Gedanken zu verabschieden und mein schlechtes Gewissen zu verdrängen, rollte ich mich auf seinen Oberkörper und vergrub meinen Kopf in seiner Halsbeuge. Ob ich es nur tat, um mir zu beweisen, wie falsch ich lag, wusste ich nicht. Ich musste das jetzt tun. Meine Hände glitten an seinem nackten Oberkörper hinab und ich hauchte ihm zaghafte Küsse auf den Ansatz seiner Brust.

Noah umgriff meine Taille, presste mich dichter an sich heran und als ich seine Härte an meiner Mitte spürte und ich dieses wohlbekannte Zucken vernahm, grinste ich. Noch immer hielt ich die Augen geschlossen, weil ich mich voll und ganz auf seine Nähe konzentrieren wollte.

Je tiefer ich mit meinen Fingerspitzen glitt, desto fester wurde sein Griff und im nächsten Moment trafen seine Lippen meine.

Meine Nervenbahnen gerieten außer Kontrolle, mein Blut begann zu kochen und ich wusste nicht mehr, wo oben und unten war. Ob ich das hier nur träumte, oder ob das Feuer, das ich gestern Nacht vergeblich gesucht hatte, wieder da war.

Nichts wünschte ich mir lieber als das. Ich hasste es, mich leer zu fühlen. Leer und ... irgendwie fehl am Platz. Nutzlos. Noah legte seine Hände auf meinen Po und presste mich gegen seine Shorts. Ein leises Stöhnen entfuhr meinen Lippen und ich sog seinen Duft ein. Er war so anders, so erfrischend.

Bevor ich mit meinen Fingern unter seine Shorts griff, küsste ich ihn abermals. Ein Feuerwerk der Emotionen machte sich in meiner Brust breit. Wie konnte ich auf das hier verzichten wollen? Das Feuer war wieder da. Heller, heißer, realer.

Mittlerweile war ich mir sogar sicher, dass die letzte Nacht lediglich in meinen Träumen stattgefunden hatte. Das hier war es, was wir miteinander teilten. Auch nach neun Jahren Beziehung waren wir verliebt wie am ersten Tag. Gab es einen besseren Grund dafür, das Leben miteinander zu verbringen? Nein.

»Was für eine Begrüßung«, murmelte er und ich wollte gerade die Augen öffnen und mich im Braun seiner Iris verlieren, als ich innehielt. Diese Stimme ... dieser Geruch ... das Gefühl seiner Haut. Was geschah um mich herum?

Weil ich mich nicht traute, die Augen zu öffnen und aus meinem Traum zu erwachen, kniff ich sie weiterhin zusammen.

»Willst du mich nicht wenigstens ansehen?« Wieder diese Stimme. Eine Stimme, die gewiss nicht dem Mann gehörte, der neun Jahre lang Nacht für Nacht neben mir lag. Neben dem ich einschlief und am nächsten Morgen aufwachte.

Panisch riss ich die Augen auf und anstatt des Brauns sah ich in tiefgrüne Augen. Was? Wie? Ich schreckte hoch und als ich mich im Gesicht dieses Mannes widerfand, sprang ich vom Bett herunter. Der Mann, der in unserem Bett lag ... war nicht Noah. Er rappelte sich lachend auf und deutete auf mich. Ruckartig blickte ich an mir hinab und stellte zu meinem Erschüttern fest, dass ich nur Unterwäsche und ein kurzes Top trug.

Schnell griff ich mir meine Decke und schlang sie um meinen Körper. Mein Herz raste, ich fühlte, wie meine Schultern krampfartig verspannten und ich kniff erneut die Augen zusammen. In der Hoffnung, endlich aufzuwachen. Wo war ich?

»So sprachlos?« Wieder dieser dunkle Klang seiner Stimme. Ich öffnete langsam die Augen und bemerkte, dass ich zu Zittern begann.

»Wer sind Sie?« Ich spürte eine tierische Wut in mir aufkeimen. Eine Wut auf mich, auf diesen Mann und auf diese absurde Situation. Was hatte dieser Kerl in meinem Bett zu suchen? Und wo zur Hölle war Noah, wenn man ihn brauchte?

»So förmlich? Wolltest du mir nicht gerade noch in den Schritt fassen, Sonnenschein?« Ich erstarrte förmlich zu Eis, als er sich aufsetzte. Meine Augen glitten wie automatisch zu seiner nackten Brust. Eine Brust, die viel zu muskulös war. Wie konnte ich nicht merken, wer vor mir lag? Dass es nicht ... Noah war?

»Wer. Bist. Du?«, knurrte ich und presste mich gegen die geschlossene Tür meines Schlafzimmers. Unseres Schlafzimmers.

Tränen brannten in meinen Augen, die ich schleunigst verbarg. Die Frühlingssonne schien durch das Fenster und erleuchtete den Raum.

Im Licht sah sein Haar blond, im Schatten hingegen braun aus. Ich schüttelte ungläubig den Kopf, in der

Hoffnung, ich würde aufhören mir fremde Männer zu halluzinieren. War ich völlig übergeschnappt?

»Welches Datum haben wir?«, fragte er mich, ohne mir eine Antwort zu schenken.»Hast du mich nicht gehört? Ich will wissen, wer du bist!«

Sein schäbiges Lachen erklang und ich ignorierte das Ziehen in meiner Magengegend. Die Schamesröte stieg in meine Wangen, als ich mich daran erinnerte, dass ich diesen Kerl geküsst hatte. Ihn berührt hatte ... und dass es sich viel zu gut angefühlt hatte.

»Und ich will wissen, welches Datum wir haben.« Er sprach so ruhig, dass mich der Zorn erneut packte.

»Was?« Mehr als dieses Wort brachte ich nicht über meine Lippen. Ich spürte das Blut in meinem Körper nicht mehr. Ich fühlte mich genauso leer wie einige Stunden zuvor.

»Welches Datum haben wir?« Er verlor die Geduld und wollte gerade aufstehen und auf mich zukommen, als ich ihn mit einem starren Blick zum Stillstand brachte.

»Es ist der 31. März. Was spielt das für eine scheiß Rolle?« Unsicherheit bestimmte meine Stimme und ich wischte mir die aufkommenden Tränen aus dem Gesicht.

»Welches Jahr?«, fuhr er fort und griff nach einem Shirt, das auf dem Boden lag.

»Bist du völlig irre? Ich kenne dich nicht einmal!«, donnerte ich und als er mich starr musterte, wurde mir heiß. Und das lag ganz sicher nicht an der Wärme der Sonnenstrahlen, die den Raum durchfluteten.

»Welches Jahr haben wir?«, wiederholte er seine Frage gedehnt und runzelte die Stirn. Sein Blick wanderte durch mein Schlafzimmer und ich kniff mir innerlich in den Arm. Warum wachte ich denn nicht endlich auf?

»2017? Hast du dein Gedächtnis verloren? Jetzt antworte mir gefälligst!« Der Kerl, dessen Namen ich nicht kannte, ließ sich erleichtert zurück in unser Bett fallen und verschränkte die Arme hinter dem Kopf.

»Na, geht doch.«

Mein Blick landete auf der Jeans, die am Boden lag und ganz gewiss nicht Noah gehörte. *Verdammt, Noah!* Panisch sah ich mich um, bevor ich nach der Jeans griff und sie dem Kerl gegen die Brust pfefferte.

»So stürmisch?« Seine Augen funkelten, als er sich die Jeans überzog und aufstand. Er war noch größer, als ich vermutet hatte.

»Was hast du mit meinem Freund gemacht?«, fragte ich ihn bissig und traute mich nicht, ihn länger als nötig anzusehen. Ich hatte ihn tatsächlich geküsst! Noch jetzt fühlten sich meine Lippen geschwollen an.

»Deinem Freund?«

»Noah! Wo ist er? Ich bin gestern Nacht neben ihm eingeschlafen! Oh Gott«, wimmerte ich und schlug mir die Hände vor das Gesicht. Der Kerl steuerte mich an und ich presste mich erneut gegen das kühle Holz der Tür.

»Komm mir nicht zu nahe! Was hast du getan? Wer bist du? Hast du ... mich betäubt?«

Ich war doch neben Noah eingeschlafen, oder hatte ich selbst das nur geträumt? Ich hatte am Abend zuvor gewiss nicht so viel getrunken, dass ich einen Blackout haben könnte.

Der Kerl lachte, während er sich den Gürtel zuzog und verschloss. Seine Unterarme waren so männlich, dass ich wegsehen musste. Dieser Körperteil hatte mich an einem Mann schon immer um den Verstand gebracht.

»Als ob ich dich betäuben müsste, Sonnenschein«, lachte er bitter und lehnte sich gegen meinen Spiegelschrank. Er war wie eine Erscheinung, als würde er gar nicht existieren.

»Oh Gott, was habe ich getan?« Ich sprach zu mir selbst und wollte einfach nur die Flucht ergreifen. Hatte ich meinen Freund mit diesem Mann betrogen? Ich war, seit ich denken konnte, der treuste Mensch der Welt. Niemals hätte ich Noah so etwas angetan. Oder? Ich wusste nicht mehr, was ich glauben konnte und was nicht. Alles lief gegen die Wand.

»Jetzt reg' dich mal ab, ok?« Der Sarkasmus in seiner Stimme brachte mich abermals auf die Palme. Wie konnte er es wagen, so mit mir zu sprechen?

»Kannst du mir verraten, was gestern Nacht passiert ist? Warst du auch ... in dem Club?«

Ich war gestern mit Celine aus und hatte definitiv den Überblick über die Drinks verloren, aber das hier? An dieses Arschloch würde ich mich erinnern.

Er sah mich nicht an, als er mir antwortete. Stattdessen blickte er aus dem Fenster, verschränkte die Arme vor der Brust und ließ die Sonne auf sich wirken. Der Himmel war so wolkenlos wie schon lange nicht mehr. Ein primärer Grund, weshalb der Frühling meine Lieblingsjahreszeit war.

»Ich war besoffen. Also nein. Keinen blassen Schimmer«, wies er mich ab, griff nach der Tageszeitung von gestern, die auf dem Fensterbrett lag und blätterte genervt darin umher.

»Soll ich dir vielleicht noch einen Kaffee holen?«, fragte ich ihn zynisch und als er mich ansah und lächelte, hörte die Welt auf, sich zu drehen. Ich sah diesem Mann ins Gesicht und spürte etwas. Ich fühlte mich nicht mehr leer.

»Gern, Süße.«

»Das war ein Spaß, verdammt! Du sollst verschwinden, bevor ...« Ich wollte nicht aussprechen, was ich dachte. Es würde das Ende bedeuten.

»Bevor was? Dein Kerl hier aufkreuzt?«

Wie aufs Stichwort wurde die Tür geöffnet und ich schrak panisch zurück. Noah erschien im Türrahmen, hauchte mir einen Kuss auf den Mund und reichte mir eine Tasse Kaffee. Sein blondes Haar war bereits gewaschen und er trug schon seine Arbeitskleidung.

»Guten Morgen, Gracie. Ich dachte, du schläfst noch«, begrüßte er mich und strich mir eine Strähne aus dem Gesicht. Ich umklammerte die Tasse in meiner Hand so fest, dass ich spürte, wie das Blut aus meinen Fingerkuppen wich.

Ich musste aufwachen. Schleunigst.

»Herzallerliebst«, applaudierte plötzlich jemand. Wie konnte ich nur vergessen, dass er immer noch hinter uns stand? Direkt hinter *mir*. Noah wich erschrocken zurück, als er den Fremden entdeckte. Eine steile Falte entstand auf seiner Stirn.

»Was zum Teufel ...?«

»Was zum Teufel?«, veralberte ihn der Kerl und ich warf ihm einen vernichtenden Blick zu. Ich spürte meine Zehen nicht mehr, weil ich völlig unter Strom stand. Das hier war ein schlechter Scherz, oder?

»Wer ist das, Gracie?«, fragte Noah, der sich endlich wieder fing und den Kerl hinter mir argwöhnisch musterte.

»Ja, wer bin ich, Gracie?«, äffte er Noah nach und ich wollte auf der Stelle in Ohnmacht fallen und nie wieder aufwachen.

»Ich … ich …«, stotterte ich benommen und sah Noah flehend an. Den Mann, der seit Jahren an meiner Seite war. Mit dem ich jeden Tag der letzten neun Jahre verbracht hatte.

»Gracie«, schluckte er, schob sich die Brille wieder gerade und drängte sich an mir vorbei. Jetzt standen sie sich gegenüber und Noah war einen ganzen Kopf kleiner als der Mistkerl, der lediglich amüsiert die Mundwinkel anhob.

»Wer bist du?«, zischte Noah und bevor ich wusste, was um mich herum geschah, erhob er seine Faust und schlug dem Fremden ins Gesicht.

»Noah!«, schrie ich empört und riss sie voneinander los. Blut rann aus der Lippe des Mannes, der nur lachend dastand und in die Hände klatschte.

»Großes Kino, echt! Wieso kann es nicht jedes Mal so witzig sein?«

»Wieso hast du das getan?«, wisperte ich und sah meinen Freund klagend an. Er war nie der Typ, der sich in Schlägereien verwickelte oder sich absichtlich in Schwierigkeiten stürzte.

»Du sollst mir sagen, wer das ist! Was will dieser Mann hier?«

Schmerz lag in seiner Stimme und auch seinem Gesicht nach zu urteilen, war Noah völlig von der Rolle. Ebenso wie ich. Der Einzige, der mit der ganzen Situation zurechtkam, war *er*.

»Ich ... weiß es nicht.« Wie erbärmlich, Grace!

»Habt ihr ... hast du mit diesem Kerl?« Noah knirschte mit den Zähnen und drehte sich zu mir um.

»Du weißt, dass ich das nicht tun würde«, wisperte ich benebelt.

»Aber geküsst haben wir uns. Und verdammt, deine Kleine hat echt was drauf. Ihre Zunge kann Sachen, sag ich dir«, klinkte sich der Fremde wieder ein und ich schubste ihn hart zurück.

Im Augenwinkel erkannte ich, dass Noah sich verkrampfte. Er stand stocksteif da, sah durch mich hindurch, anstatt mich anzusehen. Und während ich der Liebe meines Lebens in die Augen sah, spürte ich nur eines: Die Nähe dieses Mannes.

»Stimmt das?« Seine Stimme brach ab und ich konnte sehen, dass sich Tränen in seinen Augen sammelten.

»Ich dachte, du würdest neben mir liegen, Noah. Schatz, hör mir zu.« Ich ging auf ihn zu, ignorierte die Anziehung zu diesem Fremden und nahm sein Gesicht in meine Hände.

»Ich bin gestern Nacht neben dir eingeschlafen, oder?« Verwirrtheit mischte sich in die Trauer, die sein Gesicht beherrschte.

»Ja. Aber das erklärt mir nicht, wieso du ... und er«, stammelte er.

»Ich bin neben dir eingeschlafen, ja. Siehst du, ich kann gar nichts mit diesem Kerl gemacht haben. Du warst doch bei mir.«

Mein mühseliger Versuch, mich aus dieser Situation zu retten, scheiterte kläglich.

»Also hast du ihn nicht geküsst?« Hoffnung keimte in ihm auf und es schmerzte mich, sie ihm wieder rauben zu müssen. Es brach mir das Herz.

»Doch. Irgendwie schon.« Die Gesichtszüge entglitten ihm, als er sich von mir losriss und zur Tür stürmte.

»Noah, warte doch! Ich ... ich würde dich nie betrügen.« Er drehte sich ein letztes Mal zu uns um.

»Ich weiß, Gracie. Aber ... ich muss gehen. Lass mir Zeit«, presste er wütend hervor und ich rannte ihm hinterher, als er den Ausgang ansteuerte. Doch bevor ich ihn davon abhalten konnte, einfach zu verschwinden, fiel die Tür zwischen uns ins Schloss.

Wutentbrannt stürmte ich zurück in mein Zimmer und blieb direkt vor seiner Nase stehen. Mit Schwung scheuerte ich ihm eine.

»Wofür war die?« Er rieb sich die Wange und ich sah, dass er seinen Kiefer anspannte.

»Wofür? Du hast selbst gehört, dass ich neben ihm eingeschlafen bin! Bist du ein Stalker oder so? Ein Vergewaltiger? Ich rufe die Polizei!«

Er umschloss meine Handgelenke, bevor ich mein Handy holen konnte, und ich ignorierte das Gefühl, das er damit in meine Mitte sandte. Sein Griff war so stark, so fest, so männlich.

»Aber wieso soll ich gehen? Jetzt – wo wir ungestört sind, Gracie?«, äffte er Noah nach und ich widerstand dem Drang, ihm zwischen die Beine zu treten. Zu sehr berauschte mich sein herbes Parfum.

»Hörst du schwer? Du sollst verschwinden!« Ich biss mir auf die Unterlippe und hörte nur noch das Blut, das durch meine Ohren rauschte.

»Sei doch froh, diesen Kerl los zu sein! Fünf Sekunden, Sonnenschein. Fünf lächerliche Sekunden waren ausreichend um zu erkennen, dass dein Kerl ein Schlappschwanz ist!« Dieses Mal schaffte ich es, mich seinem Griff zu entreißen und verpasste ihm eine zweite Ohrfeige.

»Selbst dein Schlag hat mehr Power als seiner«, kommentierte er lachend und sah auf mich hinab.

»Was hast du für ein Problem, hm? Wer hat dich geschickt? Ist es Danielle? Sollst du mich verarschen? Ist das hier alles eine Show, die du abziehst? Du bist krank!«, keuchte ich wütend, als ich die ersten Tränen spürte, die über meine Haut rannen.

»Mir ist halt langweilig. Lass mir meinen Spaß«, sagte er schulterzuckend und lehnte sich erneut gegen den Schrank.

»Ich lasse dir deinen Spaß! Vor der Tür! Und jetzt verpiss dich.«

Auch wenn ich ihn nicht ansah, spürte ich seine Blicke auf meinem Körper. Sie umgaben mich, hüllten mich ein. Seine Nähe war beflügelnd. Was dachte ich da? Ich hatte doch Noah! Obwohl ich nicht wusste, wie ich mich aus diesem Dilemma befreien konnte.

»Vielleicht bin ich ja aus einem Grund hier«, sinnierte er und ich sah ihm wieder in die Augen. Das Grün war so tief, so rein, so elektrisierend ... Impulsiv. Dieser Mann war das genaue Gegenteil von Noah.

»Welcher Grund sollte das sein?« Die Kraft verließ mich und ich spürte, dass ich mich auf nichts mehr konzentrieren konnte.

»Vielleicht hast du dir ja gewünscht, dass ich hier bin? Dass du einmal neben einem richtigen Mann und nicht neben einer Memme wach wirst, hm? Wer weiß das schon.«

Seine Worte katapultierten mich zurück in die letzte Nacht. Zurück in den Moment, in dem ich Noah ansah und mich leer fühlte. Der Augenblick, in dem ich mir wünschte, wieder etwas zu spüren. Zu empfinden. Für ihn. Für niemanden sonst.

»Was redest du eigentlich für einen Müll? Ich ... Oh Gott, ich liebe Noah!«

Dass ich ihn anschrie, bemerkte ich erst, als er zurückzuckte. Mein Körper bebte vor Anspannung, ich war nicht mehr in der Lage, frei zu atmen. Eine Schlinge hatte sich um meine Kehle geschlungen und nahm mir die Luft.

»Ich fürchte ... du lügst«, knurrte er und kam auf mich zu. Automatisch wich ich zurück, bis ich mit meinen Kniekehlen gegen die Bettkante stieß.

»Du kennst mich doch gar nicht!«, warf ich ihm an den Kopf und musste mich mächtig zusammenreißen, nicht wieder die Kontrolle zu verlieren. Wieso sah er mich so an? Und wieso gefiel es mir?

Das schlechte Gewissen in meinem Inneren keimte erneut auf und ich spürte einen Hass, den ich noch nie spüren durfte.

Mir gegenüber.

In diesem Moment hasste ich mich. Noch mehr als diesen Idioten, der vor mir stand und mir mit seiner Nähe den letzten Nerv raubte.

»Man sollte aufpassen, was man sich wünscht, Grace. Manche Wünsche könnten in Erfüllung gehen.« Wenige Zentimeter vor mir stoppte er.

Ich spürte seinen Atem auf meiner Haut und ich schloss instinktiv die Augen. Erst, als ich endlich meine Sprache widergefunden hatte, öffnete ich meine Lider. Alles, was ich in dieser Sekunde fühlte, war falsch. Ich sollte an Noah denken. Und an nichts anderes ...

»Verschwinde aus meiner Wohnung. Und wehe-«, ich stieß ihn von mir, um die Nähe zu durchbrechen, »wehe ich sehe dich noch einmal wieder.«

Meine Haut fühlte sich fad, ausgebrannt an. Mein Herz hörte auf zu schlagen und alles, was ich spürte, war ein pochender Schmerz, der mich übermannte.

»Keine Sorge, wir werden uns eh nicht wiedersehen. In einem anderen Leben vielleicht.« Mit diesen Worten stürmte der Fremde aus meinem Schlafzimmer.

Sekunden später fiel die Eingangstür ins Schloss, während ich mich auf das Bett fallenließ, mich einrollte und zu weinen begann. Ich wollte endlich aufwachen ...